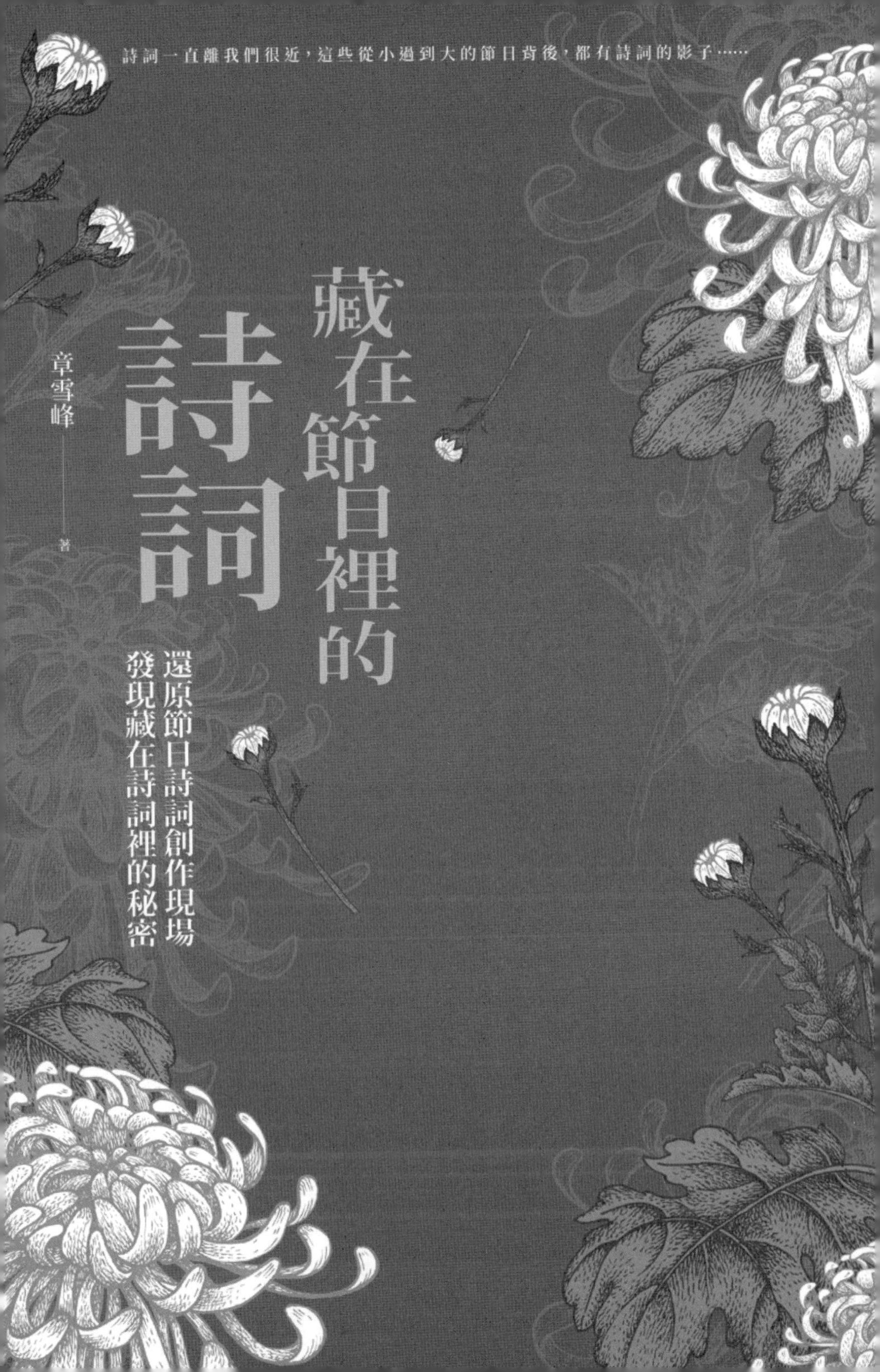

詩詞一直離我們很近，這些從小過到大的節日背後，都有詩詞的影子……

藏在節日裡的詩詞

還原節日詩詞創作現場
發現藏在詩詞裡的秘密

章雪峰 著

留住傳統節日的儀式感

對於傳統節日，今天的我們，既熟悉又陌生。

熟悉的是，年年節日年年過。有的傳統節日，如清明、端午、中秋、春節被列入了國定假日放假安排。陌生的是，我們絕大多數人實際上已不太能確切地知道，這些不同的傳統節日分別擁有哪些不同的節日風俗，應該怎樣異彩紛呈地度過。

今天我們歡度節日，大多都是吃吃吃、喝喝喝。每過一個節日，人們都像蘇軾在北宋熙寧九年（西元一〇七六年）的中秋節，寫下〈水調歌頭·明月幾時有〉之時那樣：「歡飲達旦，大醉」。

正是由於我們在每一個節日都「歡飲達旦，大醉」，所以每到春節，「年味兒越來越淡了」「過年越來越沒意思了」等等類似的感慨，就不絕於耳、甚囂塵上了。

原來，今天的我們似乎已經忘記：任何一個傳統節日的形成，兩大要素不可或缺，一是相對固定的節日時間，二是約定俗成的節日風俗。換句話說，不是每一個節日都必須喝酒吃肉，都必須「歡飲達旦，大醉」的。我們不能只記得「相對固定的節日時間」，而忘記了「約定俗成的節日風俗」。

這個常常被我們遺忘的「約定俗成的節日風俗」，其實就是我們一再強調的「儀式感」，也是促使我動筆創作本書的主要動因。

借用百姓的語言，我所說的儀式感，就是除日的那一次「守歲」，就是元日的那一聲「拜年」；就是上元節熱騰騰的元宵，就是寒食節冷冰冰的熟食；就是清明節肅立祖先墓前那深深的一個鞠躬，就是端午節觀看龍舟競渡那香香的一只粽子；就是七夕節情人之間的深情相擁，就是中秋節親人之間的團團圓圓；就是重陽節登高的那一杯醇醇的菊花酒，就是臘八節熬煮的那一碗濃濃的臘八粥。

借用詩人的語言，我所說的儀式感，還是王安石在除日的「總把新桃換舊符」，還是蘇味道在上元節的「火樹銀花合」，還是韓翃在寒食節的「日暮漢宮傳蠟燭」，還是張說在端午節的「畫作飛鳧艇，雙雙競拂流」，還是秦觀在七夕節的「柔情似水，佳期如夢」，還是韓滉在晦日的「萬家攀折渡長橋」，還是楊萬里在下元節的「自拈沈水祈天壽」。

這些儀式感，這些節日，這些詩詞，這些詩人，都被我寫進了這本書裡。

節日入詩，由來已久。已知的節日入詩的代表最早可以追溯到漢朝那首〈迢迢牽牛星〉中寫到的「七夕」。從那以後，無數詩人在度過一個又一個節日的同時，也留下了一首又一首詩詞。

節日千年傳承。本書寫了十六個節日，其中有傳承至今的節日，如上元、清明、端午、七夕、中元、中秋、重陽、臘八、除日；也有傳承至今但略有變化的節日，如元日；更有幾乎已經消失不見的節日，如人日、晦節、中和、寒食、上巳、下元。

詩詞千古吟唱。本書也對應地寫了十六首詩詞，其中不乏名人名篇。如上巳詩詞是「詩聖」杜甫的那首〈麗人行〉，上元詩詞則是唐朝蘇味道的那首〈正月十五夜〉；七夕詩詞是秦觀的那首〈鵲橋仙·七夕〉，中秋詩詞則是蘇軾的那首〈水調歌頭·明月幾時有〉；清明詩詞是唐朝杜牧的那首〈清明〉，重陽詩詞則是唐朝王維的那首〈九月九日憶山東兄弟〉。

這些傳統節日與習俗文化，是我們的獨有記憶；這些節日詩詞，是我們的認知密碼。我們身處於這個世界，應該記住傳統節日，記住節日詩詞。

讀者諸君，特別是那些年輕的、年幼的讀者諸君，如果能夠在閱讀本書之後，增強對傳統節日的儀式感，增加對節日詩詞的親切感，則予事畢矣，予願足矣。

是爲序。

章雪峰

二〇一九年　上元夜

目次

元日　正月初一

辛棄疾〈元日〉

老病忘時節，空齋曉尚眠。

兒童喚翁起，今日是新年。

南宋嘉泰三年（西元一二〇三年）正月初一的早晨，在江西上饒城外的鉛山瓢泉處。一個沉浸在過年歡樂氣氛中的小孩子快步跑進家中的「克己復禮齋」，把一位鬚鬢斑白、尚在睡夢中的老翁叫醒。小孩子興奮地告訴這位老人：「過年了！今天是元日，新年第一天。」

這位老人，雖然外貌看起來「紅頰青眼」、「目光有稜」、「背胛有負」、「膚碩體胖」，但已明顯年老多病、易倦嗜睡。他一邊抹去口邊流下的涎水，一邊恍然大悟似地答應著，連忙起身陪著歡樂的晚輩，步出「克己復禮齋」，迎接他生命中第二個癸亥新年的元日佳節。

這位口角流涎、過年還在打瞌睡的老人，年輕時曾經英姿勃發，「射虎山橫一騎，裂石響驚弦」、「年少萬兜鍪，坐斷東南戰未休」、「金戈鐵馬，氣吞萬里如虎」。而到了這個癸亥新年的元日，已是一位垂暮之年的老翁。

他，就是大名鼎鼎的辛棄疾。這首〈元日〉，雖然平白如話，但眞的是出自辛棄疾的筆下，又名〈癸亥元日題克己復禮齋〉。

老病忘時節，空齋曉尚眠：我這樣一個既年老又多病的人，到了今天早晨，還躺在空寂安靜的齋房裡睡覺。

兒童喚翁起，今日是新年：直到家裡小孩子衝進齋房叫我起來，我才意識到：今天已經是新年元日，正月初一了。

詩題中的「克己復禮齋」，得名大有來歷。爲辛棄疾這間齋房命名的人，在今天同樣大名鼎鼎：朱熹，那個理學大師朱熹。

朱熹和辛棄疾，一個是史上著名的理學家、教育家，一個是史上著名的軍事家、文學家；一個被譽爲「文中之龍」、一代儒宗，一個被譽爲「文中之虎」、一世豪傑。

就是這樣空前絕後的兩個人，彼此居然還是交往甚深、相知甚深的終生好友。同時瑜亮，既生瑜，又生亮；不分軒輊，在一起，多完美。

《稼軒集》如是描述辛棄疾的交友情況：「先生交遊雖廣，但擇友甚嚴。唯與朱晦翁、陳同甫二人交情最篤。」也就是說，辛棄疾只把朱熹和陳亮二人視爲自己的朋友。

朱熹比辛棄疾大十歲，兩人初次見面於今天的江西上饒，時爲南宋淳熙五年（西元一一七八年）八月。從此，志趣相投、政見相投的兩個人，一見如故。

淳熙七年（西元一一八〇年）末，朱熹任南康軍（今江西贛州）主官，辛棄疾也在這一年任隆興府（今江西南昌）主官兼江西安撫使。同地任職的兩位好朋友，在救災賑荒上相互借鑑，互相協助，友情也是突飛猛進。

但在這期間，兩人的友情，還是在淳熙八年（西元一一八一年）春遭遇了一點小尷尬。這點小尷尬，朱熹事後在〈與黃商伯書〉中是這樣說的：「辛帥之客舟販牛皮過此，掛新江西安撫占牌，以帝幕蒙蔽船窗甚密，而守卒僅三數輩，初不肯令搜檢。既得此物，則持帥引來，云發赴浙東總所。見其不成行徑，已令拘沒入官。昨得辛書，卻云軍中收買，勢不為己甚，當給還之。然亦殊不便也。」

好吧，朱熹這一大段是在說，愛國詞人辛棄疾偶爾（注意，是偶爾啊！）用商船販運牛皮以搞點灰色收入，不料卻「大水沖了龍王廟」，意外地被好朋友、理學大師朱熹的手下搜檢發現，並且公事公辦地查扣了。

此事的最後處理是，愛國詞人不得不走上前臺，親自給理學大師寫來書信，解釋了一下。於是，理學大師雖然覺得「殊不便」，仍然「世事洞明皆學問，人情練達即文章」地發還了查扣的牛皮，將此事輕輕放過了，絲毫沒有影響愛國詞人和理學大師之間的絕世友情。

爲了不承受詆毀、抹黑偉大愛國詞人光輝形象的罵名，特此貼心提供朱熹這段話的出處：《朱子全書：晦庵先生朱文公文集》，上海古籍出版社二〇〇二年版，第四九六二頁。其實，朱熹說的這個事兒，也絲毫不影響辛棄疾在我們心目中的光輝形象啊。

小尷尬過去，大友情到來。同年冬天，辛棄疾在上饒帶湖湖畔的新居，也就是他命名爲「稼軒」的那個房子竣工落成。朱熹因入都奏事路過上饒，專程前往致賀，還帶著對通過販賣牛皮成爲「人生贏家」的羨慕嫉妒恨，感歎辛棄疾的「稼軒」實爲「耳目所未曾睹」的華麗麗花園大別墅。

次年九月，朱熹再至上饒，與辛棄疾、韓元吉、徐安國相約同遊當地南岩風景區，又是喝酒又是賦詩，「辛帥倏然至，載酒俱肴膳。四人笑語處，識者知嘆羨」，一起玩耍，很開心！

兩個人還在政治上互相支持。在辛棄疾被朝廷罷免時，朱熹爲之憤憤不平，對弟子們說：「辛幼安亦是個人才，豈有使不得之理？」還在寫給友人的信中對辛棄疾推崇備至：「今日如此人物豈易可得？」辛棄疾則稱朱熹爲「帝王師」，賦詩說：「歷數唐堯千載下，如公僅有兩三人。」朋友之間嘛，就是要表揚與自我表揚相結合。

紹熙四年（西元一一九三年）八月，辛棄疾調任福建安撫使。赴任途中，再訪老友朱熹於建陽考亭，同遊武夷山。爲答謝老友來訪的厚意，朱熹爲辛棄疾「書『克己復禮』、『夙興夜寐』，題其二齋室」。這就是辛棄疾家中「克己復禮齋」的由來。而且我們還可以知道，辛棄疾家中還有一個齋房，被朱熹命名曰「夙興夜寐齋」。

兩人的友情，因慶元六年（西元一二〇〇年）三月初九朱熹病逝而戛然而止。朱熹死時，是頂著「僞學魁首」的罵名死的，甚至被朝廷公然下詔禁止送葬。

而辛棄疾對得起這個一生的好友，他不避朝廷詔令，親往建陽，親撰悼文，送了朱熹最後一程。《宋史》載：「熹歿，偽學禁方嚴，門生故舊至無送葬者。棄疾為文往哭之曰：『所不朽者，垂萬世名，孰謂公死，凜凜猶生！』」

這，才是辛棄疾作爲一代豪傑，應該做的事；這，才是辛棄疾作爲一生好友，應該說的話。

到了嘉泰三年（西元一二〇三年），朱熹已經逝去近三年了。在這個癸亥年元日裡，辛棄疾在朱熹命名的「克己復禮齋」裡，「空齋曉尚眠」之時，不知老友可曾入夢而來，再度共飲酒、同賦詩？

詞壇飛將軍辛棄疾，不只筆下有功夫

辛棄疾一生，三起三落。

辛棄疾寫下這首〈元日〉詩的元日，是他生命中倒數第五個元日。同時，他也正處於人生中第三次起落的前夕。

當然，癸亥新年元日的辛棄疾，還不可能預知自己將在第五個年頭之後就早早離世；而他更不可能預知的是，此時已經口角流涎、白日瞌睡的自己，還將在這一年，以垂暮之年迎來人生中的第三次起落，再一次應朝廷之徵召，再一次奔赴抗金前線，參與自己人生中的最後一次北伐——「開禧北伐」。

寫下這首〈元日〉詩的幾個月之後，嘉泰三年（西元一二〇三年）夏，六十四歲的辛棄疾就接到了朝廷徵召的詔令，出任知紹興府兼浙東安撫使。

這是名副其實的重用了。特別是辛棄疾此時兼任的「安撫使」，是握有實權的封疆大吏，是有「便宜行事」之權的浙東路第一長官。《宋史．職官志》載：安撫使「掌一路兵民之事」。在主管軍事之外，兼管司法、行政，「皆帥其屬而聽其獄訟，頒其禁令」；又兼管財政，「稽其錢谷、甲械出納之名籍而行以法」，還可以「聽以便宜裁斷」。

六月十一日，辛棄疾到任，開始履職視事。在紹興府，辛棄疾除了「疏奏州縣害農六事」「奏請於諸暨縣增置縣尉省罷稅官」等日常政務，還留下了一首名篇，見到了一個「男兒」。

一首名篇就是〈漢宮春．會稽秋風亭觀雨〉。最能體現辛棄疾此時心境的是這一句：「故人書報，莫因循，忘卻蓴鱸。誰念我，新涼燈火，一編太史公書？」解釋一下：故人寫信來，勸我這把年紀莫再做官，應該回家養老，吃蓴鱸美味了。可是，有誰會想到，我在夜雨淒涼、獨對孤燈的時候，還在研讀寫滿愛國英雄傳記的太史公《史記》呢？

這輩子時日無多了，北伐還是沒有成功，老爺子不甘心哪。辛棄疾此篇中的這一句，換個說法，就是「老驥伏櫪，志在千里。烈士暮年，壯心不已」。

一個「男兒」，就是「亙古男兒一放翁」——陸游。在紹興府，在鑑湖邊，兩個同樣豪邁當世的「亙古男兒」、兩個同樣璀璨耀眼的文學巨星，七十九歲的「亙古男兒一放翁」陸游，和六十四歲的「亙古男兒一稼軒」辛棄疾，見面了。

說明一下：「亙古男兒一放翁」，是梁啓超梁公在〈讀陸放翁集〉中的詩句；而「亙古男兒一稼軒」，是區區在下出於對辛棄疾的崇敬，對梁公的鸚鵡學舌。

這是他們此生的第一次見面，也是最後一次見面。雖然只見面一次，但同樣的主戰觀點、同樣的北伐主張，使兩位「亙古男兒」從此成爲心心相印的忘年之交。

在這次交往中，辛棄疾發現陸游的房子實在太簡陋了，多次提出要爲他另外修築新房。但陸游不樂意，賦詩「幸有湖邊舊草堂，敢煩地主築林塘？」婉拒了辛棄疾的好意。

其實，辛棄疾也沒有多少時間來關心陸游房子的事情了。短短半年之後的當年十二月二十八日，辛棄疾就卸任紹興，應召赴臨安了。爲他送行的陸游，敏銳地意識到了辛棄疾此行的目的，高興地寫下〈送辛幼安殿撰造朝〉一詩，爲他即將參與的北伐壯行：「中原麟鳳爭自奮，殘虜犬羊何足嚇。」

嘉泰四年（西元一二〇四年）的元日，辛棄疾是在臨安度過的。作爲資深主戰派的他出現在臨安，給正在熊熊燃燒的北伐烈火，澆上了一鍋滾燙的熱油。

事實上，此時北伐正是時機。一方面，北伐之議出自中樞權臣韓侂胄。這點很重要，因爲殷鑑不遠。岳飛主持的紹興北伐，就是由於權臣秦檜的阻撓，在捷報頻傳、形勢大好的情況下，功敗垂成，痛失好局。而此時的韓侂胄，由於其以恩蔭入仕、外戚掌權，急欲立下開疆拓土的大功，以鞏固自身地位，所以其北伐之意堅決。權臣主持北伐，對於戰事正式展開後協調各方，形成合力，有著巨大的好處。

另一方面，此時的金國，正處於綜合國力的下降期。一是金國的北部邊境爲韃靼等部所擾，「無歲不興師討伐，兵連禍結，士卒塗炭，府庫空匱，國勢日弱，群盜蜂起，民不堪命」。二是宋金邊境傳來好消息，「安豐守臣厲仲方言：『淮北流民咸願歸附』」。三是出使金國的使節鄧友龍也帶回了好消息，說「金有賂驛使夜半求見者，具言金國困弱，王師若來，勢如拉朽」。

必須指出，金國當時的確國勢日蹙，但厲仲方、鄧友龍二人的報告，仍然是迎合上意的報喜不報憂，是僅憑一時一事的以偏概全，而且本身就存在著言過其實之處，特別是那句「王師若來，勢如拉朽」，事後證明，完全是鬼扯。

與厲、鄧二人相比，資深主戰派辛棄疾就務實、穩重多了：「數年來，稼軒屢次遣諜至金，偵察其兵騎之數、屯戍之地、將帥之姓名、帑廩之位置等。並欲於沿邊招募土丁以應敵。」在知己知彼的情況下，辛棄疾對宋寧宗說：「金國必亡，願屬大臣備兵，為倉卒應變之計。」

辛棄疾素以知兵見稱。他都這樣說，宋寧宗、韓侂胄皆大喜，「用師之意益決矣」，北伐就此決策。辛棄疾獲賜金帶，知鎮江府，最後一次踏上抗金前線。

盼了一生的北伐機會，終於到來了。興奮的辛棄疾馬上馳往鎮江，於三月到任，立即開始積極備戰，「至鎮江，先造紅衲萬領備用」。

在北伐的激情鼓舞下，辛棄疾的詩詞創作也達到了人生巔峰。就是這次在鎮江，在小小一個北固亭，辛棄疾就寫下了兩大名篇：〈永遇樂·京口北固亭懷古〉和〈南鄉子·登京口北固亭有懷〉。其中，〈永遇樂·京口北固亭懷古〉被明朝楊愼譽爲「辛詞第一」。

在這首「辛詞第一」中，辛棄疾以一句「四十三年，望中猶記，烽火揚州路」，回憶起四十三年前，自己年僅二十三歲時的一件得意之事。

那是在紹興三十二年（西元一一六二年）正月，元日剛過，在金國統治下的山東青年辛棄疾加入抗金義軍，之後「奉耿京命，奉表南歸」，於正月十八日到達建康，得到了宋高宗的召見。

連敗之下的宋高宗，突然得知敵後還有心懷大宋正朔的義軍來歸，大喜過望，封耿京爲天平軍節度使、知東平府兼節制京東河北路忠義軍馬，辛棄疾爲右承務郎、天平軍掌書記，「其餘統制官皆修武郎，將官皆成忠郎。凡補官者二百餘人」，並且令樞密院派使臣二員前往接收耿京大軍。

就在辛棄疾等人返回耿京軍隊駐地的途中，噩耗傳來：耿京被叛徒張安國等人所殺，軍隊被金軍接收。此時的辛棄疾，完全可以不必冒險，可以選擇安全返程，回朝報告。這是因爲，此次事變的責任並不在他，更何況他一介書生，也不必爲事變負責。

但辛棄疾作了截然相反的選擇。他毅然決定，在手中只有少量人馬的情況下，直衝金營。「安國方與金將酣飲，即衆中縛之以歸，金將追之不及。」正在飲酒作樂的張安國絕對沒有想到，一介書生的辛棄疾居然還有此武勇，把他從戒備森嚴的金營抓了出來，「獻俘行在，斬安國於市」。

《容齋隨筆》的作者洪邁，後來在《稼軒記》中如此描述辛棄疾這段英雄事蹟：「赤手領五十騎，縛取於五萬眾中……儒士為之興起，聖天子一見三歎息，用是簡深知。入登九卿，出節使二道，四立連率幕府。」

辛棄疾一生功業，即奠基於此。關羽曾以「於百萬軍中取上將之頭，如探囊取物」來形容張飛的勇武，辛棄疾則是於五萬軍中生擒叛徒張安國，並且全身而退。要知，辛棄疾此等勇武，非尋常文人所及，已可與張飛比肩，張飛卻無辛棄疾的蓋世文才。

二〇一四年春天，我開車帶著家人到江蘇鎮江，在飽餐當地美食「鍋蓋麵」之後，登上北固山，雖然知道此「北固亭」早已不是彼「北固亭」，仍然向家人興致勃勃地講了辛棄疾的這段勇武往事。

直到那時，我才從當地人那裡知道：「北固亭」又名「北顧亭」。不禁遙想，辛棄疾當年，在此登臨，極目北顧中原，展望北伐前景，設問「廉頗老矣，尚能飯否」之時，心中的那份壯懷激烈。

當時我就假設，如果這次北伐，辛棄疾眞的像老廉頗一樣上了前線，親自率軍攻擊金國，一定會改變「開禧北伐」虎頭蛇尾的結果。畢竟，辛棄疾的擒敵之勇、知兵之謀，遠在前線諸將領之上。

可是，歷史是不容假設的。就在寫下〈永遇樂・京口北固亭懷古〉的一個月後，開禧元年

（西元一二〇五年）六月十九日，辛棄疾奉命由鎭江府前線返回內地，改知隆興府（今江西南昌）。原因是朝中「言者論列」，說他「好色貪財，淫刑聚斂」。

實事求是地說，有了前面朱熹留下的販賣牛皮的證據，說辛棄疾「貪財」、「聚斂」，並不算特別冤枉他。但是，說他「好色」，無非是指責他和韋小寶一樣，有一妻六妾共七個老婆，這就偏頗了。而且當時指責辛棄疾的人，老婆數量很可能還比辛棄疾只多不少。

說辛棄疾「淫刑」，則更是深文周納的欲加之罪了。辛棄疾長於北方，生性豪邁，同時又因爲關注武事多，與武人相處多，所以爲人處世頗有些武人粗豪氣息。這導致他在擔任地方長官的時候，執法行政的確有簡單粗暴的現象。

比如，他在擔任湖南安撫使時，寫下的賑濟榜文就只有簡簡單單的八個字：「劫禾者斬！閉糴者配！」可以想像，他當時是眞的把「劫禾者」都砍了頭的。這在別人眼中，自然就是「淫刑」了。

這是辛棄疾在南宋官場的謝幕時刻。不管有沒有冤枉，這次將辛棄疾由北伐前線調回，徹底摧毀了他的雄心壯志和身體健康。此後，他連續拒絕了知隆興府、提舉沖佑觀、知紹興府、兩浙東路安撫使、知江陵府、試兵部侍郎、樞密都承旨等一系列任命，悲憤地回到了鉛山瓢泉——這個兩年前的元日他還在「克己復禮齋」打瞌睡的地方。

就這樣，南宋的主和派在兩軍即將開戰的關鍵時刻，成功臨陣換將，幹掉了一位知己知彼的資深主戰派人士。他們，又贏了。與此同時，在辛棄疾離開後，北伐前線開始節節敗退。

辛棄疾本人，則在回到鉛山瓢泉、退任在京宮觀閒職不到兩年的時候，於開禧三年（西元一二〇七年）九月初十，帶著壯志未酬的遺憾離開了人世，年僅六十八歲。

兩年之後的嘉定二年（西元一二〇九年）十二月二十九日，另一位資深主戰派人士——同樣爲這次北伐激動不已、比辛棄疾還要大上十五歲的陸游，在耳聞目睹了「開禧北伐」失敗的慘痛後果之後，在留下千古名篇〈示兒〉之後，也去世了。

兩個「亙古男兒」，一樣壯志未酬。

南宋人的大年初一很奇葩

正月初一，就是元日。

元日，還有元旦、歲日、歲旦、朔旦、歲朝、正歲、端月、年節、旦日、正旦、正日、元正、新年、新歲等多種稱呼。其中最普遍的稱呼還是元旦，雖然我們今日的元旦已經變成陽曆的一月一日了。

元爲始，旦爲晨。元日不僅是新年的第一天，還是新月的第一天，還是新日的第一天，稱爲「三元之日」。所以「兒童喚翁起」，就直接告訴辛棄疾：「今日是新年」。

元日爲正月初一，源於西漢。西漢太初元年（西元前一〇四年），漢武帝命司馬遷等人重新修訂曆法，制定了以正月爲歲首、正月初一爲元日的太初曆。至此，「元日」正式確立。

自古以來，元日就受到古人的空前重視。到了辛棄疾所在的南宋，元日已與寒食、冬至並列爲三大節日。南宋吳自牧在《夢粱錄》中說「一歲節序，此為之首」。除日是歲尾，元日是歲首，共同構成了「百節年爲首」這個一年之中最爲隆重盛大的節日。

由於元日有新年伊始的寓意，所以從漢至清，歷朝歷代都會在這天舉行正旦朝會，向皇帝恭賀新年。

然而，這些朝代中，要把辛棄疾所在的南宋排除在外。因爲，在整個南宋，正旦朝會只在紹興十五年（西元一一四五年）舉行過一次。僅僅一次而已。

南宋諸帝爲什麼這麼低調？原因很簡單。當時，宋徽宗、宋欽宗還是金國的俘虜，只怕元日當天連吃頓飽飯都難；而且南宋小朝廷偏安一隅，國力也頗爲有限。爲親情計、爲財力計，南宋小朝廷在元日的官方儀式不宜過分歡樂。

當然，南宋不舉行正式的正旦朝會，但官方在元日當天，卻也並不是冷冷清清，完全不過了。說起來，活動還是挺多的。

元日清晨，皇帝要「先詣福寧殿龍墀及聖堂炷香」，「為蒼生祈百穀於上穹」；然後，皇帝「至天章閣祖宗神御殿行酌獻禮，次詣東朝奉賀，復回福寧殿受皇后、太子、皇子、公主、貴妃，至郡夫人、內官、大內已下賀。賀畢，駕始過大慶殿御史臺閣門，分引文武百僚追班稱賀。大起居十六拜，致辭上壽。樞密宣答禮畢，放仗」。

禮儀活動之後，皇帝賜宴，「後苑排辦御筵於清燕殿，用插食盤架。午後，修內司排辦晚筵於慶瑞殿，用煙火，進市食，賞燈」。賜宴之外，爲了加強與百官同樂的氣氛，皇帝還會賜錢、米麵等物，甚至還會賜花。南宋詩人楊萬里就享受過賜花的待遇：「春色何須羯鼓催，君王元日領春回。牡丹芍藥薔薇朵，都向千官帽上開。」

在南宋與金國之間不打仗的那些新年元日，在臨安城裡，還可以見到金國派來的賀正旦使。他們是來向南宋皇帝拜年的。只是南宋小朝廷在接待這些來自敵國、有過深仇大恨的賀正旦使時，內心其實是五味雜陳的。

紹興三年（西元一一三三年）十二月，「宰臣進呈金使李永壽等正旦入見。故事，百官俱入，上曰：『全盛之時，神京會同，朝廷之尊，百官之富，所以誇示。今暫駐於此，事從簡便，舊日禮數，豈可盡行？無庸俱入。』使人見辭，並賜食於殿門處」。

元日之時，國與國之間都要拜年，人與人之間，就更要拜年了。吳自牧《夢粱錄》載：「細民男女亦皆鮮衣，往來拜節。」拜年的禮節，北宋那個砸缸的司馬光，在《居家雜儀》中記錄了：「卑幼於尊長，正旦六拜；尊長減止，則從命。拜畢，男女長幼各為一列，以次共受卑幼拜。」

如果親戚朋友多了，不能一一當面拜年，怎麼辦？說起來，宋人就是聰明，當時就發明出了類似我們今天明信片拜年的辦法——「拜年飛帖」。

此俗從北宋元祐年間興起。具體做法是，需要拜年的人，將梅花箋紙裁成卡片，寫上自己的姓名、地址，做成「拜年飛帖」，然後派僕人把這個「拜年飛帖」送到打算拜年的人家中去。被拜年的各家主人，也不必親自站在門口接收，只需要在自己家門上黏一個當時被稱爲

「門簿」的紅紙袋，寫上主人的姓名，就可以接收別人的「拜年飛帖」了。

宋人的「拜年飛帖」，當然要比我們今天的高科技手段拜年麻煩一些，但在那個年代，已是相當省事的拜年辦法了。

拜完年，自然又是吃吃吃、喝喝喝、玩玩玩。

南宋人在元日的吃吃吃，要吃一種重要的節俗食物——「五辛盤」，又叫「春盤」。「五辛」，就是「五新」，由「蔥、蒜、韭菜、芸薹、胡荽」五種辛味蔬菜組成。「芸薹」是現在的油菜，「胡荽」就是現在的香菜。當然，限於各地特產不同，「五辛盤」並不總是這五種蔬菜，但必須是春天生長的新鮮蔬菜。

中醫認爲，食物和藥物的性味屬性，分爲辛、甘、酸、苦、鹹五味。其中的辛味，具有發散、行氣、行血的功能。比如麻黃、薄荷、木香、紅花、花椒、蒼術、肉桂等，都屬於辛味食物和藥物。上述的「五辛」也是。

歲末年初，氣候也由冬入春。在這個季節轉換的時節，聰明的古人選用辛味食物，以運行氣血、發散邪氣，對於調動身體陽氣、預防流感，保證身體健康，都是有益的。

喝喝喝，主要是喝椒柏酒和屠蘇酒。其中，椒柏酒是元日家庭宴會時，晚輩向長輩敬獻的壽酒。《漢官儀》說「正旦飲柏葉酒上壽」，柏是常青樹，被視爲長壽的象徵，而柏葉可以入藥作酒。椒就是花椒，古人取其性溫、氣香、多子的特點，與柏葉一起炮製椒柏酒，獻給長輩，祝願辟邪祛瘟、延年益壽，「願持柏葉壽，長奉萬年飲」。

屠蘇酒，是元日家庭宴會時，同輩之間喝的時令藥酒。屠蘇酒的飲酒次序是由幼及長，從一座之中最年少者飲起。南宋趙彥衛所撰的《雲麓漫鈔》記錄說：「正月旦日，世俗皆飲屠蘇酒，自幼及長。」

南宋人在元日的玩玩玩，主要就是上街遊玩、購物。南宋人上街遊玩，尤其喜歡玩「關撲」。這是一種以商品爲誘餌，引人參與的賭博性遊戲，「街坊以食物、動使、冠梳、領抹、緞匹、花朵、玩具等物沿門歌叫關撲」。至於「關撲」的具體玩法，大致類似於用針箭射擊轉盤上的圖案，射中即可獲得該圖案所繪物品作爲獎品；射不中也不要緊，付點錢就行了。過節嘛，就是圖一樂。

和我們今天一樣，南宋人在元日當天，也會到寺廟求神拜佛，稱爲「燒香」或「歲懺」，以祈求新年吉祥如意。吳自牧《夢粱錄》說臨安城的百姓元日前往靈隱寺、淨慈寺和天竺寺等寺廟，「不論貧富，遊玩琳宮梵宇，竟日不絕」。

南宋人的元日，怎麼少得了炮仗和煙花？據南宋周密所著《武林舊事》記載，臨安城中的元日鐘聲敲響之時，城裡城外，鞭炮齊鳴，老百姓以此祈求「開門大吉」。

這已經類似我們現在元日零點到來之時的新年倒數了。

人日　正月初七

薛道衡〈人日司歸〉

入春才七日，離家已二年。

人歸落雁後，思發在花前。

隋朝開皇五年、南朝陳國至德三年（西元五八五年），正月初七、「人日」佳節，陳國首都建康（今南京），臺城宮殿。

陳後主陳叔寶正在這裡，和自己有著「文學家」之稱的宰相江總，加上陳暄、孔範、王瑗等一干大臣，舉行正式宴會，宴請來自北方隋國的使臣——正使、內史舍人、散騎常侍薛道衡，副使、通直散騎常侍豆盧寔。

酒至半酣，一向自認對北方擁有文化自信的陳國大臣們，提議賦詩助興，並請素有能詩之名的隋國正使薛道衡先來第一首。薛道衡也不推辭，開口吟道：

入春才七日，離家已二年：今天是正月初七「人日」，進入春天才七天，可是我離開家鄉，已經有兩年時間了。

薛道衡這裡說的是實情。他和豆盧寔是去年十一月從長安受命出發的，長途跋涉到建康時，已經是十二月了。今天是「人日」，新年的正月初七，雖然離家只有兩、三個月，但就年頭而言，身在異國、度日如年的他，可不是離家兩個年頭了嗎？

實情自然是實情，可是，我們是在作詩好嗎？這樣平白如話地數日子、數年頭，眞的好嗎？你這樣作詩，居然還被稱作北方的大詩人？當下，陳國大臣中就有人衝口而出：「是底言？誰謂此虜解作詩？」——這是什麼詩句？是誰說這個北虜會作詩來著？

當時，南方人稱呼北方人爲「北虜」，北方人也不示弱，稱呼南方人爲「南蠻」。此人「虜」字出口，早已見慣煙雲、時年已四十六歲的薛道衡毫不介意，很有涵養地看了這個不懂禮貌的「南蠻」一眼，輕輕吟出了下面兩句妙之極也的千古名句：

人歸落雁後，思發在花前：看來，我回家的日子，要落在春暖北飛的大雁之後了，我回家的念頭卻在春花開放之前就有了。

據《禮記・月令》記載：「孟春之月……東風解凍，蟄蟲始振，魚上冰，獺祭魚，鴻雁來。」可見，最早在孟春之月，大雁就已開始北歸。

而當時處於因公出差狀態、在建康度過新年的薛道衡，卻不能回家。所以，完全可以想像，他在耳聞目睹家家團圓之際，也曾經在思鄉的寂寥中，目送過天邊北飛的大雁，只恨自己不能像牠們一樣，早日振翅北歸。

薛道衡的這兩句詩妙在何處？清朝的詩論家張玉穀在他寫的《古詩賞析》中，點評第三句：「點醒遲歸，恰又補點『人』字，與『雁』對剔。」又點評第四句：「正點『思』字，『在花前』恰又抱轉人日，流對極為巧切。」

果然，薛道衡當時這兩句詩一出，陳國君臣都是識貨的，這才驚喜地歎息道：「名下固無虛士！」

這首〈人日思歸〉，雖然不長，卻是古代詩詞中關於「人日」的名篇；這個「名下固無虛士」的薛道衡，其實在當時大名鼎鼎，被稱爲隋朝的「一代文宗」。

薛道衡出身名門。河東薛氏，這是一個與裴氏、柳氏齊名的「河東三姓」之一，也是中國中古時期最猛的世家大族之一，被稱爲「隋唐全期三百餘年的寵兒」。

看看史上薛家那些赫赫有名的文臣武將，我們就可以知道，上天的確曾在隋唐那三百多年間，深深地寵愛了這個家族。

據《新唐書．宰相世系表》記載，薛家最早繁衍於蜀地，薛齊曾爲蜀地太守。西元二六三年，劉備建立的蜀漢滅亡後，薛齊率領族人五千戶降魏，被封爲光祿大夫，並且舉族遷徙至河東汾陰定居，被稱爲「蜀薛」。西晉時期，薛家分爲北房、南房、西房三個房系，分別發展壯大。

薛家北房在隋朝，最有名的就是官至左御衛大將軍、涿郡留守的名將薛世雄；薛世雄共有四子，其中三個都成爲「以驍武知名」的唐朝名將：一個是官至右領軍將軍、梁郡公的薛萬淑；一個是官至左屯衛大將軍、潞國公的薛萬均；尤其是幼子薛萬徹，不僅得娶唐朝丹陽公主，官至右武衛大將軍，而且被唐太宗李世民稱爲當世三大名將之一。

薛家南房最有名的人物，就是「將軍三箭定天山，壯士長歌入漢關」的薛仁貴。薛仁貴建功立業於唐太宗、唐高宗時期，後來官至右威衛大將軍、平陽郡公，以七十高齡善終；薛仁貴的兒子，並不是《薛家將》中那個把父親薛仁貴誤殺了的薛丁山，而是南房第一個出將入相的薛家子孫——薛訥，不僅在西元七一〇年成爲唐史上第一個被封爲「節度使」的官員，而且在唐玄宗時期登上宰相之位。

直到唐末，薛家南房子孫都是以武功見長，這才有了那本演義小說《薛家將》流傳到後世。遙想當年，筆者還是農家窮小子時，無限仰慕的薛仁貴、薛丁山、樊梨花、薛剛、薛姣……那些個雖然閃亮卻大多屬於虛構的名字，原來都是薛家南房一脈啊。

薛道衡，則屬於薛家西房，是西房在隋唐時期第一個有名的人物。

薛道衡入仕，是在北齊。在北齊文宣帝天保八年（西元五五七年）前後，他就因才學出眾，被北齊朝野的前輩們誇成了一朵花：一個將他比之東漢經學大師鄭玄，「吏部尚書隴西辛術與語，歎曰：『鄭公業不亡矣。』」一個將他比之擁有三千弟子的「關西孔子」楊震，「河東裴讞目之曰：『自鼎遷河朔，吾謂關西孔子罕值其人，今復遇薛君矣。』」這一年，薛道衡其實才剛剛年滿十八歲。

薛道衡三十八歲那年北齊亡國，但他繼續得到隋文帝楊堅的賞識和重用，先後任儀同、攝邛州刺史等職。在出使陳國的前一年，薛道衡得除內史舍人，兼散騎常侍。

薛道衡所在的西房，是薛氏三房中最爲顯赫的一房。薛道衡之子薛收，是李世民當上皇帝之前的核心謀臣之一，官至天策府記室參軍、汾陰縣男。李世民登上帝位之後，仍然對英年早逝的薛收念念不忘，說：「薛收若在，朕當以中書令處之。」可惜，薛收有宰相之才，卻無宰相之命。

這個遺憾，在薛道衡之孫、薛收之子薛元超的身上，終於得到了彌補。薛元超是薛氏西房的第一位宰相，並且他擔任的，就是父親薛收沒能擔任的中書令一職，「獨知國政者五年」。

薛氏西房的第二位宰相，是薛道衡的曾孫、薛元超的侄子薛稷。這位薛稷，不僅官至宰相，還是與褚遂良、歐陽詢、虞世南並列的「初唐四大書法家」之一，更是一位大畫家。他是中國畫史上畫鶴第一名家，人稱「鶴樣」。《歷代名畫記》說：「屏風六扇鶴樣，自稷始也。」

薛道衡不僅兒子、孫子猛，就連教出來的女兒也猛。他的一個女兒，嫁給唐高祖李淵爲婕妤，因爲才學出眾，後來竟然當了唐高宗李治的老師。《大慈恩寺三藏法師傳》載：「有尼寶乘者，高祖神堯皇帝之婕妤，隋襄州總管臨河公薛道衡之女也。」寶乘繼承家學，「妙通經史，兼善文才。大帝幼時從其受學」。這位跟隨寶乘學習的「大帝」，就是李治。李治後來繼位，成爲唐高宗之後，爲了報答寶乘的師恩，「封河東郡夫人，禮敬甚重」。

與南房武將輩出、武略見長形成鮮明對比的是，薛道衡所在的西房，則是文人高產、文采見長。

薛道衡本人，就是西房這一系列出類拔萃文人的源頭。史稱他「專精好學」、「一代文宗，位望清顯」、「世擅文宗，令望攸歸」。對於現在出使的陳國，薛道衡早就已經是名震該國朝野的文化大咖，「江東雅好篇什，陳主尤好雕蟲，道衡每有所作，南人無不吟誦焉」。

在當時，薛道衡能做到這一點，相當不易。就是從他開始，改變了南方文人看不起北方文人的被動局面。僅僅三十多年前，「七世舉秀才」、「五代有文集」的南方著名文學家庾信，在初到北方時，被問及「北方文士如何」，庾信回答說：「唯有韓陵山一片石堪共語。薛道衡、盧思道少解把筆，自餘驢鳴犬吠，聒耳而已」。

而到了此時此刻，在庾信眼中只是「少解把筆」的薛道衡，在陳國宮廷宴會上隨口吟出的這首〈人日思歸〉，唐朝的大詩人李商隱後來還專門寫詩按讚：「獨想道衡詩思苦，離家恨得二年中。」

一代文宗薛道衡的死亡之謎

在陳國至德三年（西元五八五年）的「人日」佳節，當著陳後主和一干大臣們吟誦〈人日思歸〉的薛道衡，其實不僅僅是一個詩人，也不僅僅是一個使節，在我看來，他更是一個不懷好意的間諜。

堂堂正正的使臣，怎麼就變成了偷偷摸摸的間諜了呢？

正使薛道衡、副使豆盧寔當時在陳國具體從事了哪些間諜活動，紙上的證據——史書上並沒有記載，但地下的證據—發掘出土的〈豆盧寔墓誌〉中卻透露出了線索：「其年，兼通直散騎常侍，與薛道衡聘陳。於時，朝議將圖江表。既欲取亂海亡，必須觀風省俗。公之出使，義屬於斯。既至於陳，待遇優厚……覆命之日，具敘敵情，甚會帝心，號為稱職。」

可見，此次出使陳國，薛道衡與豆盧寔的身上，還負有「觀風省俗」的間諜使命。等到他們在開皇五年（西元五八五年）七月以前「人歸落雁後」，「覆命之日，具敘敵情，甚會帝心，號為稱職」，圓滿完成了出使及間諜任務。

再說「不懷好意」。就在出使陳國之前，薛道衡向隋文帝楊堅呈奏了〈因聘陳奏請責陳主稱藩〉：「江東蕞爾一隅，僭擅遂久，實由永嘉已後，華夏分崩。劉、石、苻、姚、慕容、赫連之輩，妄竊名號，尋亦滅亡。魏氏自北徂南，未遑遠略。周、齊兩立，務在兼并，所以江表逋誅，積有年祀。陛下聖德天挺，光膺寶祚，比隆三代，平一九州，豈容使區區之陳久在天網之外？臣今奉使，請責以稱藩。」

可見，薛道衡想得很簡單：此次出使，他要幹乾脆脆、直截了當地要求陳國臣服稱藩，以一舉實現東南部的統一大業。但楊堅知道，陳國不是這麼容易對付的，所以他對此表的答覆是：「朕且含養，置之度外，勿以言辭相折，識朕意焉。」

在楊堅的統一計畫中，陳國排在最後，當前要解決的是北方的突厥和江陵的蕭梁。楊堅怕薛道衡此次出使，在言辭之中洩露天機，激怒陳國君臣，打亂了自己統一天下的次序，特地對他有此一番告誡。

現在大家知道爲什麼薛道衡吟出〈人日思歸〉前兩句、有人稱他爲「虜」時，他爲什麼那麼有涵養了吧？因爲他的大老闆都說了「朕且含養」，要求他「勿以言辭相折」。於是，薛道衡只好「我忍我忍我再忍」。

這一忍，就是四個年頭。

開皇八年（西元五八八年）十一月，四十九歲的薛道衡接到淮南省行臺尚書吏部郎、兼掌文翰的任命，輔佐元帥、晉王楊廣，元帥長史高熲，出兵五十萬，以雷霆萬鈞之勢，大舉伐陳。薛道衡，終於盼來了這一天。

平陳之後，薛道衡因功升任吏部侍郎。那些在那年人日佳節、在建康宮殿宴會現場聽他吟出〈人日思歸〉的陳國君臣們，已成階下之囚：陳叔寶、江總被活捉到了長安，分別受封長城縣公、上開府，當上了高級俘虜；至於孔範之流，因隋廷認爲其「邪佞於其主，以致亡滅」，都被流放，「投之邊裔」。

薛道衡在隋朝的高官之中是後來者，並不是一開始就和楊堅一起打天下的元從功臣。但他很快就融入以楊堅爲首的隋朝創業團隊，與其中的蘇威、高熲、楊素等人建立了良好的私人關係。

或許，這種私人關係的良好程度，在某些時候，有些過分了。而且，這種過於親密的私人關係，直接導致了薛道衡此後人生中幾次大挫，甚至最後還爲此而丟了性命。

第一次是因爲蘇威。蘇威當時兼任吏部尚書，是薛道衡這個吏部侍郎的直屬上司。開皇十二年（西元五九二年），薛道衡就因爲與蘇威的良好同事關係而倒了楣。「坐抽擢人物，有言其黨蘇威，任人有意故者」，簡單地說，就是有人未獲重用，心懷不滿，就向皇帝攻擊人事部門的主官和副官選人用人存在不正之風。結果，蘇威被免職，一百多名官員受他牽連得罪，薛道衡也在其中，被「除名，配防嶺表」，也就是流放嶺南。

流放嶺南走哪條道呢？薛道衡出現了選擇困難。如果只考慮路程最近，其實他只有一種選擇，就是從長安出發，途經漢水，走荊襄古道，水陸兼程，經過今天的湖北、湖南，再到廣東。

但在當時，有人給他提供了另外一條路線：向東繞遠一點，走揚州路，然後再去嶺南。而且這個人承諾，如果他到了揚州路，這個人會爲他出面，向皇帝請求將他留在揚州路算了，不必再去嶺南了。

這個人是晉王楊廣，當時駐節揚州路。顯然，楊廣此舉，有拉攏薛道衡之意。幾年前的平陳之戰，楊廣就當過薛道衡的直屬上司，現下又出手相救，多好的事兒啊。

還是老長官會疼人。「晉王廣時在揚州，陰令人諷道衡從揚州路，將奏留之」。可是薛道衡就是不領楊廣這個情，「道衡不樂王府，用漢王諒之計，遂出江陵道而去」，弄得晉王楊廣「由是銜之」。

說起來，薛道衡對於此事的處理極不明智：你不領楊廣的情也就罷了，爲什麼非要聽漢王楊諒的話？那可是一個後來楊廣剛當皇帝就造反的人物啊。楊諒、楊廣這兩兄弟的關係，一直就不對頭啊。你聽楊諒的，楊廣自然要恨你了。

楊廣後來賜死薛道衡，追根溯源，就在於此。

接替蘇威的，是楊素。這是另一個出將入相的隋朝開國重臣，也是薛道衡的終生好友，沒有之一。所以，楊素一接替蘇威，薛道衡就「尋有詔征還，直內史省」。好朋友楊素執政，薛道衡自然要佔便宜了。

楊素與薛道衡的友誼，史書中證據多多。《隋書．楊素傳》中說，楊素爲人倨傲，只跟薛道衡等三人有交情：「頗推高熲，敬牛弘，厚接薛道衡。」《隋書．薛道衡傳》也說楊素對薛道衡「雅相推重」。

楊素現存詩歌只有十九首，其中十七首屬於唱和詩，而其唱和的物件，居然只有薛道衡一個人！實際上，二人唱和的詩篇遠不止此。唐朝大詩人李商隱在所寫的〈謝河東公和詩啓〉中說有數百篇之多：「當時與之握手言情，披襟得侶者，惟薛道衡一人而已。及觀其唱和，乃數百篇。」楊素於大業二年（西元六〇六年）完成的絕筆詩，就是贈給薛道衡的十四章七百字五言組詩——〈贈薛番州〉。

這其間，在楊素和高熲的共同提攜下，時任內史侍郎、時年五十八歲的薛道衡，在開皇十七年（西元五九七年）達到了一生仕途的頂峰。

這一年，皇帝楊堅主動說：「道衡老矣，驅使勤勞，宜使其朱門陳戟。」於是進位上開府，賜物百段。道衡辭以無功，楊堅說：「爾久勞階陛，國家大事，皆爾宣行，豈非爾功也？」

楊堅在這裡體貼地爲薛道衡送上的「朱門」，比較好理解。杜甫有詩曰：「朱門酒肉臭」，指的是高官貴族漆成紅色的府第大門。那「陳戟」是怎麼回事兒？

戟，最早是上古時期的實戰兵器。到三國時期，名將呂布用的還是長戟。後來由於冷兵器作戰模式的演進，戟逐漸不具備實戰作用，而成爲一種禮儀兵器。

最遲在北周時期，高官府門之前就有了設立門戟的制度：「武賤時，奢侈好華飾。及居重位，不持威儀，行常單馬，左右僕一兩人而已。外門不施戟，恒晝掩一扉。」這條《周書·達奚武傳》中的史料說明，達奚武是按照制度應該設立門戟的，只是由於他自己低調，才沒有在外門設立門戟。

到了隋唐時期，制定了嚴格的門戟設立制度。隋制，「三品以上，門皆列戟」。薛道衡受封的「上開府」是從三品，正好有了門前列戟的資格。

然而，就在不久之後，此時此刻慷慨給予薛道衡「朱門陳戟」之榮的皇帝楊堅，也開始對楊素與薛道衡這二位中樞要臣過於親密的私人友情，感到不安。畢竟，政壇不是講感情的地方，兩個中樞要臣過於親密，要是聯起手來搞政變，可不是鬧著玩的。

終於，在自己去世的前一年，楊堅作出了預防性安排：在當時楊素獨掌朝政的情況下，楊堅把身處機密之任的薛道衡外調出京，「出檢校襄州總管」。

楊堅與薛道衡是同齡人，都已六十出頭，此番生離，等同死別，所以告別的一幕，顯得極爲悲情：薛道衡自己「不勝悲聲，言之哽咽」；身爲始作俑者的楊堅，也不禁「愴然改容」，表示自己其實也捨不得他離開：「今爾之去，朕如斷一臂。」

這眞的就是君臣二人的最後一面了。第二年，即仁壽四年（西元六〇四年）七月，楊堅死去。太子楊廣繼位，是爲隋煬帝。此時，薛道衡已在轉任的廣州刺史任上。

不過，因爲要避楊廣的名諱，薛道衡所任職的「廣州」，將被迫更名爲「番州」，薛道衡由「廣州刺史」變成了「番州刺史」。這似乎是上天提供的另一個暗示，暗示著薛道衡與楊廣兩人之間的關係，將會磕磕碰碰，很不平坦。畢竟，薛道衡是楊廣早在十年前就「銜之」的人。

薛道衡當然也深知這一點，所以他在楊廣當上皇帝的頭一年，就「上表求致仕」，請求退休。可楊廣不讓，還將他上調中央任職：「道衡將至，當以秘書監待之。」秘書監是秘書省的一把手，正經的三品大員。在此之前，楊廣的秘書監是柳顧言，那是一個出自楊廣潛邸晉王府的心腹學士。楊廣讓自己的心腹騰出高位，可見他對於薛道衡，一開始眞的是想尊崇而且重用的。

可是，薛道衡再一次地沒有領楊廣這個情。大業二年（西元六〇六年）一到長安，他就獻上了長篇雄文〈高祖文皇帝頌〉。按常理來講，楊堅剛死，薛道衡作爲先朝老臣懷念先帝，並無不妥；同時，當著兒子的面讚美其父親，本來就是極爲討好的事。可是，薛道衡硬是把馬屁拍到了馬腿上，「帝覽之不悅，顧謂蘇威曰：『道衡致美先朝，此〈魚藻〉之義也』」。

楊廣也是文化人啊，他這一句話，我還得幫他解釋一下：〈魚藻〉是《詩經．小雅》裡的一篇。這首詩的創作目的，一直被專家解釋爲：「刺幽王也。言萬物失其性，王居鎬京，將不能以自樂，故君子思古之武王也」。

楊廣認爲，像〈魚藻〉「刺幽王也」一樣，薛道衡的〈高祖文皇帝頌〉也是在諷刺自己。於是，他「不悅」了，三品的清要高官秘書監也不給了，只給了一個四品的事務官職司隸大夫，這是一個負責監察的事務繁雜、容易犯錯的崗位。

楊廣將薛道衡放到這樣一個容易犯錯的崗位，明顯不懷好意。所以《隋書．薛道衡傳》說楊廣此舉的用意：「將置之罪。道衡不悟。」同事房彥謙也預感到了危險，「知必及禍，勸之杜絕賓客，卑辭下氣，而道衡不能用」。

不聽人勸、一意孤行的薛道衡，不久就在一個官員們開會討論朝廷新令的公開場合，說出了那句致命的話，犯下了那個致命的錯，「會議新令，久不能決，道衡謂朝士曰：『向使高熲不死，決當久行。』」得，一句話捅了個大大的馬蜂窩。

其實，薛道衡這句話的本意，只是想簡單地懷念一下當年高熲執政時的高效率，卻在不經意間提及了皇帝楊廣最大的政敵。

在楊廣奪嫡道路上，高熲曾經是他最大的障礙。高熲是前太子楊勇的兒女親家，曾堅決反對立楊廣爲太子。即使在楊廣即位以後，其也曾公開批評「近來朝廷殊無綱紀」，這才被楊廣怒而誅之的。這樣一個人，薛道衡公開懷念，基本等同於找死。果然，「帝怒曰：『汝憶高熲邪？』付執法者勘之」。

在這件事上，薛道衡顯然低估了事情的嚴重程度：「道衡自以非大過，促憲司早斷。暨於奏日，冀帝赦之，敕家人具饌，以備賓客來候者。」他還打算寬赦回家後請客吃飯呢。

楊廣呢，則顯然高估了事情的嚴重程度：「及奏，帝令自盡。道衡殊不意，未能引訣。憲司重奏，縊而殺之，妻子徙且末。時年七十。」薛道衡被楊廣視為高熲餘黨，下令勒死了。

一個年已七十、風燭殘年的讀書人，而且又為大隋立過功，也就是說錯了一句話而已，難道就不能通過勒令致仕、罰俸、坐牢甚至流放等方式來進行懲罰？非要直接將其置之死地而後快？

楊廣如此做法，相當不厚道，亡國之君的面目已初現端倪。我這個觀點，很榮幸地和《劍橋中國隋唐史》的作者崔瑞德先生高度趨同。他在書中論及此事時評價說：「六〇九年，年邁的薛道衡因含蓄地批評時局而被蓄意判處死罪之事，也肯定使煬帝的執政由此進入了更黑暗的第二階段。」對於薛道衡的死，在唐朝編撰《隋書》的魏徵等人，當然不肯錯過這個黑楊廣的良機了，重重地加了一句：「天下冤之。」

從以上可見，楊廣殺薛道衡，主要是因為政治原因，主要是因為薛道衡在政治上站錯了隊。

開皇十二年（西元五九二年）那次流放，在兄與弟之間，薛道衡選擇了晉王楊廣的對頭漢王楊諒；大業二年（西元六〇六年）那篇〈高祖文皇帝頌〉，在父與子之間，薛道衡選擇了晚年與楊廣衝突頗多的楊堅；大業五年（西元六〇九年）那句致命的話，在君與臣之間，薛道衡選擇了楊廣最大的政敵高熲。

連續三次都站錯了隊，難怪楊廣急著要把年已古稀的薛道衡整死了。

可是，關於薛道衡的死因，從劉餗的《隋唐嘉話》開始，包括司馬光的《資治通鑑》，都認爲楊廣殺薛道衡，是因爲妒忌後者的詩才和名句：「煬帝善屬文，而不欲人出其右。司隸薛道衡由是得罪，後因事誅之，曰：『更能作「空梁落燕泥」否？』」

其實，楊廣在政治上固然不是個好鳥，但他本人的詩才還是過得去的，那首〈飲馬長城窟行〉就寫得相當不錯，似乎不必去妒忌薛道衡那句「空梁落燕泥」。咱就不冤枉他了。

大年初七曾是「全民狂歡日」

今天的我們，已經只知正月初七，不知「人日」佳節。

人日人日，人的生日。傳說，盤古在開闢天地以後，前六日依次造出了雞、狗、羊、豬、牛、馬，第七日才創造出了人類。所以，正月初七是人的生日，簡稱「人日」。

「人日」，又稱「人生節」、「人勝節」、「人慶節」、「人節」、「人氣節」、「七元」。

從文獻記錄來看，最早記錄「人日」的是西漢東方朔的《占書》：「歲正月一日占雞，二日占狗，三日占羊，四日占豬，五日占牛，六日占馬，七日占人，八日占穀。」

古代的人，具體在什麼時間開始過「人日」節，至今無定論，有西漢說、魏晉說，等等。反正，很久很久了。

對「人日」節俗最確切的記載，來自南朝梁宗懍的《荊楚歲時記》：「正月七日為人日，以七種菜為羹，剪綵為人，或鏤金箔為人，以貼屏風，亦戴之於頭鬢。又造華勝以相遺。登高賦詩。」

按照宗懍的說法，至少在南朝梁時，「人日」就已經是明確的節日，不僅有了確切的時間，還已經有了具體的民俗活動。薛道衡賦詩〈人日思歸〉之時，已是南朝陳國和隋朝並立的時期，「人日」已是當時人們必須熱鬧度過的節日了。

到了薛道衡所在的隋朝，尤其是唐宋兩代，「人日」開始進入興盛期，受到朝廷的重視，被確定爲官定節日。唐朝的〈開元七年令〉、〈元和令〉、〈天聖令〉、〈元豐令〉、〈慶元令〉等政府律令都規定「人日假一日」。宋朝則承繼了唐朝的假日制度。

在隋唐宋，「人日」的火爆程度，用一句話概括，就是「全民狂歡日」。從留存到今天的隋詩唐詩宋詞當中，我們可以看出「人日」的火爆程度。

這些詩可分爲兩類：一類是詩人自己想寫的「人日」詩。比如張九齡〈人日剪綵〉、徐延壽〈人日剪綵〉、韓愈〈人日城南登高〉、宋之問〈軍中人日登高贈房明府〉。

另一類就是薛道衡〈人日思歸〉這種，是詩人們受到邀請或接到命令而寫的「人日」詩。唐詩就更多了，以〈奉和人日重宴大明宮恩賜彩縷人勝應制〉類似詩題作詩的，就有崔日用、宗楚客、李嶠、韋元旦、李适、蘇頲、沈佺期、馬懷素、李乂、鄭愔等多位詩人。

宋詩宋詞也一樣。蘇軾〈人日獵城南會者十人以身輕一鳥過槍急萬人呼爲韻軾得鳥字〉一詩，就直接描述了「人日」出遊的盛況。陸游則在〈人日遊蟆頤山〉詩中寫道：「玻璃江上柳如絲，行樂家家要及時。只怪今朝空巷出，使君人日宴蟆頤。」蟆頤山在四川眉山，這詩正是描寫當時眉山人民在人日出遊和官宦宴飲於此的盛況。

皇帝、官員、老百姓，都在「人日」這一天過節。可見，「人日」在當時，已是全民性盛大節日，也已是全國性法定假日。

見諸史籍的過「人日」節的地區，已遍及全國。隋朝有建康等地，唐朝有長安、洛陽等地；宋朝有開封、荊楚、巴蜀等地，甚至包括了當時與北宋同時並存的遼國這樣並非由宋朝統治的異國地區。

「人日」的主要節俗，主要分爲四大類：節日儀式、節日活動、節日忌諱、節日飲食。

（一）「人日」的節日儀式，主要有剪綵、點燈、禳鬼鳥。

剪綵，我們今天是這樣的：鞭炮齊響，禮樂共鳴，長官們笑容可掬地上臺，一群禮儀人員用盤子端著一串連著大紅花的紅綢帶，然後另一群禮儀人員給長官們遞上一個個鍍金的剪刀，最後長官們正視前方，「喀嚓喀嚓」，把紅綢帶剪斷，記者們的鏡頭「啪啪啪」，記錄下珍貴的畫面。ＯＫ，大禮告成，萬事大吉。

不是這種剪綵。「人日」的剪綵，又叫剪綵勝、剪華勝、剪金勝、剪玉勝、剪人勝。這是

「人日」的標誌性節俗。

一大堆「勝」，先搞清楚「勝」是啥意思。「勝，婦人之首飾也，漢代謂之花勝」。所以，剪綵就是用紙、玉、絲織品，甚至金箔，剪成花草燕雀人物形狀的裝飾品，然後人們尤其是女性，再把這種裝飾物戴在頭上，或者貼於屏風、窗戶上。

剪成花形的彩勝就是花勝，又叫華勝；用金箔剪就是金勝；用玉來雕刻，就是玉勝。

特別值得一提的是人勝。人勝可不是拿人來用剪刀剪，大過節的，不帶這麼殘忍的。將彩勝剪成人形即爲人勝，俗稱抓髻娃娃。

抓髻娃娃剪紙，現在也可以經常見到。它的主體形象是正面站立、頭飾雙髻的娃娃，雙手上舉或外撇，雙腿分開站立，主要功能是招魂、辟邪、送病、驅鬼、鎮宅、祈雨等。所以，李商隱在〈人日即事〉中寫道：「鏤金作勝傳荊俗，剪綵為人起晉風。」

剪綵勝，需要當時美女們的巧手。「閨婦持刀坐，自憐裁剪新。葉催情綴色，花寄手成春。帖燕留妝戶，黏雞待餉人。擎來問夫婿，何處不如真」（徐延壽〈人日剪綵〉）。爲了維護安定團結的大好局面，識相的夫婿們，當然不敢說剪得不好、不眞了。

第一個剪綵儀式，是白天的儀式。還有一個跟燈有關的儀式，得在晚上進行，這就是第二個儀式「點燈」。「人日」要點燈，因爲「燈」的諧音是「丁」，象徵人丁興旺。「人日」點燈，就是借「人日」生人之吉兆，希望子孫繁衍，家族興旺。

與點燈有關的，還有「偷燈求孕」這一習俗。傳說夫妻無子的，在「人日」這天晚上同去一富人家裡，偷一個燈盞回家，放在自己家床底下，這樣就可以當月懷孕。有興趣的朋友們可以在今天晚上試試，別只顧著和情人吃大餐和逛街購物。

「人日」第三個儀式是「禳鬼鳥」。禳，是禳解、禳災，即祈禱以消除災殃；鬼鳥，又叫作鬼車鳥、姑獲鳥，它還有一個大名鼎鼎的名字，叫「九頭鳥」。

傳說在「人日」這天夜晚，鬼鳥會從空中飛過，它還會把自己的血滴在小孩子的衣物上作為標記，然後讓孩子患病，從而把孩子的魂魄偷走。所以，這晚只要聽到鳥的鳴叫聲，家家戶戶都要馬上滅燈、搥床、打門、扭狗耳讓狗吠叫、放爆竹，等等，用來驅趕和恫嚇鬼鳥，以保護家裡的小寶貝們。

可見，「人日」禳鬼鳥的習俗，主要目的是保護生命，消除危害家人尤其是兒童生命安全的因素。

（二）「人日」的節日活動，主要是登高、踏青、賦詩。

「人日」登高自魏晉以來一直頗受人們喜愛。每逢「人日」，上自帝王將相，下至平民百姓，紛紛走出家門，或登樓閣亭臺，或登山寺高峰，極目遠眺，喜迎新春。唐朝喬侃〈人日登高〉詩，將此俗寫得最直白：「登高一遊目，始覺柳條新。」

至於踏青，與登高本就是一碼事。宋朝蘇轍在〈踏青詩序〉留有當時人們在「人日」踏青的直接證據：「每正月人日，士女相與游嬉飲酒於其上，謂之踏青。」

人們在這天登高、踏青之際，往往也會思念親人、友人和家鄉。同樣，孟浩然也有一首登高懷友的詩——〈人日登南陽驛門亭子，懷漢川諸友〉：「朝來登陟處，不似豔陽時。異縣殊風物，羈懷多所思。剪花驚歲早，看柳訝春遲。未有南飛雁，裁書欲寄誰。」

話說隋唐宋時期的人，也眞是狠，隨便登個高、踏個青，都可以寫詩。如果改在今天來過這個「人日」，我本人登高、踏青是行家，賦詩就只能將就著背一背薛道衡這首〈人日思歸〉，也就罷了。

（三）「人日」的節日忌諱，主要是忌做針線活、忌陰天雨雪、忌用刑、忌出門。

古人很講究在「人日」這一天守忌諱，卜吉凶。

忌諱做針線活，是防備對眼睛造成傷害，俗語說得好：「人日做針線，專扎婆婆眼。」當然，跟婆婆不對盤的兒媳婦除外，你們盡興。

這天也不能對犯人用刑，以防沖了人氣。

這一天還忌出門，「七不出門八不歸家」，如果有事出門，一定要避開正月初七，歸家也要在初八以後。

人們還根據「人日」這天天氣的陰晴雨雪，來預卜一年的運氣。如果天氣晴好，則一年順利如意；如果陰雨風雪，則預示著病災坎坷，需要時時留意。

最後還有一條：「人日」這一天，因爲人爲大，所以各位家裡的小寶貝兒也爲大，家長們可不能在這一天教訓他們、打他們的小屁屁喲。

（四）「人日」這一天，吃啥菜喝啥酒？

宴會是「人日」一項重要的活動，正如薛道衡所參加的陳國宮廷宴會一樣。「人日」當天，由皇帝出面，賜宴百官，君臣同樂。這種宴會，有音樂，有美女，有吃的，吃完還有拿的。拿什麼？皇帝賜的彩縷人勝。

崔日用等諸多唐朝官員，都享受過這等高級待遇。他寫下的〈奉和人日重宴大明宮恩賜彩縷人勝應制〉，雖是奉命之作，仍可從中一窺皇帝「人日」在大明宮賜宴的熱鬧場面：「新年宴樂坐東朝，鐘鼓鏗鍠大樂調。金屋瑤筐開寶勝，花箋彩筆頌春椒。曲池苔色冰前液，上苑梅香雪裡嬌。宸極此時飛聖藻，微臣竊抃預聞韶。」

作爲「人日」的標誌性節日食物，這一天，南方人應吃七菜羹，北方人則應吃煎餅。不出意外的話，在南朝陳國至德三年（西元五八五年）的「人日」，薛道衡是一邊吃著七菜羹，一邊吟出〈人日思歸〉的。雖然此時此刻，他心中最爲想念的，還是北方家鄉的煎餅。

七菜羹，就是用七種蔬菜做成的菜羹。但是具體是哪七種蔬菜，已不可考。可能在不同地域，蔬菜的種類也不一樣。

爲什麼要吃七菜羹？因爲不吃沒辦法。隋朝杜公瞻注《荊楚歲時記》云：「今日一日不殺雞，二日不殺狗，三日不殺羊，四日不殺豬，五日不殺牛，六日不殺馬，七日不行刑。」從初一到初六，雞、狗、羊、豬、牛、馬都不能殺，那到了初七吃什麼？只能吃蔬菜羹了。

關於煎餅，《遼史·禮志》記載：「人日……俗煎餅食於庭中，謂之『薰天』。」據說之所以要在庭院這樣的戶外吃煎餅，是爲了讓煎餅的圓對著天空的圓，以示對女媧補天的紀念。

除了蔬菜羹、煎餅以外，民間還有在「人日」呑吃紅豆禳災祛病的風俗。《太平御覽》說：「正月七日男呑赤豆七顆，女呑二七顆，竟年無病。」不知是什麼赤豆，也不知其依據何在，有興趣的可以自己試試。反正呑吃赤豆也不是個啥有礙身體健康的壞事。

「人日」這麼大個節日，豈能無酒？「人日」的專用酒，叫酴醾酒。這有唐朝閻朝隱的〈奉和聖制春日幸望春宮應制〉一詩爲證：「彩勝年年逢七日，酴醾歲歲滿千鐘。」酴醾酒，也叫「酴醿酒」。其得名來由有兩種說法：一是指經過幾次複釀而形成的甜米酒，也稱重釀酒。二是指用酴醾花薰香或浸漬的酒。酴醾，又叫山薔薇，是一種春天開花的薔薇科落葉小灌木。如今此酒已經絕跡，酒徒們只能乾嚥口水了。

至於薛道衡在「人日」當天，是不是在酴醾酒的微醺之中，寫出〈人日思歸〉如此佳篇絕構的，史無明載。

上元　正月十五

蘇味道〈正月十五夜〉

火樹銀花合，星橋鐵鎖開。
暗塵隨馬去，明月逐人來。
遊伎皆穠李，行歌盡落梅。
金吾不禁夜，玉漏莫相催。

武周大足元年（西元七〇一年），正月十五、上元佳節的夜晚，神都洛陽。

時任鳳閣侍郎、同鳳閣鸞臺平章事的蘇味道，便服乘馬，陪著坐在馬車上的夫人等家眷，懷著夜晚難得出趟門的興奮心情，離開位於宣風坊的府邸，準備去看元宵節的花燈。

蘇府出門左拐，向北經過觀德坊，從積善坊和尚善坊之間穿過，在定鼎門大街的最北端，正是直通皇城端門的洛水三橋——星津橋、天津橋、黃道橋。同時，這三橋也將是今晚元宵花燈最爲集中的地方。

置身「盛飾燈影之會」的星津橋上，親歷「貴游戚屬，及下隸工賈，無不夜遊，車馬駢闐，人不得顧」的熱鬧景象，目睹燈光、月光、星光交相輝映於水天之際，蘇味道寫下「古今元宵詩第一」的〈正月十五夜〉：

火樹銀花合，星橋鐵鎖開：元宵佳節，洛水河邊，樹上、橋上掛滿了花燈，倒映水中，搖曳生姿，與天上的星月之光交相輝映，平日夜晚不讓通行的星津橋、天津橋、黃道橋三座橋上的鐵鎖也打開了。

唐朝的洛陽城，被洛水自西而東穿城而過，分為兩半。僅就洛陽城的西半部而言，洛水的北岸，就是皇城、宮城，南岸則是百官及百姓居住的里坊區。里坊區的第一排，就是雒濱坊、積善坊、尙善坊、旌善坊，這四坊隔著洛河與皇城端門遙遙相望。連接南北兩岸的，就是洛水之上的星津橋、天津橋、黃道橋。

就在這次蘇味道觀燈的三、四十年前，和蘇味道一樣擔任宰相之職的上官儀，曾經在同一地點，寫過一首被同僚們「望之猶神仙焉」的〈入朝洛堤步月〉。他那首詩中的「脈脈廣川流」，就是指洛河；他那首詩中的「驅馬歷長洲」，就是指洛水河堤；而他入朝要經過的路線，正是此時蘇味道的目的地——洛水三橋和皇城端門。

換句話說，上官儀的〈入朝洛堤步月〉和蘇味道的〈正月十五夜〉是在同一個地點創作的；不同的是，上官儀創作於工作日上班的清晨，蘇味道則創作於元宵節觀燈的夜晚。

暗塵隨馬去，明月逐人來：街上人潮湧動，馬蹄掀起的塵土飛揚；元宵之夜的月光灑遍了燈市的每一個角落，好像在追逐著人們一樣。

蘇味道此時的官職，是帝國宰相。一般覺得，這麼大個官兒出來看燈，不鳴鑼開道、肅靜回避也就罷了，至少也要前呼後擁吧？怎麼一開始就被我寫成了「便服乘馬」了呢？這有依據嗎？有的。

首先，唐朝宰相在都城之中的日常出行，就是騎馬而行，當然，不會騎馬可以乘車，身邊呢，往往只有三、五隨從。輕車簡從，不搞前呼後擁，那是常態。宰相們要搞前呼後擁，享用公派衛隊的排場，得等到元和十年（西元八一五年）六月初三，宰相武元衡遇刺身亡之後。

其次，蘇味道這次便服觀燈，也有依據。這是因爲，隋唐時期，不僅宰相們元宵觀燈穿便服，就是皇帝在這天觀燈，也穿便服。隋煬帝楊廣在大業六年正月元宵節，「角抵大戲於端門街，天下奇伎異藝畢集，終月而罷。帝數微服往觀之」。身穿便服的楊廣，去了一次還不夠，還去過數次。這個悶騷的楊廣啊。

唐中宗和韋皇后，「及皇后微行以觀燈，遂幸蕭至忠第。丁卯，微行以觀燈，幸韋安石、長寧公主第」。很明顯，這倆是看燈餓了，身邊又沒帶人又沒帶吃的，只好就近去大臣們家裡，找地方吃個夜宵。

據元稹〈燈影〉詩還可以知道，唐玄宗和楊貴妃兩人也曾身穿便服在洛陽城觀燈：「見說平時燈影裡，玄宗潛伴太真遊。」想不到啊，隆基和環環還眞有如此浪漫的時候呢！

皇帝宰相觀燈穿便服這件事，其實仔細一想就明白了。此時穿便服，既是方便自己，也是方便別人。本來嘛，大家都是觀燈去的，你把官服一穿，人家一看，喲，皇帝來了、宰相來了，無論如何得打個招呼，所有的招呼一遍打下來，你還看燈不看？

元宵佳節，重在看燈。皇帝夫妻看皇帝夫妻的燈，宰相夫妻看宰相夫妻的燈，咱老百姓看咱老百姓的燈，大家各看各的，各得其所，各得其便，只看燈，不擺譜，多好。

可是，即便皇帝宰相不搞前呼後擁，元宵節觀燈的人還是太多了，導致城中的交通經常出現擁堵。「傾城出寶騎，匝路轉香車」、「車馬駢闐，人不得顧」、「香車寶輦隘通衢」。

遊伎皆穠李，行歌盡落梅：街上的歌妓們都打扮得花枝招展，一邊觀燈，一邊踏歌而行，唱著「落梅」這樣的流行曲調。

這裡的「穠李」，指「色彩鮮豔的桃李花」，此處藉以形容遊伎服飾容顏之美麗。蘇味道在這句詩裡，把視線由燈轉到了人身上，他開始看人了。過分的是，他居然開始看女人了！不過，蘇味道這年已經五十三歲，已到了對美女有想法沒辦法的年齡，就是偶爾看看美女，想來也不會影響他家安定團結的大好局面了。

不看白不看吶。在這樣熱鬧的元宵燈節，「無問貴賤，男女混雜，緇素不分」、「充街塞陌，聚戲朋遊」，正是看人的絕好時機。

三百多年後，也是在洛陽，也是過元宵節，北宋大文人司馬光的夫人也想出去看燈。司馬光不大樂意夫人出去玩，很沒情調地說：「家中點燈，何必出看？」夫人說：「兼欲看遊人。」司馬光更不樂意了，吃醋地問：「那我是鬼嗎？」好吧，司馬光先生，你不是鬼，你只是宅男一枚而已。

金吾不禁夜，玉漏莫相催：今晚的洛陽城取消了宵禁，所以計時的玉漏你也就不要催人回家了，就讓他們盡情享受這元宵佳節的夜晚吧。

金吾，就是「金烏」，也就是中國古代神話中太陽裡的那個三足烏鴉。那這隻烏鴉怎又成了官名了呢？唐朝的顏師古有解釋：「金吾，烏名也，主辟不祥。天子出行，職主先道，以禦非常，故執此鳥之象，因以名官。」

金吾作爲官名，始於秦，漢朝叫作「執金吾」。漢光武帝劉秀在自己還是一個小老百姓時，曾立下人生兩大理想：「仕宦當作執金吾，娶妻當得陰麗華。」從後來的情況看，劉秀眞是人生贏家啊，不僅抱得美人歸，還當上了執金吾老大的老大。

金吾的職責，就是負責晝夜巡邏，負責都城的安全，尤其是負責執行秦漢以來，直到隋唐都還存在的城市宵禁制度。所謂宵禁制度，大致就是：從每天日落時開始，以八百鼓聲爲信號，關閉所有城門、坊門，開始實行宵禁。

宵禁開始後，城門、坊門不許打開，街道上不許有行人走動，「六街鼓歇行人絕，九衢茫茫空有月」。居民只能在自己居住的坊內活動，不能走出坊門。夜晚的街道上，由金吾衛的士兵負責夜間巡邏。如遇「犯夜」的行人，金吾衛先是厲聲質問，行人若不及時回答，士兵則先彈響弓弦警告，再旁射一箭示威，第三次則可以直接射殺行人。

蘇味道這裡說的「金吾不禁夜」，就是經過皇帝特許，正月十四、正月十五、正月十六這三天，不執行宵禁，大家可以在夜晚隨便出門觀燈、遊玩。

上元夜解除宵禁，打造不眠之夜，自隋而始。隋開皇三年（西元五八三年），有一個不識相的治書侍御史柳彧出頭反對正月十五開放宵禁，認爲老百姓又是觀燈、又是夜遊，「穢行因此而生，盜賊由斯而起，因循弊風，會無先覺。無益於化，實損於民」，要求禁絕此等不正之風。史稱，隋文帝楊堅「詔從之」。

但是，歷史事實是，這個逆歷史潮流而動，不以滿足廣大老百姓日益增長的出去玩的需求爲己任的柳彧，在正月十五開放宵禁的問題上，只是螳臂擋車了一陣子。在他之前和之後，正月十五開放宵禁，已成浩蕩之勢，不可阻擋了。

蘇味道這首〈正月十五夜〉，歷朝歷代評價頗高：「古今元宵詩少，五言好者殆無出此篇矣」、「極寫太平盛事，元宵詩少有過此者」。

而寫這首詩的蘇味道，更是大有來頭。他先與另一個詩人李嶠齊名，號爲「蘇李」；後又與李嶠、崔融、杜審言一起，並稱「文章四友」。

不僅如此，這個蘇味道，細品起來，其實很有味道。他給今天的我們，留下了兩個耳熟能詳的成語、三個大名鼎鼎的兒孫。

第一個成語就是這首〈正月十五夜〉中的「火樹銀花」。要說這個成語也是概括得眞好，害得時至今日的我，漫步在元宵燈會上，打算整幾句比較有文化的詞兒，在妻兒面前顯擺顯擺時，脫口而出的，還是蘇味道的那四個字——火樹銀花。

第二個成語，則是出自《舊唐書．蘇味道傳》中的「摸稜兩可」（同模稜兩可）：「聖曆初，遷鳳閣侍郎、同鳳閣鸞臺三品。味道善敷奏，多識臺閣故事，然而前後居相位數載，竟不能有所發明，但脂韋其間，苟度取容而已。嘗謂人曰：『處事不欲決斷明白，若有錯誤，必貽咎譴，但摸稜以持兩端可矣。』時人由是號為『蘇摸稜』。」

當然，和蘇味道留下的第一個成語相比，第二個成語的味道，稍微差了那麼一點點。

這位「摸稜宰相」，最後在眉州（今四川眉山）刺史任上去世。去世時，四子中的第二子蘇份隨侍在側，遂留居於眉州，終生未仕，是爲眉州蘇氏之祖。自蘇份起，歷十世而入北宋，天上的文曲星再次鍾情蘇氏，誕生了蘇味道的第十世孫蘇洵，第十一世孫蘇軾（蘇東坡）、蘇轍。

原來大名鼎鼎的「三蘇」，是蘇味道有據可查的直系子孫。

宰相的荒誕，事出有因？

蘇味道寫下〈正月十五夜〉的西元七〇一年，擁有由同一個皇帝武則天命名的三個年號：久視、大足、長安。

這年的正月初一、初二，還是久視二年；正月初三起，包括蘇味道寫詩的正月十五，再到這年的十月二十一日，變成大足元年；從十月二十二日開始，直到年末，又改成長安元年了。

武則天這是怎麼啦？雖然改元是皇帝的權力，但同一年改來改去搞三次幹嘛？很好玩嗎？

要知道，這一年的武則天，已是七十八歲高齡。即使是君臨天下的女皇帝，到了要死的時候，想法其實也是很簡單的：第一個想法，我眞的還想再活五百年；第二個想法，萬一活不了，死後誰來繼承我的皇位？

久視、大足，這兩個年號，就是武則天第一個想法的產物。「久視」源出《老子》：「有國之母，可以長久……是謂深根固柢，長生久視之道。」換句話說，「久視」就是「長生不老」的意思。

西元七〇〇年五月，「太后使洪州僧胡超合長生藥，三年而成，所費巨萬。太后服之，疾小愈。癸丑，赦天下，改元久視」。可見，武則天正是基於「長生不老」的願望，而改元「久視」的。

「久視」是來自道教典籍的年號，「大足」則是來自佛教影響的年號。西元七〇一年，「春，正月，丁丑，以成州言佛跡見，改元大足」。

到了蘇味道寫〈正月十五夜〉時，才剛剛是改元「大足」的第十三天而已。僅就《資治通鑑》上述記載的字面意思看，應該是成州出現了一個絕非人類所能有的大腳印（姑且不論其眞假），於是被尊爲佛跡，武則天聞報後才將年號改成奇奇怪怪的「大足」的。

作爲一個女皇帝，武則天的繼承人問題，比男皇帝更加糾結。武則天的糾結是，自己的皇位，是傳給兒子呢，還是傳給侄子呢？

傳給兒子吧，兒子姓李，將來肯定得恢復李唐天下，更何況自己這武周本來就是劫自李唐天下。傳給侄子吧，侄子倒是姓武，武周沒問題了，可是武則天自己出問題了。

武則天出啥問題了呢？因爲武則天是後一任皇帝的姑姑，那麼按照封建禮法，後一任皇帝的祭祀物件，只能是自己的父母、祖父母，肯定不會包括自己的姑姑。雖然在短時期內有可能出於政治需要而祭祀姑姑，但時間一長肯定是要把姑姑趕出太廟的。

這樣一來，武周的開國皇帝武則天可就虧大了：自己辛辛苦苦創業，爲武氏打下大好江山，最後卻連跟著吃塊冷豬肉的資格都沒有，那我圖個什麼？這在講究封建迷信的年代，對於武則天而言，是一個巨大而又現實的問題。

以上這個算盤，那個喜歡問「元芳，你怎麼看」的狄仁傑，在史上跟武則天一句話就說清楚了：「姑侄與母子孰親？陛下立廬陵王，則千秋萬歲後常享宗廟；三思立，廟不祔姑。」武則天可是明白人，這個算盤她略一撥拉，就明白了。

「長安」這個年號，就是她明白過來之後的產物。就在西元七〇一年十月，武則天率領百官離開洛陽，在離別十九年之後第一次回到了長安。抵達長安的當天，也就是十月二十二日，武則天下令改元「長安」。

武則天的這一政治舉動，意味深長。這表明，到了這一年，武則天終於下定決心，放棄堅持以神都洛陽爲中心的武周政治體系，逐步回歸以京師長安爲中心的李唐政治體系。通俗點說，她將放棄武氏女兒的身分，逐步回歸李氏兒媳的角色了。

雖然這對於武則天而言，並不容易；雖然這對於武氏家族及擁武官員集團而言，更是艱難；雖然這對於李氏家族及擁李官員集團而言，還有變數，但她畢竟還是勇敢地邁出了回歸的第一步。

從政治立場來看，蘇味道大致上屬於擁武官員集團。而他也是在這樣一個政治背景下，就任武則天的宰相的。可以想見，蘇味道在這年元宵節寫下〈正月十五夜〉時，心情未必就如花燈一樣美好，他應該也品出了一些味道來了。

寫下〈正月十五夜〉整整三年後的長安四年（西元七〇四年）清明節前，身在鳳閣侍郎、同鳳閣鸞臺三品任上的蘇味道，突然請求返回位於趙州欒城（今河北石家莊）的家鄉，改葬其父蘇榮。宰相回鄉葬父，朝廷專門給予優待，「優制令州縣供其葬事」。

不料，蘇味道在這次回鄉時，幹了一件出人意外的事：「味道因此侵毀鄉人墓田，役使過度，為憲司所劾，左授坊州刺史。」

也就是說，蘇味道在朝廷已經明令其父改葬費用由公費買單的情況下，仍然幹出了「侵毀鄉人墓田」、「役使過度」這兩件出格的事情，導致自己被御史蕭至忠彈劾，由中央宰相之尊而被貶往地方，擔任坊州（今陝西延安）刺史。

「侵毀鄉人墓田」，就是蘇味道父親的墓園占地過大，以至於侵毀了附近鄉人的墓田；「役使過度」，就是蘇味道爲了改葬其父，而徵用了過多的勞動力。蘇味道犯了錯，自然應該處罰他。

可是問題來了：我怎麼看都覺得這事透著邪門呢？這事完全不像是蘇味道會犯的低級錯

誤。

先來看一個例子。就在寫下〈正月十五夜〉的當年三月，蘇味道因小事得罪，被下刑獄。爲了表明認罪態度，蘇味道「步至繫所，席地而臥，蔬食而已」。

當時，與他同時下獄的還有罪行比他嚴重得多的另一個宰相——因「坐知選漏泄禁中語，贓滿數萬」的鳳閣侍郎、同平章事張錫。形成鮮明對比的是，張錫的譜兒，比蘇味道大多了，「錫乘馬，意氣自若，舍於三品院，帷屏食飲，無異平居」。武則天聽說後，把張錫流放嶺南，原諒了蘇味道，讓他復位。

這樣一個「席地而臥，蔬食而已」的謹愼小心的人，怎麼會犯下「侵毀鄉人墓田」、「役使過度」這樣的低級錯誤？

再來看一個例子。蘇味道有一個弟弟叫蘇味玄，「味道與其弟太子洗馬味玄甚相友愛，味玄若請託不諧，輒面加凌折，味道對之怡然，不以為忤，論者稱焉」。

這樣一個面對「甚相友愛」親弟弟的請託，有時都會出現搞不定情況的宰相，可見不是一個有權任性的人，怎麼會犯下「侵毀鄉人墓田」、「役使過度」這樣的低級錯誤？

蘇味道爲官的武則天時代，政治環境其實異常嚴酷：「太后垂拱以來，任用酷吏，先誅唐室貴戚數百人，次及大臣數百家，其刺史、郎將以下，不可勝數」、「其時朝士人人自危，相見莫敢交談，官員入朝，常密遭逮捕，家中再也不知道消息，因此官員入朝，即與家人作別：『不知復相見否？』」

就是在這樣的環境下，蘇味道自從咸亨元年（西元六七〇年）二十二歲進士及第以來，仕途順利，先後歷咸陽縣尉、定襄道行軍大總管掌書記、監察御史、春官員外郎、考功郎中、鳳閣舍人，在延載元年（西元六九四年）四十六歲時第一次拜相，遷檢校鳳閣侍郎、同鳳閣鸞臺平章事。

第一次拜相後，蘇味道因小事貶謫集州刺史，不久又於聖曆元年（西元六九八年）五十歲時第二次拜相，任鳳閣侍郎、同鳳閣鸞臺平章事。寫下〈正月十五夜〉的時候，蘇味道正處於第二次拜相期間。五年後的長安三年（西元七〇三年），五十五歲的蘇味道進位鳳閣侍郎、同鳳閣鸞臺三品。

在一代雄猜之主武則天的俯瞰之下，蘇味道歷任中外，出將入相，二十四年到達宰相高位，三十三年聖眷不衰。說蘇味道深諳那個年代的明哲保身之道，不算是離譜的判斷吧？而憑他在史上留下的「摸稜兩可」這個成語，說蘇味道是一個做官做人都十分小心謹慎的人，也不算是離譜的判斷吧？

這樣一個小心謹慎、明哲保身的人，怎麼會犯下「侵毀鄉人墓田」、「役使過度」這樣的低級錯誤？

要知道，登上宰相之位，是唐朝讀書人的終極夢想。才高如白樂天，奮鬥了一輩子，也沒有這個命當上宰相。蘇味道可是在宰相位置上先後待了五年零四個月的人，就因爲這樣的低級錯誤，輕易地把這宰相高位說丟就丟了？

我百思不得其解。

直到我看到了蘇味道於被貶一年後，爆發於神龍元年（西元七〇五年）正月二十二日的「神龍政變」。所謂「神龍政變」，就是以張柬之爲首的擁李官員集團發動政變，逼迫武則天下臺，扶持唐中宗李顯上臺。

政變的結果是，武則天時代權勢熏天的張易之、張昌宗兄弟被殺。依附於他們的官員們，包括蘇味道的宰相同事，雖然因爲張柬之等人的克制止殺，幸運地保住了腦袋，卻被一一降職，貶竄遠方：鳳閣侍郎、同平章事韋承慶貶高要尉，正諫大夫、同平章事房融除名、流高州，司禮卿崔神慶流欽州。

此事，當然也要連累到蘇味道，他「以親附張易之、昌宗，貶授眉州刺史」。於他而言，基本上算是最好的結果了。至此，我恍然大悟。

以下，就是我恍然大悟的內容，也就是我關於蘇味道犯下低級錯誤的結論。但是，這個結論並無直接的史料支撐，是我個人邏輯判斷的結果，請讀者諸君注意鑑別。

原來，蘇味道是故意的，是早有預謀的。基於武則天年老體衰必須下臺、李唐皇室必然復辟的總體形勢判斷，加之蘇味道又從個人與張柬之等人的日常交往中，品出了一些山雨欲來風滿樓的強烈味道，蘇味道敏銳地意識到：即將到來的暴風雨，必然會出現對依附張易之兄弟和武氏家族的官員群體的清算。這種清算，輕則撤職流放，重則殺頭抄家。

所以，他決定提前採取措施，遠離避禍。即離開中央，離開暴風雨的中心，去地方任職，爭取少受一些影響、少受一些震動。

於是，他主動申請了一個正當理由：回家改葬其父。然後合理利用官場規則，犯下了低級錯誤，然後被彈劾，降職調任坊州刺史。暴風雨到來之後，鑑於他本人並不在京城，而且已經受到了降職處理，所以他只是受到了再一次貶任更遠的眉州刺史的處分。他就這樣，不著痕跡地避免了本人及家族的最壞結果。

這總比張易之、張昌宗殺頭掉腦袋的結果，要好很多；也比韋承慶、房融、崔神慶等人一貶到底再貶遠方的結果，要好很多。

被貶爲眉州刺史的第二年，神龍二年（西元七〇六年），五十八歲的蘇味道在眉州默默離世。直到兩千多年後，我才通過史料讀懂了他：原來，他是一個在人生的舞臺上知道自己應該何時離開的人。在人生的舞臺上，知道自己應該何時上臺，並不難；而能夠知道自己應該何時離開，不僅非常困難，而且需要真正的大智慧。

唐人的元宵節，真會玩！

正月十五，是「上元節」，又叫「元宵節」、「元夕節」、「元夜節」。

正月十五，是新年中的第一次月圓之夜，也是一個道教極爲重視的節日。道教把正月十五稱爲「上元」，七月十五稱爲「中元」，十月十五稱爲「下元」，合稱「三元」。於是，正月十五就被稱爲「上元節」。上元節的夜晚，就是「元宵節」。

在隋唐以前，元宵節的張燈活動主要是供皇帝及後宮觀賞，時間不固定，節俗也不固定，並沒有形成固定的節日。

記載顯示，我們今天能過上元宵節，得感謝傳說中的那位昏君——隋煬帝楊廣。正是他以折騰至死的折騰精神，折騰修洛陽城，折騰挖大運河，折騰打高麗，順手他還折騰出了一個元宵節來。

記錄來自《資治通鑑》：隋大業六年（西元六一〇年）正月丁丑日，「於端門街盛稱百戲，戲場周圍五千步，執絲竹者萬八千人，聲聞數十里，自昏至旦，燈火光燭天地；終月而罷，所費巨萬。自是歲以為常」。

這個正月丁丑日，就是正月十五日。宋元之際的史學家胡三省在此處注釋說：「今人元宵行樂，蓋始盛於此。」

胡三省的「蓋始盛於此」，再加上司馬光的那句「自是歲以為常」，非常關鍵。這說明元宵節的節俗形成，我們應歸功於隋煬帝楊廣。

但元宵節得到進一步提倡和興盛，並最終形成國家級的公共節日，那就要感謝另外幾位唐朝皇帝了，特別是唐玄宗李隆基。哦，還包括他的三伯父唐中宗李顯和他的爸爸唐睿宗李旦。

隋唐的皇帝們，還眞會玩。

（一）唐朝元宵節最重要的節俗，當然是看花燈了。

唐朝元宵節看花燈有多熱鬧，從蘇味道的這首〈正月十五夜〉可見一斑。其實，白居易也有描述：「燈火家家市，笙歌處處樓。」

與我們現在看的花燈全是電燈不同，古代的花燈都是點燃火把或點燃蠟燭來製作花燈的。

那麼，古人爲什麼要選擇在正月十五這一天燃燈呢？

還在原始社會時，最早的夜間照明工具是火把。火，不僅給人們帶來了光明和溫暖，還幫助人們告別了茹毛飲血的生食年代。所以，從遠古以來，人們一直保持著對火的敬畏和崇拜。

到了春秋時期，天子或諸侯在討論國家大事或接待重要使節時，就要在宮廷之中點燃火炬，謂之「燃庭燎」。這在當時是最高規格的禮儀，《詩經》裡就有〈庭燎〉一篇。

到了東漢佛教傳入中國以後，燃燈更是以其供養佛祖的功用而得到朝野上下的歡迎。此時，燃燈已是四項重要的佛事活動之一：「佛言，有四事。一常喜佈施，二修身慎行，三奉戒不犯，四燃燈於佛寺。」可見燃燈的重要程度。

唐朝元宵節的大規模燃燈，正是來自佛僧的請求。《舊唐書》記載，唐先天二年（西元七一三年）「正月望，胡僧婆陀請夜開門燃百千燈，睿宗御延喜門觀樂，凡經四日」。要感謝這位胡僧，正是出自他的請求，得到了唐睿宗李旦的許可，從而開了唐朝官方正月十五燃燈的先河，也帶動了元宵節燈會的節日氣氛。

其實，這個胡僧的請求是兩項。一項是燃燈，另一項是「夜開門」。後者對於元宵節習俗的形成，則顯得更爲關鍵。這裡的「夜開門」，就是指蘇味道詩中的「金吾不禁夜」。

當時的燈會，分爲官方燈會和民間燈會兩種。

唐朝官方燈會極爲奢侈盛大，「晝夜不息，閱月未止」、「白鷺轉花，黃龍吐水，金鳧，銀燕，浮光洞，攢星閣，皆燈也」，可見燈型繁多，各具特色。

當時，還出現了利用熱動力學催動花燈轉動的「影燈」：「五色蠟紙，菩提葉，若沙戲影燈馬騎人物，旋轉如飛。又有深閨巧娃，剪紙而成，尤為精妙。」

先天二年（西元七一三年）的宮廷燈會更爲大手筆：「上元燈節正月十五、十六夜，於京師安福門外作燈輪高二十丈，衣以錦綺，飾以金玉，燃五萬盞燈，簇之如花樹。宮女千數，衣羅綺，曳錦繡，耀珠翠，施香粉。一花冠、一巾帔皆萬錢，裝束一妓女皆至三百貫。妙簡長安、萬年少女婦千餘人，花服花釵媚子亦稱是，於燈輪下踏歌三日夜，歡樂之極，未始有之。」

三日兩夜，二十丈高的燈輪，五萬盞燈，一千名宮女，一千名長安和萬年兩縣的少女和少婦，一萬錢的花冠、服裝費用，三百貫的妓女裝束費用。那場面是相當宏大。

這樣奢侈，不怕大臣們勸諫？果然，右拾遺嚴挺之站了出來，他不解風情地要求唐睿宗李旦，「晝則歡娛，暮令休息」，不要太過分，不要日以繼夜地折騰。

史稱「上納其言而止」。其實，哪兒止了？根本沒止。眞要止了，哪兒還有下面李旦兒子李隆基更加豪華的折騰？哪兒還有我們今天的元宵節？

到了唐玄宗李隆基時期，二十丈高的燈輪、燈樹已經不夠用了，直接上「燈樓」！

李隆基「大陳影燈，設庭燎，自禁中至於殿庭，皆設蠟燭，連屬不絕。時有匠毛順，巧思結創繒彩，為燈樓三十間，高一百五十尺，懸珠玉金銀，微風一至，鏘然成韻。乃以燈為龍鳳虎騰豹躍之狀，似非人力」。

上行下效。楊貴妃的姐姐韓國夫人「置百枝燈樹，高達八十尺，豎之高山，上元夜點之，百里皆見，光明奪月色也」；宰相楊國忠家「每至上元夜，各有千炬紅燭，圍於左右」。

民間燈會的熱鬧程度，也絲毫不遜色於宮廷和高官家的花燈：「燈明如畫，山棚高百餘尺，神龍以後，復加儼飾，士女無不夜遊，車馬塞路。」

大街上的人多到了什麼程度？有的人甚至被人潮擠得雙腳懸空而走，「有足不躡地浮行數十步者」。

唐朝的元宵佳節，可不只長安一個城市在狂歡。在蘇味道寫詩的東都洛陽，「月光三五夜，燈焰一重春。煙雲迷北闕，簫管識南鄰。洛城終不閉，更出小平津」，可見洛陽連城門都沒有關；在揚州，「燈燭華麗，百戲陳設，士女爭妍，粉黛相染」；在偏遠的甘肅涼州，「燈影連亘數十里，車馬駢闐，士女紛雜」。

可見全國人民都動起來了，都在看花燈，過元宵佳節。

（二）唐朝元宵節，還有踏歌、拔河的節俗。

李白在〈贈汪倫〉中寫道：「李白乘舟將欲行，忽聞岸上踏歌聲。桃花潭水深千尺，不及汪倫送我情。」這裡面，李白提到的友人汪倫，是「踏歌」而來。按照我們的簡單理解，汪倫那是邊走邊唱，是汪倫心情愉悅、隨性而爲的一種偶然行爲而已。

然而，史料顯示，汪倫在此處的「踏歌」，正如蘇味道在〈正月十五夜〉中提及的遊伎們「行歌盡落梅」一樣，並不是簡單、隨意地邊走邊唱。

踏歌，其實是中國原始歌舞的一種。《呂氏春秋》卷五〈古樂〉載：「昔葛天氏之樂，三人操牛尾，投足以歌八闋。」這其中的「投足以歌」，就是按照音樂的節奏，用腳踏地爲節拍，邊歌邊舞。

史書上關於踏歌的最早記載，見於劉歆的《西京雜記》：漢朝的宮女曾「相與連臂，踏地為節，歌『赤鳳凰來』」。在這裡，宮女們是上身連臂，踏足而歌。

唐朝的踏歌，又叫踏謠，是由官方組織宮女或教坊女集體參與表演的大型歌舞活動，並且唐朝首創將這種踏歌運用於元宵節的節日助興。

在宮廷中，唐玄宗李隆基作爲喜愛音樂的人，自然要率先垂範了，他在元宵節「即遣宮女於樓前縛架，出跳歌舞以娛樂之」。他還曾於東都洛陽，召見方圓三百里以內的縣令刺史，命他們攜帶歌舞隊前來比賽，並對優勝者予以獎勵。爲了讓元宵節的踏歌更加豐富多彩，李隆基還讓自己手下的大才子、宰相張說親自出馬撰寫歌詞——「玄宗嘗命張說撰元夕御前踏歌詞」，也就是現在留下來的張說〈十五日夜御前口號踏歌詞二首〉。

老百姓的節日活動，也充滿了踏歌的歡樂。詩人王諲在〈十五夜觀燈〉描寫「妓雜歌偏勝，場移舞更新」，詩人崔知賢在〈上元夜效小庾體〉中寫「歡樂無窮已，歌舞達明晨」。可見，「踏歌」是當時元宵節節俗的重要內容之一。

「踏歌」之外，還有百戲。所謂百戲，類似於現在的雜技表演，也就是耍猴、吞鐵劍啥的。還有角觝，我們現在叫「相撲」，當然，我們從古到今一直是正常型相撲，不是變態型相撲。

最叫人驚奇的是，他們還拔河！

唐人封演寫的《封氏聞見記》記錄：「玄宗數御樓設此戲，挽著至千餘人，喧呼動地，蕃客士庶觀者，莫不震駭。」而且「進士河東薛勝為拔河賦，其辭甚美，時人競傳之」。當時，就已經出現了「拔河」這個名稱。而直至今日，拔河比賽仍在各地舉行，由此可見文化習俗的傳承威力，著實驚人。

這個拔河，怎麼算，也有一千多年的歷史了。

（三）唐朝元宵節，還有今天已經消失的「迎紫姑」節俗。

唐會昌五年（西元八四五年），李商隱在山西蒲州，聽說京城有燈會，想看熱鬧又已來不及了，恨而作詩：「月色燈光滿帝都，香車寶輦隘通衢。身閒不睹中興盛，羞逐鄉人賽紫姑。」

此詩的最後一句，提到了當時元宵節「迎紫姑」這一風俗。今天，我們已沒有了這個風俗。

那麼，紫姑是個什麼仙女姐姐？

按照《太平廣記》，紫姑生前很命苦。作爲小妾，她經常被主婦欺凌，後於正月十五日

「感激而死」。人們同情這個苦命的女人：「以其日作其形，夜於廁間或豬欄邊迎之，祝曰：『子婿不在，曹姑亦歸去，小姑可出戲。』」如果覺得手上變重，那就是紫姑來了。

上面祭祀紫姑的祝詞，很好玩：「你老公不在，大老婆也回娘家了，你可以出來玩一下了。」

需要注意的是，上述文字中的「感激」，不是我們今天「感激」的意思，這裡理解爲「憤激」就好了。可見，紫姑因爲生前身分是小妾，被正房大老婆欺負，總讓她幹些倒馬桶這樣的髒活累活，所以她在憤激而死之後被尊爲廁神，祭祀的地點爲廁間或豬欄。

需要指出的是，這樣的祭祀活動，在官方並不舉行，主要在民間舉行，而且，只限女性參加。紫姑信仰的主要功用，是卜蠶桑之事。

今天來看紫姑信仰，實際上是古代社會女性群體意識的一種體現。古代女性們祭祀紫姑，既是對紫姑做妾的同情，也是對自身命運的哀歎。畢竟，在一夫多妻的時代，哪個女性也無法保證自己一定當上正房大老婆。

哪像現在的美女們，不但個個篤定是正房大老婆，而且在家裡還一個比一個狠。現在哪裡還有命運悲慘的美女呢，只有一肚子苦水倒不出的已婚男人。

（四）唐朝元宵節，吃什麼節日食物？

元宵節吃什麼？吃元宵啊。現在是，古代不是，至少蘇味道所在的唐朝就不是。

事實上，在唐朝以前，元宵節沒有專用的節日食物。到了唐朝才有的，但也不是我們今天所吃的元宵。

排在第一位的，不是元宵，而是白粥或肉粥。《唐六典》記載：「又有節日食料……正月十五日、晦日膏糜。」「膏糜」就是肉粥。

第二是麵繭。《開元天寶遺事》：「都中每至正月十五日造麵繭」。麵繭，是一種用糯米做成的蠶繭形食品，也可以用於祭祀蠶神。這當然也不是元宵。

第三是絲籠。《文昌雜錄》：「唐代歲時節物……上元則有絲籠。」據考證，絲籠不是竹子做的竹籠，而是一種用麥麵粉製作的餅狀食品。餅狀的食品，當然不是元宵。

第四是火蛾兒、玉粱糕。《雲仙雜記》：「洛陽歲節正月十五日，造火蛾兒，食玉粱糕。」據考證，火蛾兒應該是一種油炸食品，玉粱糕可能是由米粉或麥粉製成的糕點。這兩個食品與元宵的距離，也不小。

第五是焦䭔。《膳夫錄》：「汴中節食，上元油䭔。」從《太平廣記》所記的這種食品的製作方法來看，它的造型是圓形的，主要用麵粉製成，而且麵粉中有南棗做成的餡兒，經油炸之後，「其味脆美，不可名狀」，像不像我們今天的油炸元宵？反正，這個焦䭔，是唐朝最像元宵的食品。

焦䭔，到了宋朝還是元宵節的當家食品，只是當時已出現了「煮糯為丸，糖為臛，謂之圓子」的「湯圓」雛形。不過，這種「圓子」肯定沒有餡，因爲它還要蘸上糖臛（糖漿）才好吃。

晦節　正月三十

韓滉〈晦日呈諸判官〉

晦日新晴春色嬌，萬家攀折渡長橋。
年年老向江城寺，不覺春風換柳條。

唐貞元二年（西元七八六年）正月三十日，駐節潤州（今江蘇鎮江），爵封晉國公，身兼檢校尚書左僕射、同中書門下平章事、江淮轉運使、鎮海軍節度使、浙江東西道觀察使等職的韓滉，正和自己的部下——節度判官顧況等人一起，飲酒賦詩，歡度一年一度的「晦日節」。

「然而大夥都在，笑話正是精彩」之時，韓滉卻「平白無故地，難過起來」，他先看眼前春光美好，再看自己年華已老。感慨萬千的他，提筆寫下了這首〈晦日呈諸判官〉：

晦日新晴春色嬌，萬家攀折渡長橋：今年的「晦日節」恰逢天晴，春色嬌豔；人們紛紛出來春遊過節，穿過長橋，攀折翠綠的柳枝。

年年老向江城寺，不覺春風換柳條：只有我這個年年前往江城寺廟的老人，才一直沒有發現，在新一年春風的吹拂下，眼前的柳條早已換了新綠。

當時和韓滉一起歡度「晦日節」的節度判官顧況，寫有一首〈奉和韓晉公晦日呈諸判官〉：「江南無處不聞歌，晦日中軍樂更多。不是風光催柳色，卻緣威令動陽和。」別看他這首詩寫得不怎樣，且有拍韓滉的馬屁之嫌。但是，正如我們今天跟上司打牌要輸給上司一樣，顧況在這裡學習的也是我們今天的套路，他是故意把個和詩寫得一般的，免得超過了上司的水準。

要知道，顧況可也是唐詩史上著名的詩人之一。否則，他怎麼可能成為白居易科舉考試的「行卷」對象？據唐人張固的《幽閒鼓吹》載：「白尚書應舉，初至京，以詩謁著作顧況。況睹姓名，熟視白公曰：『米價方貴，居亦弗易。』乃披卷，首篇曰：『離離原上草，一歲一枯榮。野火燒不盡，春風吹又生。』卻嗟賞曰：『道得個語，居即易矣。』因為之延譽，聲名大振。」

這位後來成爲白居易大恩人的顧況，就是詩題中〈晦日呈諸判官〉中的「諸判官」之一。令人費解的是，韓滉在這裡說「諸判官」，難道他的手下還有爲數眾多的判官？否則，怎麼還用得上一個「諸」字？

「判官」，是一個從隋朝才開始設置的官職。其最初，就是作爲地方長官的中級僚佐，接受地方長官的指令，輔理政事、處理政務的官職。

到了唐朝，「判官」多出現在「使職」幕府之中。所謂「使職」，是指由朝廷臨時特派大臣，執行軍事、財經、行政監察等系統的臨時任務的官職。由於中唐以後，「使職」在唐朝職官體系中越來越多，並且這些臨時「使職」不斷轉爲常設官職的也越來越多，所以「判官」也就越來越多。

執行軍事系統臨時任務的使職，就是節度使、團練使、招討使、防禦使；執行財經系統臨時任務的使職，就是度支使、鹽鐵使、轉運使、戶部使；執行行政監察系統臨時任務的使職，就是巡察使、採訪使、觀察使、黜陟使。

而每設置一個使職，就要相應爲之配備辦事機構和人員，包括副使、判官、推官、巡官等，組成所謂的「幕府」。這些幕府僚佐，全部由本使直接選任，不由朝廷任命，故非正式的朝廷命官。

如果追隨的本使完成任務，使命解除、幕府解散，那麼包括「判官」在內的所有人員都需另謀高就。當然，本使由臨時變成常設或者本使另有高升，則其幕府僚佐也可隨之飛黃騰達。一般情況下，後者的可能性很大。

舉一個幕府僚佐飛黃騰達的例子，順便透露一個和韓滉同姓的韓姓名人的小秘密：比韓滉稍晚出現在歷史舞臺之上，號稱「文起八代之衰」的韓愈，在貞元三年、四年、五年，三次參加科舉考試，均告失敗。直到貞元八年（西元七九二年），第四次方才登進士第。

可是，「登進士第」只是通過了禮部的「省試」，有了做官資格而已；下一步還要參加吏部的「關試」，方可決定授何官職。然後，在貞元九年、十年、十一年，韓愈三次參考，又均告失敗。沒辦法，會學不會考的韓愈，只好先後於貞元十二年出任宣武節度使董晉幕府的觀察推官，於元和十二年出任淮西宣慰處置使兼彰義軍節度使裴度幕府的行軍司馬，這才一步一步地出人頭地。

韓愈先後在幕府出任過的「觀察推官」和「行軍司馬」，和前面說的「判官」一樣，都是性質相同、地位相等的幕府僚佐。換句話說，韓愈雖然沒有任過「判官」一職，卻曾經是「判官」的同事。

而韓滉擁有「諸判官」的原因就在於，他在貞元二年，已是位高權重，兼職眾多。上述三個系統的「使職」，他都有。那麼在他的手下，至少就有三套幕府僚佐：

「鎮海軍節度使」，是軍事系統的使職，此時早已變爲常設官職，顧況的「節度判官」一職就隸屬於節度使幕府；「江淮轉運使」、「浙江東西道觀察使」，分別是財經系統、行政監察系統的使職，也都是早已常設的官職，也各有自己的一套幕府辦事班子。

按照一套幕府只設一個判官來計算，韓滉至少應該有包括顧況在內的三個判官。而事實上，韓滉手下的判官，可能遠遠不止此數。

原因很簡單：韓滉擔任節度使的鎮海軍，下轄「潤、常、湖、蘇、杭、睦、越、明、台、溫、衢、處、婺、宣、歙」十五州，囊括了江東最富庶的所有州郡，是大唐帝國此時管轄範圍最龐大、財政收入最富饒的地區。上述十五州，橫跨我們今天的江蘇、浙江、安徽、江西四個省。唐末的錢鏐，就是以此地區爲根據地，建立吳越國的。

這樣的猛人，是不是應該擁有「諸判官」？

韓滉的判官生涯

韓滉在〈晦日呈諸判官〉詩裡，傷春歎老，預感超級準確。因爲，無論是他傷春的「晦日節」，還是他歎老的自己，時間都不多了。

貞元五年（西元七八九年）正月十一日，唐德宗李适下詔：「自今宜以二月一日為中和節，以代正月晦日。備三令節之數，內外官司休假一日。」換句話說，自貞元五年起，正月三十日的「晦日節」取消，由第二天的二月初一「中和節」代替。

這樣算起來，韓滉寫下〈晦日呈諸判官〉時的貞元二年「晦日節」，已是史上倒數第三個「晦日節」了。等到過了貞元三年、貞元四年的兩個「晦日節」之後，韓滉就再也沒有「晦日節」可過了。

更可惜的是，韓滉也老了，他等不到貞元四年的那最後一個「晦日節」了。就在貞元三年（西元七八七年）「晦日節」過後的二月二十五日，在位於京師長安城昌化裡的官邸中去世，享年六十五歲。

韓滉出身名門，是盛唐名相韓休之子。韓休當宰相，以犯顏直諫著名。唐玄宗李隆基那個著名的「吾瘦天下肥」典故，就是因爲韓休：「左右曰：『自韓休入朝，陛下無一日歡，何自戚戚，不逐去之？』帝曰：『吾雖瘠，天下肥矣。且蕭嵩每啟事，必順旨，我退而思天下，不安寢。韓休敷陳治道，多訐直，我退而思天下，寢必安。吾用休，社稷計耳。』」

這樣的父親生出的兒子，當然也很優秀，可不僅僅是「官二代」。韓滉在開元年間以門蔭入仕，先是在殿中侍御史、考功員外郎、尚書右丞等這樣的職位上歷練。直到大曆六年（西元七七一年），韓滉出任戶部侍郎、判度支。這才是韓滉入仕以來，最重要的任職資歷。

從此，他與唐朝著名經濟改革家、理財專家、吏部尚書劉晏一起，分掌天下財賦，時間長達九年之久。他自己也逐步成長爲一位以財經見長的官員，奠定了自己一生的事業基礎。

史書記載，韓滉在擔任「戶部侍郎、判度支」這一重要職務時，爲當時中央財政的好轉做出了巨大貢獻：「屬國計空耗，上難其人，服勤九年，出利百倍，左藏之錢至七百萬貫，太倉之粟至數百萬斛，其邊儲或五六萬，或十餘萬。」他因此而深受當時皇帝唐代宗李豫的賞識，仕途前景一片光明。

可惜，一朝天子一朝臣是古今通理。唐代宗李豫不久去世，在大曆十四年（西元七七九年）五月繼位的唐德宗李适，「惡滉掊刻，徙太常卿」、「議未息，又出為晉州刺史」。

新皇帝不僅不喜歡韓滉，還把他從手握重權、條件優渥的京官崗位調離，遠遠地打發到了晉州。更重要的是，這位新皇帝唐德宗李适，上任時才三十七歲，還有二十多年的皇帝要當。這樣年輕的皇帝不喜歡韓滉，韓滉的前途由此岌岌可危。神奇的是，不受新皇帝待見的韓滉，在晉州刺史任上只鬱悶了不到一年時間，他的人生逆襲就開始了。

大曆十四年十一月，他就調任蘇州刺史、浙江東西觀察使。此後，他再次受到重用，成爲朝廷新設立的管轄範圍龐大的鎮海軍節度使，下轄十五個州，成爲大唐帝國當時最大最富的封疆大吏。

唐德宗李适是不是吃錯藥了？怎麼對韓滉的態度前後區別這麼大？韓滉是不是走後門了，要不他的人生逆襲怎來得這麼快、這麼好？

事實是，唐德宗李适沒有吃錯藥，韓滉也沒有走後門。以上的原因，用一句話就可以概括：唐德宗李适要打仗，需要具有財政任職經驗的官員坐鎮江東富庶地區爲他籌集軍費，而韓滉，恰恰是最合適的人選。他此前那九年的戶部侍郎、判度支經歷，在此時此刻，凸顯了無與倫比的重要性。

唐德宗李适要打的仗，是唐史上僅次於「安史之亂」的「四鎮之亂」。起因在於他改變了其父唐代宗李豫對兩河藩鎮的姑息政策，激起了成德、魏博、淄青、山南東道四鎮聯兵反唐。叛軍規模太大，這一次，他非常需要錢，需要很多很多錢。

當時，「兩河有事，職稅所辦者，惟在江東」，是朝野上下的共識。這樣一來，就給了極富財政經驗的韓滉人生逆襲的機會。形勢比人強啊。

等到了逆襲機會的韓滉在鎮海軍，只做了三件事。一是維穩，保證了江東地區的一方安寧。二是強兵。他所訓練出來的精兵，元稹後來評價「潤之師，故南陽韓晉公之所教訓，弩勁劍利，號為難當」。三是徵稅，爲唐德宗李适的中央政府提供戰爭經費。

在第三件事上，韓滉之功，獨一無二、無與倫比。唐德宗李适幾次命懸一線，都是依靠韓滉及時送到的錢糧，才得以絕處逢生。

第一次：興元元年（西元七八四年）二月，唐德宗李适由於李懷光叛亂，倉促出逃梁州，物資供應極爲匱乏，「六軍從官，扈蹕千里，時屬維夏，未須春衣。」正在狼狽之際，鎮海軍節度使韓滉「命判官何士幹領健步七百，負絞練十萬匹，上獻天子。」

如此緊急的時刻，細心的韓滉居然還能考慮到唐德宗李适愛喝茶，爲之做了特別的安排——「以夾練囊緘盛茶末，遣健步以進御」，讓正在逃難的唐德宗李适一下子覺得好溫暖，實在是貼心得不要不要的。

功高莫過救駕，救駕還如此細心。估計當時唐德宗李适一邊喝茶，一邊在想：嗯，韓滉這人，我看行。於是馬上就給了韓滉豐厚的回報：加封江淮轉運使，不久又進封國公。那句俗話怎麼說來著？「每一個成功男人的背後，都和老闆貼過心。」

在給唐德宗李适送茶的同時，韓滉還「運米百艘以餉李晟」，而後者正率領神策軍準備收復京師。史書如此記錄韓滉此時的巨大功績：「時滉以中國多難，翠華不守。淮西、幽燕並為敵國，公慮敖倉之粟不繼，憂王師之絕糧，遂於浙江東西市米六百萬石，表奏御史四十員，以充綱署。淮汴之間，樓船萬計。中原百萬之師，饋糧不竭者，韓公之力焉」。

第二次：同年九月，逃難的唐德宗李适終於返回了長安。但是禍不單行，叛亂剛過，又遇旱災、蝗災，貴爲皇帝的他仍然缺錢，「米斗千錢，倉廩耗竭」。還好，他還有貼心的韓滉，「運江、淮粟帛入貢府，無虛月」。

這一次，韓滉不僅自己貢米，還感動全國，哦不，感動了淮南節度使陳少游：韓滉「自臨水濱發米百萬斛……既而陳少游聞滉貢米，亦貢二十萬斛。上謂李泌曰：『韓滉乃能化陳少游貢米矣！』對曰：『豈惟少游，諸道將爭入貢矣！』」

如果「諸道爭入貢」眞的實現的話，那韓滉應該算是史上第一個感動全國的人物了吧？

第三次：就在韓滉寫下〈晦日呈諸判官〉的貞元二年（西元七八六年）春天，關中的饑荒進一步加劇，以至於連禁軍的糧食都成了問題，軍隊已有了譁變的苗頭：「禁軍或自脫巾呼於道曰：『拘吾於軍而不給糧，吾罪人也！』上憂之甚，會韓滉運米三萬斛至陝，李泌即奏之。上喜，遽至東宮，謂太子曰：『米已至陝，吾父子得生矣！』」韓滉又一次救了命懸一線的唐德宗李适。

這一次，韓滉由江淮運米至關中約二百萬石，由此開創了有唐一代南糧北運的最高紀錄；韓滉如此賣力，苦兮兮等米下鍋的唐德宗李适當然也不會虧待了他，「德宗嘉其功，以滉專領度支、諸道鹽鐵轉運等使」，也由此開創了有唐一代地方藩帥兼領鹽鐵轉運使的最早紀錄。

這樣貼心又能幹的屬下，不調中央工作怎麼行？寫完這首〈晦日呈諸判官〉的十個月之後，貞元二年十一月初九，韓滉被召入長安，當上了實職宰相，任檢校尚書左僕射、同中書門下平章事、江淮轉運使，仍兼鎮海軍節度使。

史稱「韓滉自浙西入覲，朝廷委政待之」。韓滉深得唐德宗李适的信任，後者將朝廷的日常政務都交由他負責。每次他上朝奏事的時間都很長，其餘的宰相均唯他馬首是瞻。此時此刻的韓滉，不僅是首相，而且是權相。這是韓滉一生的巔峰時刻，也是韓滉一生的最後時刻。四個月之後，韓滉去世，追贈太傅，諡曰忠肅，就此善終。

韓滉的重要性，在他剛剛死後，就體現了出來。他死後，朝廷將鎭海軍劃分成三個部分：浙西以潤州爲治所，浙東以越州爲治所，宣、歙、池以宣州爲治所，三處分別設置觀察使，以便統領其地。換句話說，就是韓滉生前一個人管的地兒、幹的活兒，現在分給三個人管，分給三個人幹。

更神奇的是，在韓滉死後千年，他的名聲不減反增：人稱「鎭國之寶」、現藏北京故宮博物院、中國目前可見「最早的紙畫」——〈五牛圖〉，就是他畫的。

有學者考證說，韓滉畫〈五牛圖〉就在他寫〈晦日呈諸判官〉的前一年——貞元元年（西元七八五年）。那麼，這幅紙畫的〈五牛圖〉距今已經一千二百多年了。

月亮節來啦，大家一起送窮鬼！

「晦日」能夠作爲一個節日，是因爲月亮。《說文》：「晦，月盡也。」《論衡》：「三十日日月合宿，謂之晦。」

在陰曆每個月的月末，月亮都會變得陰晦不明，所以人們把陰曆每個月的最後一天稱爲「晦日」。正月是每年的第一個月，因此正月晦日也就格外受到重視，被人們當成了一個節日，稱爲「晦日節」或「晦節」。

人們過「晦日節」，最早起源於魏晉南北朝，此後興盛於唐朝，最後又終結於唐朝。

「晦日節」的最早記錄，出現在北魏末年。據《魏書．裴粲傳》載：「前廢帝初……復為中書令，後正月晦，帝出臨河濱，粲起於御前再拜曰：『今年還節美，聖駕出遊，臣幸參陪從，豫奉宴樂，不勝忻戴，敢上壽酒』。」

從這段記錄可見，從北魏時起，正月晦日就被人們當作節日來對待，安排有出遊、宴飲等節日活動。

泛舟宴樂，是「晦日節」的第一個節日風俗。

梁朝宗懍《荊楚歲時記》的記錄是「晦日酺聚，士女泛舟」、「元日至於月晦，並為酺聚飲食。士女泛舟，或臨水宴樂」。《隋書》也載：「正晦泛舟，則皇帝乘輿，鼓吹至行殿，升御坐，乘版輿，以與王公登舟，置酒，非預泛者，坐於便幕。」

同時，南北朝時期也出現了大量以「晦日泛舟」為名的詩：如東魏盧元明的〈晦日泛舟應詔詩〉和北齊魏收的〈晦日泛舟應詔〉等。直到唐朝，歡度「晦日節」，仍然需到水邊，仍然需要泛舟，比如宗楚客的詩〈正月晦日侍宴滻水應制賦得長字〉，又比如宋之問的詩〈奉和晦日幸昆明池應制〉。

說到宋之問這首〈奉和晦日幸昆明池應制〉，還有一個典故。宋之問與沈佺期一直並稱「沈宋」。但「沈」與「宋」的詩，到底誰更高明一些？

唐中宗曾辦過一次詩詞比賽，當時群臣賦詩共有一百多篇，請上官婉兒評判高下。其他大臣們的詩，上官婉兒都沒看上，唯獨對沈佺期與宋之問的兩首詩難定優劣。過了好長時間，上官婉兒才作出定評：「二詩工力悉敵。沈落句云：微臣雕朽質，羞睹豫章材，蓋詞氣已竭；宋詩云：不愁明月盡，自有夜珠來，猶陟健舉。」於是，沈佺期服了，宋之問獲得了第一名。

沈佺期在「晦日節」比較晦氣，被宋之問搶了風頭。

晦日送窮，是「晦日節」的第二個節日風俗。所謂「送窮」，是指在「晦日節」這一天，舉行祭祀和送行儀式，歡送窮鬼（窮神）從自己家中或身邊離開。

「送窮」之俗，至少在漢朝即有之。西漢揚雄曾經寫有一篇〈逐貧賦〉。到了唐朝，大文學家韓愈曾寫過一篇〈送窮文〉：「元和六年正月乙丑晦，主人使奴星結柳作車，縛草為船，載糗輿糧，牛繫軛下，引帆上檣。三揖窮鬼而告之曰：『聞子行有日矣……子無底滯之尤，我有資送之恩，子等有意於行乎？』」唐朝詩人姚合還寫有詩〈晦日送窮三首〉，其中第一首寫道：「年年到此日，瀝酒拜街中。萬戶千門看，無人不送窮。」是的，送走窮鬼，變成富人，當然是萬戶千門，誰都樂意。

「送窮」這一風俗的來源，陳元靚《歲時廣記》記載甚詳：「顓頊高辛時，宮中生一子，不著完衣，宮中號稱『窮子』。其後正月晦死，宮中葬之，相謂曰『今日送窮子』。」

這段記載表明，「窮子」或稱「窮鬼」，是傳說中的五帝顓頊之子。他身材羸弱矮小，性喜穿破衣爛衫，喝稀飯。即使將新衣服給他，他也扯破或用火燒出洞以後才穿，因此「宮中號為窮子」。他死於正月晦日，因爲在這一天爲他送葬，所以相沿成俗，形成了「晦日節」裡「送窮」的節日風俗。

在唐朝中前期，「晦日節」一直深受唐人重視，是朝廷規定的全國三令節（晦日節、上巳節、重陽節）之一。然而好景不長，這樣一個官方承認、傳承久遠的「晦日節」，還是不幸地在唐朝遭遇了它的終結者——唐德宗李适和他的宰相李泌。

據李繁《鄴侯家傳》記載，「晦日節」被「中和節」所取代的過程，是這樣的：「德宗曰：『前代三、九皆有公會，而上巳日與寒食往往同時。來年合是三月二日，寒食乃春無公會矣。欲以二月創置一節，何日而可？』泌曰：『二月十五日以後雖是花時，與寒食相值。二月一日正是桃李時，又近晦日。以晦為節非佳名也，臣請以二月一日為中和節，其日賜大臣方鎮勳戚尺，謂之裁度。令人家以青囊盛百穀果實相問遺，謂之獻生子；醞酒，謂之宜春酒。村閭祭勾芒神，祈穀。百僚進農書以示務本。』上大悅，即令行之，並與上巳、重陽謂之三令節，中外皆賜錢尋勝宴會。」

就這樣，「晦日節」被兩個姓李的合謀暗算了。其根本原因，還是唐德宗李适「皇心不向晦，改節號中和」。當然，這也怪不得別人，只怪「晦」字的確「非佳名也」。直到今天，「晦」仍然有「倒楣、運氣不好」的意思。其不太受歡迎，也是必然的。

就這樣，在韓滉寫下〈晦日呈諸判官〉三年之後，「晦日節」正式被「中和節」取代，從此在歷史舞臺上消失。雖然，其「送窮」等節日風俗並未完全消失，仍然在神州大地上的某些地區得到了傳承，但今天的我們，已經很少有人知道「晦日節」爲何物了。

中和　二月初一

李泌〈奉和聖制中和節曲江宴百僚〉

風俗時有變，中和節惟新。
軒車雙闕下，宴會曲江濱。
金石何鏗鏘，簪纓亦紛綸。
皇恩降自天，品物感知春。
慈恩匝寰瀛，歌詠同君臣。

唐朝貞元五年（西元七八九年）二月初一，長安城美麗的曲江池畔。此時的大唐帝國天子——唐德宗李适，正在這裡宴請文武百官，舉行史上第一次中和節宴會。

之所以說這是史上第一次中和節宴會，言之有據，史有明載。據《冊府元龜》載，就在這年的正月十一日，唐德宗李适下詔：「自今宜以二月一日為中和節，以代正月晦日。備三令節之數，內外官司休假一日。」

以皇帝聖旨的形式來規定一個節日，在今天的我們看來，感覺怪怪的。總覺著唐德宗李适這事做得有點任性。當然，他有權，可以任性。

自己定的節日自己過，必須的。下詔半個多月之後，二月初一轉眼就到了。唐德宗李适決定，爲了過好這個自己規定的史上第一個中和節，他要開個大宴會，要請客；不僅要請客，他還要作詩，好好地慶祝一把。

在唐德宗李适的授意下，朝廷在長安城著名的旅遊勝地——曲江池，大擺宴席，宴請在京的文武百官。席間，爲了烘托節日氣氛，唐德宗李适帶頭作詩，寫下〈中和節日宴百僚賜詩〉，並用「肇茲中和節，式慶天地春」這一句詩，宣佈了自己首創中和節，「自我爲古」。

唐德宗李适在唐朝諸帝中，有「好爲詩」之名。清人趙翼在他的《廿二史箚記》中，權威評判說：「唐諸帝能詩者甚多，如太宗、玄宗、文宗、宣宗，皆有御制流傳於後，而尤以德宗為最。」

唐德宗李适此詩一出，宴會上的文武百官們，就時間緊、任務重了，也顧不上吃喝，化雞鴨爲思考力，化魚肉爲執行力，化美酒爲頌聖詩，化美景爲節日詩，針對皇帝的「聖制」，紛紛獻上和詩。

時任中書侍郎、平章事、集賢崇文館學士、修國史，身爲百官之首的宰相李泌，當然也不甘人後，寫下了上面的這首和詩〈奉和聖制中和節曲江宴百僚〉：

風俗時有變，中和節惟新：節日風俗是隨著時代變化的，今天這個全新的第一次君臣歡度的中和節，正是順應時代之變的產物。

軒車雙闕下，宴會曲江濱：今天，京城裡軒車雲集，朝廷在曲江池之濱舉行盛大的節日宴會。

金石何鏗鏘，簪纓亦紛綸：在鏗鏘悅耳的宴會音樂伴奏下，參加宴會的官員們正在忙著互相應酬。

皇恩降自天，品物感知春：皇帝的恩典自天而降，萬物都感受到了春天的到來。

慈恩匝寰瀛，歌詠同君臣：今天的宴會上，君臣一起吟詩作賦，歌舞昇平，普天下都感受到了皇帝的仁慈之心。

必須指出，李泌的這首〈奉和聖制中和節曲江宴百僚〉水準不高。而李泌還是一個被《舊唐書》稱作「尤工於詩」的才子型詩人。

事實上，唐詩中的這類奉和詩、頌聖詩，整體水準都不高。其原因呢，也很好懂，不是詩人們的水準不高，實在是皇帝在場的莊嚴性、題材內容的狹隘性、創作環境的局限性、時間有限的緊迫性，決定了這類詩作只能是好話、套話，只能是千口同聲的模式，只能是雍容平緩的風格。

此類詩，一般都是「破題＋寫景＋頌聖」的程式化寫法。具體從李泌這首詩來看，也是這樣寫的：第一、二句，是「破題」，點出寫詩的緣由；第三至六句，是「寫景」，寫出詩人眼前的情景；第七至十句，就是「頌聖」了。李泌在這裡，不惜重複，連續用了兩個「恩」字，以表達自己的感恩戴德之情。

〈奉和聖制中和節曲江宴百僚〉，一首典型的奉和詩、頌聖詩。

謀士李泌的奇人奇遇

貞元五年（西元七八九年）的中和節，是李泌此生中的第一個中和節，也是最後一個中和節。

其實，在寫下〈奉和聖制中和節曲江宴百僚〉之時，李泌的生命就已經進入了倒數計時。中和節後整整一個月後，貞元五年三月二日，李泌與世長辭，結束了自己的傳奇一生。

他的一生，的確堪稱傳奇。大唐王朝，從來不缺少才子佳人，也不缺少高官宰相，但有一樣事物一直相對稀缺，那就是奇人。李泌，不僅是大唐王朝爲數不多的奇人之一，而且堪稱大唐王朝第一奇人。

一是家庭出身奇。李泌的六世祖李弼，是西魏司徒，也是崛起於南北朝時期，創造了中國史上西魏北周隋唐四個王朝，縱橫中國近二百年的關隴軍事貴族集團——「八柱國」之一；不僅如此，李泌還擁有一個可稱爲大隋王朝掘墓人、隋朝最猛造反派級別的曾叔祖父——李密。

李泌能夠榮幸地擁有這麼一正一反兩位猛人級祖宗，也算傳奇了吧？

二是少年成名奇。李泌少時，被盛唐名相張說視爲「奇童」，還被盛唐名相張九齡目爲「小友」。《新唐書·李泌傳》記錄了他年方七歲左右時的兩件奇事：

一件奇事是，李泌因人推薦，受到唐玄宗李隆基的召見。召見時，唐玄宗李隆基讓曾中過狀元的張說考考這個可愛的小傢伙。張說讓李泌以「方圓動靜」爲題作詩，並且示範說：「方若棋局，圓若棋子，動若棋生，靜若棋死。」李泌張口就來：「方若行義，圓若用智，動若騁材，靜若得意。」張說大爲激賞，「因賀帝得奇童」。唐玄宗李隆基爲此賜李泌束帛，並且下敕其家，要求「善視養之」。天子親自關心一個少年兒童的成長，可謂唐朝前所未有的奇事一件了。

另一件奇事是，李泌少年時也曾深受盛唐名相張九齡的喜愛。一次張九齡因事欲在嚴挺之、蕭誠二人中擇一個人召見，他一邊自言自語地說「嚴太苦勁，然蕭軟美可喜」，一邊打算命人去召「軟美可喜」的蕭誠。這時，他身邊的李泌說話了：「公起布衣，以直道至宰相，而喜軟美者乎？」張九齡爲之大驚，改容謝之，因呼「小友」。

三是君相際遇奇。李泌一生，經歷四個皇帝。在唐玄宗李隆基眼中，李泌不過是小小一個神童。但到了唐玄宗的兒子唐肅宗李亨、孫子唐代宗李豫、重孫子唐德宗李适那裡，李泌就是亦師亦友的角色了。

李亨還是太子時，李泌就「供奉東宮，皇太子遇之厚」，兩人從兒時起，就是好朋友；李亨在靈武即位不久，李泌看到兒時好友有難，趕來相助，「出則聯轡，寢則對榻」；在當時靈武眾臣的眼中，李亨是「著黃者聖人」，李泌是「著白者山人」。

李亨對李泌情逾兄弟。《鄴侯外傳》記載了一個李泌享受皇帝李亨親自爲他燒梨的高級待遇的故事：「肅宗嘗夜坐，召潁、信、益三王，同就地爐食。以泌多絕粒，帝自燒二梨賜之。潁王固求，不與；請三弟共乞一顆，亦不與；別命他果賜之。王曰：『先生恩渥如此，臣等請聯句，以為他日故事。』潁王曰：『先生年幾許，顏色似童兒』；信王曰：『夜抱九仙骨，朝披一品衣』；益王曰：『不食千鐘粟，唯餐兩顆梨』；肅宗曰：『天生此間氣，助我化無為』」。

這個故事，信息量好大：一是李泌在李亨的心目中，是「助我化無爲」的良師益友，地位高於親兄弟。李亨可以親自燒梨給李泌吃，親兄弟怎麼要也不給。二是李泌信奉道教，絕粒養生。三是唐時吃梨，主流吃法居然是燒烤之後再吃，而不是今天的削皮後生吃。也許這種吃法別具風味？有興趣的可以自己去試下。

李亨比李泌年齡大了十二歲，對於二人之間的交情，他曾經非常動情地說：「卿侍上皇，中為朕師，今下判廣平行軍，朕父子資卿道義。」

這一句話裡的「下判廣平行軍」，是指此時李泌受唐肅宗李亨指派，擔任了現在的皇太子、天下兵馬大元帥，並且是未來的唐代宗李豫的直接下屬——元帥府行軍司馬。需要特別指出的是，在當時軍事作戰就是靈武小朝廷全部工作內容的狀態下，李泌的這個職務已經相當於宰相了。換句話說，李泌只比李豫大六歲，兩個人不僅是同齡人，也是一起扛過槍的好朋友。

但李豫當上皇帝之後，對好朋友不太夠意思。這樣的交情，他居然聽信權臣元載、常衮的讒言，先後外放李泌爲澧、朗、峽團練使和杭州刺史，讓一個具備經天緯地之才的好朋友長期屈處下僚。

等到唐德宗李适繼位，在他因爲操之過急的削藩戰爭，而弄得自己出逃奉天（今陝西乾縣）、危在旦夕之時，李泌又像神一樣，不避風險，再次從天而降，進入危城，被李适授爲左散騎常侍。李泌陪著李适，度過了一段生死與共的患難時光。

貞元三年（西元七八七年），自感已離不開李泌的唐德宗，拜年已六十六歲的李泌爲中書侍郎、同平章事，封鄴縣侯。到了寫下〈奉和聖制中和節曲江宴百僚〉的貞元五年（西元七八九年）時，李泌已擔任大唐宰相三個年頭了。

但這已是李泌最後一次爲大唐皇室貢獻自己的心力了。

四是發揮作用奇。李泌一生，歷四朝，事三君，三爲帝師，一爲宰相，出則聯轡，寢則對榻，上護太子，下庇群臣，立下了扶危定傾、再造唐室之功，發揮了獨一無二、無可替代的作用。可以說，沒有李泌，中唐的歷史，特別是唐玄宗、唐肅宗、唐代宗、唐德宗四個朝代的歷史，都得改寫。

李泌，是平定「安史之亂」的總設計師。

還是在安史叛軍攻佔長安、進攻靈武的勢頭正熾之時，李泌就經過觀察得出了「天下無賊」的結論：「臣觀賊所獲子女金帛，皆輸之范陽，此豈有雄據四海之志邪！……以臣料之，不過二年，天下無寇矣。」可謂眼光毒辣之至。

在此基礎上，李泌設計的唐軍平叛戰略思路是：「願敕子儀勿取華陰，使兩京之道常通，陛下以所征之兵軍於扶風，與子儀、光弼互出擊之，彼救首則擊其尾，救尾則擊其首，使賊往來數千里，疲於奔命，我常以逸待勞，賊至則避其鋒，去則乘其弊，不攻城，不遏路。來春覆命建寧為范陽節度大使，並塞北出，與光弼南北犄角以取范陽，覆其巢穴。賊退則無所歸、留則不獲安，然後大軍四合而攻之，必成擒矣。」

簡言之，李泌總設計師的戰略，總共分爲兩步：一是「疲敵」。即不以攻取長安、洛陽爲目標，而以疲憊敵軍爲目標，保證「我軍以逸待勞，敵軍疲於奔命」的狀態。二是「殲敵」。即在「疲敵」的基礎上，不以長安、洛陽一線爲主攻方向，而是從山西、河北一線東出，直接攻取敵軍巢穴范陽，再從東向西攻擊長安、洛陽一線，形成戰略包圍態勢，從而全殲敵軍。

犁庭掃穴，斬草除根。如果唐朝按此戰略平叛，則安史叛軍將被全殲，范陽等河朔之地將被唐軍佔領。如此一來，與唐廷中央離心離德、事實割據的河朔藩鎮，至少可以延遲幾年再出現。

可惜的是，後來唐肅宗單方面顧慮長安、洛陽這兩個都城的政治意義，採取從長安、洛陽一線進攻，首先收復都城的戰法，與叛軍打成了勢均力敵的相持局面，並最終造成了叛軍殘餘勢力未能全殲的被動局面，從而形成了導致大唐帝國滅亡的三大毒瘤之一——藩鎮割據。

李泌，是李唐皇室三代父子關係的協調人。

第一代父子：唐玄宗李隆基、唐肅宗李亨

在「安史之亂」平定過程之中，唐玄宗李隆基在成都避難，唐肅宗李亨在靈武領導平叛。

此時的大唐帝國，實際上存在著兩個皇帝。在唐肅宗李亨看來，要體面地結束這樣的二元政治格局，只有當自己和父親李隆基同在長安時，才有可能。

於是，就在至德二年（西元七五七年）唐軍收復長安的當天，心急的唐肅宗李亨，就「遣中使啖庭瑤入蜀奏上皇」，並且附上奏表，請求父親還京。可是，急不擇言、慌不擇言，他把奏表中一句關鍵的話寫錯了。他是這樣寫的：在李隆基返回長安後，自己「當還東宮復修臣子之職」。

就是這句話壞了事。因爲這是一句人所共知的假話。很顯然，唐肅宗李亨現在的靈武小朝廷，已形成了自己的政治和軍事班底。在「一朝天子一朝臣」的潛規則之下，就算唐肅宗李亨自己肯讓位，他手下那些心腹大臣肯嗎？

當然，李亨寫這句話的本意是對李隆基的政治試探。但這個試探顯然嚇著李隆基了。李隆基的反應是，「上皇初得上請歸東宮表，彷徨不能食，欲不歸」，並且馬上就回覆了，「當與我劍南一道自奉，不復來矣」。這就意味著，李隆基將在劍南道割據，獨立於唐朝中央政治格局之外了。

這是李亨最害怕出現的局面。如果李隆基眞的賴在成都，就是不回長安，李亨也不能派兵去把他押回來啊；而李隆基如果一直在成都，就仍然是兩個皇帝並存的二元政治格局，李亨這個皇帝就沒法幹了，那還費那麼大的老勁、死那麼多人打下長安幹嘛？

還好，李亨手下有高人李泌。李泌一聽說就欲追回前表，在知道無法追回之後馬上親自提筆，代李亨重新起草了一份奏表，火速送到了成都。在這第二份奏表中，那句關鍵的話，改成了「思戀晨昏，請速還京以就孝養」。這就對啦，說人話，就對啦。

李隆基看到李亨的這句人話，「喜曰：『吾方得為天子父』！」、「乃大喜，命食作樂，下誥定行日」。這才有了唐肅宗李亨結束二元政治格局的機會，也才有了唐玄宗李隆基、唐肅宗李亨父子在長安重新見面的機會。

第二代父子：唐肅宗李亨、唐代宗李豫。

唐肅宗李亨的皇太子，是廣平王李豫。而當時在靈武后宮給唐肅宗李亨當家的張良娣，並非李豫生母。中國有句俗語「有後媽就有後爸」，在「後媽」張良娣的枕頭風吹拂之下，身爲親爹的唐肅宗李亨，還眞就賜死了李豫的兄弟、「英毅有才略、善騎射」的建寧王李倓。

正當枕頭風凌厲地吹向李豫的時候，李泌敏銳地意識到了李豫的危險，爲了保護李豫，避免他重蹈李倓被賜死的覆轍，在至德二年（西元七五七年），李泌給唐肅宗李亨講了一段往事，還念了一首詩。

這段往事是：七十六年前，也就是永隆二年（西元六八一年），武則天正策劃著自己上臺當皇帝的時候，她毒殺了大兒子李弘，立二兒子李賢爲皇太子。

李賢是個聰明人，在與兩個弟弟李顯、李旦一起侍奉父母的時候，不久就發現了老爸唐高宗李治不濟事、老媽武則天有企圖。

李賢知道，自己也必將是李弘的下場，同時又擔憂兩個幼弟的命運，「每日憂惕」，但又無法直說，只好作詩一首——〈黃臺瓜辭〉：「種瓜黃臺下，瓜熟子離離。一摘使瓜好，再摘使瓜稀。三摘猶自可，摘絕抱蔓歸。」

這首經過李泌轉述的由李賢所作的〈黃臺瓜辭〉，並未能保護李賢自己；但是，李泌當時對唐肅宗李亨指出：「今陛下已一摘矣，慎勿再摘！」唐肅宗李亨聽了之後，受到了極大的觸動，皇太子李豫因此而免遭迫害。

正是在李泌的多方保護下，李豫沒有被摘瓜，而是成功繼位，成爲唐代宗。

第三代父子：唐德宗李适、唐順宗李誦

唐德宗李适的皇太子是李誦。有一次，李誦的太子妃之母，因「坐蠱媚，幽禁中」。本是丈母娘犯罪，但唐德宗李适遷怒於李誦，怒責太子，並有廢李誦太子之位而改立侄兒舒王爲太子的意思。

李泌堅決地表示異議。唐德宗李适大怒之下，威脅道：「卿違朕意，不顧家族邪？」李泌坦然答道：「臣衰老，位宰相，以諫而誅，分也。使太子廢，它日陛下悔曰：『我惟一子殺之，泌不吾諫，吾亦殺爾子』，則臣絕祀矣。」、「若太子得罪，請亦廢之而立皇孫，千秋萬歲後，天下猶陛下子孫有也。」

正是在李泌的據理力爭下，唐德宗李适才沒有使出「廢親子立侄子」的昏招，李誦才得以成功繼位，是爲唐順宗。

李泌，還是多名朝廷重臣的庇護者。

郭子儀、李光弼、李晟、馬燧、渾瑊等中興名將，都曾先後在自己的關鍵時刻或者倒楣時刻，受到過李泌的庇護。其中，最典型的，是李泌對於〈五牛圖〉作者、時任鎮海軍節度使韓滉的庇護。

興元元年（西元七八四年），有人以韓滉「聚兵修石頭城，陰蓄異志」向唐德宗李适進讒言。在韓滉遠隔千里無法自辯的情況下，李泌出頭爲他辯解說：「滉公忠清儉，自車駕在外，滉貢獻不絕。且鎮江東十五州，盜賊不起，皆滉之力也。所以修石頭城者，滉見中原板蕩，謂陛下將有永嘉之行，為迎扈之備耳。此乃人臣忠篤之慮，奈何更以為罪乎！滉性剛嚴，不附權貴，故多謗毀，願陛下察之，臣敢保其無他。」並以全家百口性命擔保韓滉絕無異志。

最後，鐵的事實證明，韓滉確實是忠於朝廷的忠臣。唐德宗李适也不得不佩服李泌的眼光：「滉不惟安江東，又能安淮南，真大臣之器，卿可謂知人！」

五是個人生活奇。李泌的個人生活，與唐朝一般的讀書人不太一樣，頗有些仙風道骨。他「善治《易》，常游嵩、華、終南間，慕神仙不死術」。不在朝廷任職的時候，他就「潛遁名山，以習隱自適」。

從歷史的記載中，還可以看出，李泌在日常生活中不吃五穀，「遂隱衡岳，絕粒棲神」。而且，他不吃葷肉，不近女色：「初，泌無妻，不食肉，帝乃賜光福里第，強詔食肉，為娶朔方故留後李暐甥。」

南宋詩人徐鈞，曾以〈李泌〉爲題，賦詩一首，正可作爲李泌一生的概括和總結：「衣白山人再造唐，謀家議國慮深長。功成拂袖還歸去，高節依稀漢子房。」

最不受歡迎的節日

李泌，也是「中和節」的首創者之一。

唐德宗李适正是接受李泌的建議，「自我為古」，決定下詔創始「中和節」的。

李泌當時的建議是這樣的：「廢正月晦，以二月朔為中和節，因賜大臣戚里尺，謂之裁度。民間以青囊盛百穀瓜果種相問遺，號為獻生子。裡閭釀宜春酒，以祭勾芒神，祈豐年。百官進農書，以示務本。」

李泌上述的一番話，實際是確定了「中和節」的四項節日風俗。

一是「賜尺」。

這是一個令人費解的節日風俗。「中和節」當天，皇帝爲什麼要賜給大臣們測量長短的工具——「尺」呢？

原來，古人在《禮記》中認爲，仲春二月「日夜分則同度量，均衡石，角斗甬，正權概」。而在仲春二月，由於晝夜平分、陰陽平和、燥濕均等，有利於對「尺」這樣的度量衡工具進行精準的校正。

自古以來，對度量衡進行校正、調校，那可都是人君、皇帝的天職：「人君於晝夜分等之時而平正此當平之物。」所以，「中和節」皇帝「賜尺」的節俗，意思就是：皇帝在「中和節」這樣一個「晝夜分等之時」，親自「平正」，校正、調校了這些「尺」，現在可以賜給大臣們使用了。

白居易在〈中和日謝恩賜尺狀〉一文中寫道：「伏以中和届節，慶賜申恩，當晝夜平分之時，須度量合同之令。」正是「中和節」皇帝「賜尺」這一節俗的證據。

二是「獻生子」、「進農書」。

「中和節」時，「獻生子」通常與「進農書」一起進行。《舊唐書》載：「百官進農書，司農獻穜稑之種。」「農書」是指當時有關農業技術的圖書，經進獻皇帝後再頒給農民，以提高農業生產率；「穜稑之種」就是所謂的「獻生子」，是指人們在「中和節」這一天，以青囊盛裝果物、五穀的種子，互相贈送。

就在李泌寫下〈奉和聖制中和節曲江宴百僚〉的下一年，雖然李泌已經去世，但貞元六年（西元七九〇年）的「中和節」，仍然一樣地熱鬧，仍然按照他生前擬定的節俗進行：「貞元六年二月戊辰朔，百僚進《兆人本業記》三卷，司農獻黍粟一斗。」就是三四十年之後，唐文宗李昂太和二年（西元八二八年）的「中和節」，還是這本《兆人本業記》，還被朝廷下令「宜令所在州縣，寫本散配鄉村」。

直到明朝，雖然「中和節」已經消失，但「獻生子」的節俗，卻頑強地存了下來。明田汝成《西湖遊覽志餘》載：「二月朔日，唐宋時謂之中和節，今雖不舉，而民間猶以青囊盛五穀瓜果之種相遺，謂之獻生子。」

三是「釀宜春酒祭勾芒神」。

《禮記・月令》載：「（仲春之月）其神句芒。」所謂「勾芒」、「句芒」，都是一個神仙，又稱「春神」、「青帝」，是主管農事的神仙。祭祀「勾芒」，爲的是祈禱這一年風調雨順、五穀豐登。

在農耕社會，對於春神「勾芒」最爲隆重和正式的祭祀，一般是在立春節氣當天。不過，到了「中和節」，以新釀的春酒再祭一遍，也不打緊。一來禮多神不怪；二來多向神仙強調幾遍豐收願望也好，免得他事多忘了。

四是吃吃吃、玩玩玩。

要說唐德宗李适，實在是個好老闆。他想群眾之所想，急群眾之所急。怕群眾工作太累，他就自己訂個大節日，放假一天；怕群眾嘴裡太淡，他公費請客吃飯，主持辦大宴會；怕群眾口袋裡沒錢，他還按級別不同，大發過節費：「每節宰相及常參官共賜錢五百貫文，翰林學士一百貫文，左右神威、神策等軍每廂共賜錢五百貫文，金吾、英武、威遠諸衛將軍共賜錢二百貫文，客省奏事共賜錢一百貫文，委度支每節前五日支付，永為常式。」

看看，看看，不僅具體規定了過節費的發放金額，還規定了過節費的發放部門和發放時間，並且要求「永爲常式」，永遠發下去！眞是：會發錢的老闆，才是眞的好老闆。

領完了過節費，就是公費吃喝玩樂、飲酒作詩了。貞元年間的「中和節」，唐德宗年年都在曲江亭、麟德殿等地宴請文武百官，興致高時，還會自己賦詩紀勝。

但是，這種歌舞昇平的「中和節」，在唐德宗李适於西元八〇五年去世後，就由唐憲宗李純於西元八〇七年正月下令停止：「停中和、重陽二節賜宴，其上巳宴，仍舊賜之。」從此，「中和節」風光不再，不復昔日盛況。

北宋仍有「中和節」。有龐元英在《文昌雜錄》中的記錄爲證：「祠部休假，歲凡七十有六日……中和節……各一日。」這說明，北宋時的「中和節」，仍然是官方法定假日，休假一天。

南宋關於「中和節」的記錄更多一些。吳自牧《夢粱錄》載：「二月朔，謂之『中和節』，民間尚以青囊盛百穀瓜果子種互相遺送，為獻生子。禁中宮女以百草鬥戲，百官進農書以示務本。」周密《武林舊事》載：「二月一日，謂之『中和節』。唐人最重，今惟作假，及進單羅御服，百民服單羅公裳而已。」

周密的記載是對的。這個由唐朝皇帝創設的「中和節」，的確是「唐人最重」；到宋人時，已不大看重這個節日了，這時的「中和節」，其節日風俗，已經簡化爲換穿春裝了。

元明清之後，雖然「中和節」的某些節俗如「獻生子」等尚有遺存，但「中和節」作爲一個傳統節日，已經完全從我們的生活中消失了。

而要探討「中和節」消失的原因，恐怕最主要的，還在於這個節日從一開始就沒有以百姓爲基礎。

在「中和節」的四大節俗中，「賜尺」是皇帝向大臣們自上而下地「賜尺」，基本上沒有老百姓的事。

「進農書」則是大臣們向皇帝獻上農書，再頒給老百姓使用。問題在於，這種自上而下的農業理論書籍，有多少符合農村的生產實際，又有多少老百姓發自內心地認同？「獻生子」吧，倒還有一點實際意義，有利於促進農業生產，但也就是互相贈送個種子而已，感覺相當地缺乏節日的儀式感。

「釀宜春酒祭勾芒神」，也是由皇帝帶領或官方主持的大型祭祀儀式，老百姓只有敬而遠之、頂禮膜拜的份，缺乏參與的主動性。

最後就是皇帝親自主持的節日大宴會了。可這種官方宴會，老百姓更是無福躬逢其盛了。

所以說，由唐德宗李适親自創設的這個「中和節」，基本上都是他和大臣們在自娛自樂，在達官貴人的朋友圈裡自嗨。其最缺乏的，就是廣大老百姓的普及參與。而擁有老百姓的普及參與，是節日定型、流傳的命根子，是決定其壽命的關鍵因素。這是傳統節日的客觀規律。皇帝再有權，也規定不了，更強制不了，只能主動或被動地尊重。

換句話說，就算是貴爲皇帝，你也不能強迫老百姓去過一個節日，或者不過一個節日。「中和節」，就是這樣。

寒食　冬至後第一百零五日

韓翃〈寒食〉

春城無處不飛花，
寒食東風御柳斜。
日暮漢宮傳蠟燭，
輕煙散入五侯家。

唐建中初年，剛剛登上皇位不久的唐德宗李适得知，自己手下的「知制誥」缺人了。

「知制誥」的「知」，是「知道、負責、主管」的意思；「制誥」，簡單說就是「聖旨」的意思。「知制誥」就是負責給皇帝起草聖旨的官職，在唐朝可是一個相當重要的崗位。

當然，這也是一個查遍《唐六典》、《舊唐書》和《新唐書》百官志，也查不到其官名、官品和職責的官職。這就有點詭異了：常識告訴我們，但凡遇到這樣「沒有品從」的官職，要麼是「大之極也」，要麼是「小之極也」。

先說「沒有品從」而「小之極也」的官職，比如孫悟空的終生之恥——弼馬溫。孫悟空在自己新官上任的接風宴上，曾很關切地問及所擔任的弼馬溫：「此官是個幾品？」手下回答：「沒有品從。」孫悟空剛剛從鄉下來，不知道官場的規矩，凡事盡往好處想，說道：「沒品，想是大之極也。」只是很遺憾，這一次，他錯了。

但其實孫悟空也是頗有官場常識的：「沒有品從」而「大之極也」的官職，多的是。上文的「知制誥」就是了。但可惜弼馬溫並不是。

「知制誥」、「沒有品從」而「大之極也」的原因在於：一是此官職責重要。起草聖旨是「代天立意，代帝作文」，多一字、少一字，既可讓人升官發財，也可讓人傾家蕩產。二是此官工作地點優越。主要的工作地點是在皇宮之中，負責陪伴皇帝，參與政務討論與決策。三是此官前途遠大。唐朝宰相由此官升遷者，不計其數。

我們知道的多位大詩人，如張九齡、元稹、白居易都曾先後擔任此職。擔任此職也極為榮耀，既代表朝廷對任職者政治才能的承認，也代表社會對任職者文學才華的承認。總之，雙重承認，王者榮耀。

所以，對於這樣一個重要崗位的任職人選，唐德宗李适很慎重。中書省兩次呈上多位人選，「御筆不點出」。犯了難的中書省再次請示時，唐德宗李适批示：「與韓翃。」按說老闆如此明確地指示，應該好辦了吧？可是，中書省還是再次犯了難。

爲啥？因爲人事檔案顯示，當時有兩個韓翃：一個現任江淮刺史；一個在現任汴、宋節度使李勉的幕府，擔任一個默默無聞的中級僚佐。從人事履歷看呢，似乎前者更優。但這一次，碰壁多次的中書省學乖了，決定把兩個韓翃，都報給這位剛剛即位、還不大摸得準脾氣和喜好的新皇帝。

新皇帝這次的批示很長，是一首詩：「春城無處不飛花，寒食東風御柳斜。日暮漢宮傳蠟燭，輕煙散入五侯家。」寫完詩後，新皇帝又批了四個字：「與此韓翃。」

就這樣，已進入人生晚年、多年屈處下僚、輾轉數個幕府的詩人韓翃，從開封調到長安，由節度使幕府僚佐搖身一變，一步登天，升官爲朝廷駕部郎中、知制誥。

這一切，都是因爲唐德宗李适早就知道了他的那首〈寒食〉詩：

春城無處不飛花，寒食東風御柳斜：在寒食節這天的東風吹拂下，皇宮御柳的柳絮紛飛，飄灑在長安城的每一個角落。

此處的「花」，指的是柳絮。寒食節所在的陰曆二月中下旬，長安城是無論如何也不可能處處開滿鮮花的。類似的寒食節柳絮飛的情景，詩人武元衡在〈寒食下第〉裡也寫過：「柳掛九衢絲，花飄萬家雪。」看看，也是一句「柳」、一句「花」，所描寫的，也是柳絮。

日暮漢宮傳蠟燭，輕煙散入五侯家：到了日暮時分，皇宮裡正在挨家挨戶傳遞蠟燭以便照明；在皇帝特旨的恩典之下，蠟燭繚繞的輕煙，也破例散入了京城權貴豪門之家。

跟白居易「漢皇重色思傾國」中「漢皇」實指「唐明皇」一樣，這裡的「漢宮」就是實指「唐宮」。至於「五侯」，則並非實指，而是泛指唐德宗李适之時，居住於京城長安的權貴豪門之家。

在李白〈流夜郎贈辛判官〉：「昔在長安醉花柳，五侯七貴同杯酒」中的「五侯」，在羅鄴〈長安春雨〉：「半夜五侯池館裡，美人驚起為花愁」中的「五侯」，其實都是無法實指的。在韓翃自己的詩句中，也多處出現「五侯」，如「飯爾五侯鯖」、「五侯焦石烹江筍」、「五侯客舍偏留宿」等，也是無法一一實指的。我們把「五侯」當作泛指的權貴豪門就好了。

唐朝一年一度的改火、賜火，一般在清明節進行。但有時爲了顯示皇權和皇恩，也破例於寒食節賜火。比如武元衡的〈寒食謝賜新火及春衣表〉、竇叔向的〈寒食日恩賜火〉。這些文字表明，「輕煙散入五侯家」之後，這些五侯之家還要向皇帝呈上謝表，以書面形式正式地謝主隆恩的。

這首詩的作者韓翃，出身名門。他的祖父，就是那位被李白仰慕，表示「生不用封萬戶侯，但願一識韓荊州」的荊州刺史韓朝宗。他的父親韓質，也做過京兆少尹、中書舍人。雖然韓翃後來並沒有沾父祖多少光。

韓翃還是「大曆十才子」之一。在《全唐詩》中，與寒食節相關的至少有四百多首，韓翃的這首〈寒食〉獨佔鰲頭。這也是他因爲這首詩而飛黃騰達的原因。

美詩一首，足夠讓你飛黃騰達

細究起來，韓翃因爲一首詩而飛黃騰達的奇遇，居然還源於唐德宗李适對於另一個人的傷心失望。那個人是楊炎，那個爲中國歷史貢獻了「兩稅法」的楊炎。

在唐德宗李适那裡，韓翃並不是第一個因爲文學才華而飛黃騰達的幸運兒，楊炎才是。

對於韓翃，唐德宗李适喜歡的，是他的詩；對於楊炎，唐德宗李适喜歡的，則是他的書法：「德宗在東宮，雅知其名，又嘗得炎所為〈李楷洛碑〉，寘於壁，日諷玩之。」

也就是說，李适還是太子的時候，就喜歡上了楊炎的書法。這樣的人才，等到自己即位時，還不趕緊重用？

大曆十四年（西元七七九年）八月，剛剛即皇帝位、還沒有來得及改元的唐德宗李适，調整充實自己的宰相班子：崔祐甫任中書侍郎，楊炎任門下侍郎，喬琳任御史大夫，並「同平章事」。

而此前，楊炎的職務，是幾乎和韓翃幕府僚佐同一地位的道州司馬。道州（今湖南道縣），在唐朝是中州。道州司馬，是正六品上的級別。門下侍郎，則是唐朝中央三省之一的門下省的副長官，正三品。關鍵在於，任命詔書中還給他加了一個耀眼的後綴——「同平章事」。這就意味著，楊炎坐著直升機，直接由正六品上的道州司馬變成了正三品的當朝宰相。

比之韓翃，楊炎更爲幸運。此前的楊炎，之所以任職道州司馬，是因爲他是一個遭到貶斥的罪人。

在去道州之前的大曆九年（西元七七四年），作爲唐代宗時期權相元載的好友，楊炎早已是副部級的高官吏部侍郎了。然而好景不長，到大曆十二年（西元七七七年）三月，好朋友元載出事了，唐代宗李豫「遣左金吾大將軍吳湊收載及王縉，繫政事堂，分捕親吏、諸子下獄」。這時受到牽連倒楣的「親吏」，就有楊炎。

對於元載的處理極重，不僅殺了他本人，殺了他的妻與子，還罪及死人——「遣中官於萬年縣界黃臺鄉毀載祖及父母墳墓，斲棺棄柩，及私廟木主」。對於楊炎這樣的元載黨羽，唐代宗李豫本來也是打算下狠手一殺了之的。幸虧，當時主審的吏部尚書劉晏仗義執言：「法有首從」、「不容俱死」，楊炎這才被貶爲道州司馬。

楊炎在道州，由於是中央貶謫下來的官員，所以人身自由受到嚴格限制，「如擅離州縣，具名聞奏」。這樣的日子，實在是生不如死。

身處人生低谷的楊炎，當然不可能知道，劉晏在皇帝那裡保下了他的腦袋。恰恰相反的是，他由於不敢恨皇帝，所以在心裡把這筆賬記在了本案的主審官劉晏身上，惦記上了劉晏的腦袋。

他希望自己有朝一日能夠鹹魚翻身，拿劉晏的腦袋，爲自己、爲元載報仇雪恨。這樣的誤會，在劉晏和楊炎之間存在了一輩子；而且在以後的日子裡，鑄就了劉晏與楊炎兩個人的人生悲劇。

楊炎報復的機會，由於唐德宗李适對於他書法的賞識，在大曆十四年（西元七七九年）八月到來。更圓滿的是，同時擔任宰相的三個人，崔祐甫因多病常不視事，喬琳則因年老昏聵不久即被罷爲工部尚書，僅僅留下了楊炎一個人。於是，楊炎成了唐朝集體宰相體制下極爲罕見的獨相，也造成了當時楊炎權傾天下的局面。

權傾天下的楊炎，在擔任宰相的兩年零十一個月裡，基本上只幹了兩件大事：一是推行「兩稅法」，二是冤殺劉晏。

兩件大事，對比鮮明：「兩稅法」，是楊炎爲唐朝貢獻的最強政績，也是他爲中國歷史貢獻的最高智慧；冤殺劉晏，則是楊炎一生中最大的敗筆、最黑的污點、最醜的劣跡，更是他一生悲慘結局的主因。

劉晏，是唐朝著名的經濟改革家和理財家，也是後來受到歷史肯定，並得以名列《三字經》的人物。可惜，他得罪了楊炎，「及炎入相，追怒前事，且以晏與元載隙陷，時人言載之得罪，晏有力焉。炎將為載復仇」。

楊炎復仇的辦法，說白了就是誣陷。一是誣陷劉晏參與皇室內部另立太子的家務事，引起唐德宗李适反感，罷了劉晏的官；二是誣陷劉晏謀反，從而置他於死地——被皇帝賜死。

當時因病在家休養、同樣是宰相的崔祐甫，作爲冷眼旁觀的第三方，勸唐德宗李适「此事曖昧，陛下以廓然大赦，不當究尋虛語」。可惜未被採納。建中元年（西元七八〇年）七月，劉晏以「謀反」罪名被賜死於忠州，家屬被流放嶺南。這是唐德宗李适即位以來，處死的第一位重量級大臣。

一個爲國爲民立下了大功的理財重臣，橫遭誣陷，無端賜死，史稱「天下以為冤」。而楊炎整死了劉晏，也讓朝野上下對他「為之側目」。就連地方藩鎮如平盧淄青節度觀察使李正己之流，都別有用心地上書，要求公佈劉晏的罪名：「李正己上表請殺晏之罪，指斥朝廷。」

如此一來，「恐天下以殺劉晏之罪歸己」的楊炎，「懼，乃遣腹心分往諸道：裴冀，東都、河陽、魏博；孫成，澤潞、磁邢、幽州；盧東美，河南、淄青；李舟，山南、湖南；王定，淮西」。

裴冀、孫成、盧東美、李舟、王定五人，名爲代表朝廷宣慰地方，實則代表楊炎造謠諉過，把冤殺劉晏的責任推給唐德宗李适：「聲言宣慰，而意實說謗。且言：『晏之得罪，以昔年附會奸邪，謀立獨孤妃為皇后，上自惡之，非他過也。』」

楊炎的腦袋，當時應該是被門夾了，或者被驢踢了。他如此公開地誣陷皇帝，不怕事機不密，有人把這些話傳到唐德宗李适的耳中？果然，「或有密奏：『炎遣五使往諸鎮者，恐天下以殺劉晏之罪歸己，推過於上耳。』」

古往今來，只聽說過下級爲上級當「背鍋俠」的，沒聽說過下級讓上級「背黑鍋」的。剛剛即位、志得意滿的唐德宗李适，豈是代人受過的人？從此「有意誅炎矣，待事而發」。

主意已定之後，唐德宗李适於建中二年（西元七八一年）二月，對楊炎明升暗降、明恩寵實牽制：以楊炎爲中書侍郎，以御史中丞盧杞爲門下侍郎，並「同平章事」。換句話說，楊炎不再是獨相了，此時的朝廷有兩個宰相了。

特別是這個盧杞，唐朝的奸相除了李林甫、楊國忠，就是他了。楊炎在整人這個問題上，給他當學生都不配。盧杞的上下其手，再加上唐德宗李适早就有意下手，八個月之後的建中二年（西元七八一年）十月，楊炎霉運到來了，他被貶爲崖州司馬同正。然後，在離崖州不到百里的驛路上，楊炎被直接賜死。

從史書中長達一百八十字的貶斥楊炎詔書裡，可以看出唐德宗李适對楊炎的憤怒程度。他先是回憶了自己因爲賞識楊炎的文學才能而提拔他的過程：「尚書左僕射楊炎，託以文藝，累登清貫。雖謫居荒服，而虛稱猶存。朕初臨萬邦，思弘大化，務擢非次，招納時髦。拔自郡佐，登於鼎司，獨委心膂，信任無疑。」

然後，他用了七十六個字——接近一半的篇幅——憤怒地羅列了楊炎的罪狀，主要有：「而乃不思竭誠，敢為奸蠹，進邪醜正，既偽且堅，黨援因依，動涉情故。隳法敗度，罔上行私，苟利其身，不顧於國。加以內無訓誡，外有交通，縱恣詐欺，以成贓賄。詢其事蹟，本末乖謬，蔑恩棄德，負我何深！」

「負我何深」四個字，道盡了唐德宗李适的憤怒與失望。所以，在楊炎罷相賜死事件之後，正是朝廷中樞部門的「知制誥」缺人之時，唐德宗李适感到：光是書法好、詩才好還不行，還要對朝廷忠心、對自己忠心才行，還要知道尊崇皇權、感念皇恩才行。

正好，韓翃在這首〈寒食〉詩中，所寫出的那種「柳絮飄灑長安全城」、「輕煙散入權貴之家」的感覺，正是皇權至上、皇恩浩蕩的象徵，正是剛剛遭到「負我何深」的楊炎打擊之後的唐德宗李适所希望的狀態，也正是他所追求的統治局面。

於是，在被楊炎傷透了心之後，韓翃這首〈寒食〉二十八個字，字字句句打動了唐德宗李适的心弦，使得韓翃也像楊炎一樣，由地方調到京城，由一個無人待見的幕府僚佐提拔爲位貴權重的「知制誥」。

值得慶幸的是，韓翃的人生結局，比楊炎要好得多。他到京城擔任「知制誥」七、八年的時間裡，一直頗得唐德宗李适的賞識，累遷至中書舍人之後，約於貞元四年（西元七八八年）去世。而且，詩比人長壽，他留下的這首〈寒食〉千古傳誦。

今天做飯不生火，任性的節日！

寒食節，是指冬至後的第一百零五日，一般是在清明節前的一兩日。所以，寒食節又稱爲「百五節」、「一百五」、「禁煙節」、「冷節」、「熟食節」。

據陸翽《鄴中記》記載：「鄴俗，冬一百五日為介之推斷火冷食三日。」宗懍《荊楚歲時記》也記載：「去冬節一百五日，即有疾風甚雨，謂之寒食，禁火三日。」南宋孟元老《東京夢華錄》記載：「冬至後一百五日為大寒食」、「寒食第三日即清明節矣」。

寒食節的起源，有多種說法。正如陸翽《鄴中記》的記載，民間認爲，寒食節起源於對介子推的紀念。最早把介子推與寒食節聯繫在一起的是東漢桓譚。他在《新論》中談道：「太原郡民以隆冬不火食五日，雖有疾病緩急，猶不敢犯，為介子推故也。」

介子推是晉國公子重耳出逃時的功臣。等到公子重耳變身爲晉文公時，介子推不願受賞，進入綿山隱居。晉文公在前往尋訪之際，因急於見面，遂下令三面放火燒山，想把介子推逼出山來。不料，介子推淡泊名利，寧死不屈，抱樹而死。晉文公在大錯鑄成之後，愧疚之餘，改綿山爲介山，並立廟祭祀。民間傳說，寒食節即由此而產生。

應該看到，介子推的身上體現出了古人所推崇的「忠孝節義」的傳統美德。經歷朝歷代流傳下來，介子推成了完美的道德典型。這樣的完美人物，一旦與寒食節聯繫到一起，也特別容易被廣大人民所接受，於是寒食節起源於對介子推的紀念就成爲民間解釋寒食節起源的主流說法。

事實上，寒食節的起源，比介子推還要早——起源於先秦時期的「改火」習俗。所謂「改火」，就是因爲古人相信：如果不滅掉長時間使用的舊火、重新生新火，仍然用舊火來烹煮食物，可能會引發瘟疫等惡疾。因此，「《周書·月令》有更火之文。春取榆柳之火，夏取棗杏之火，季夏取桑柘之火，秋取柞楢之火，冬取槐檀之火。一年之中，鑽火各異木，故曰改火也」。

在《論語·陽貨篇》中，孔子和他的弟子宰我之間，圍繞喪禮應服幾年的問題展開爭論。宰我在說到「鑽燧改火」時，是把這件事當作日常生活習俗來舉例的，可見「改火」早在孔子的時代就已經存在了。

因爲寒食節「改火冷食」易傷腸胃，歷史上的皇帝還曾出於愛民的考慮，對民間的寒食節採取過禁止措施。據《魏書·高祖孝文帝紀》記載：「辛未，禁斷寒食。」又：「癸丑，詔介山之邑，聽為寒食，自餘禁斷。」也就是，介山所在之邑可以過寒食節，其餘地區的人就不許過寒食節了。

傳承到隋唐時期，也是這樣。《隋書．王劭傳》載：「臣謹案《周官》，四時變火，以救時疾。明火不數變，時疾必興。」唐朝李涪在《刊誤》中記錄最詳細：「《論語》曰：『鑽燧改火。』春榆、夏棗、秋柞、冬槐，則是四時皆改其火。自秦漢以降，漸至簡易。唯以春是一歲之首，止一鑽燧。而適當改火之時，是為寒食節之後。既曰就新，即去其舊。今人持新火者曰勿與舊火相見，即其事也。」

從以上文字中可以看出，古代先民們，在每一年的四季，都要按照「春榆、夏棗、秋柞、冬槐」的原則，選用不同的木材，鑽木取火。在改舊火爲新火時，還要舉行隆重的儀式，並用冷食代替日常飲食充饑，由此產生了寒食節冷食的習俗。

只是到了韓翃所在的時期，「改火」就沒搞得那麼複雜了，規定一年只在寒食清明之時「改火」一次即可。據《輦下歲時記》載：「至清明，尚食內園宮小兒於殿前鑽火，先得火者進上，賜絹三匹，金碗一口。」然後，皇帝將這從「榆柳」之上鑽木取火而得到的新火，賜給大臣們，謂之「賜新火」，也就是「輕煙散入五侯家」的浩蕩皇恩了。

寒食禁火這種特殊的風俗造就了獨特的飲食習慣。古代的寒食食品主要包括寒食粥、寒食餅、寒食麵、寒食漿、青精飯及餳（麥芽糖），供品有麵燕、蛇盤、棗餅、細稞，飲料則有春酒、新茶、泉水等。

《荊楚歲時記》：「禁火三日，造餳大麥粥。」唐人馮贄《雲仙雜記》：「洛陽人家寒食節裝萬花輿，煮楊花粥。」宋朝《金門歲節錄》：「洛陽人家，寒食節食桃花粥。」古代寒食粥種類繁多，較常食用的有楊花粥、梅花粥、杏酪、冬凌、桃花粥、幹粥、大麥粥等。

所以，「禁火冷食」，是寒食節的第一個節日風俗。

「春遊宴樂」，是寒食節的第二個節日風俗。

寒食節處於春暖花開的大好季節。從古至今，人們都在這個節日前後，奔向野外，投入自然的懷抱，使得寒食節春遊、踏青成爲習俗。

據《論語》載，孔子問及弟子曾皙的志向，曾皙答：「暮春者，春服既成，冠者五六人，童子六七人，浴乎沂，風乎舞雩，詠而歸。」曾皙的回答說明，暮春時節春遊、踏青，是從上古就開始存在的習俗。

唐朝寒食節春遊更是興盛。唐詩中留下了很多記載春遊的詩句，如元稹在〈使東川．清明日〉中說「常年寒食好風輕，觸處相隨取次行」，記錄了他在寒食節和好友白居易等人一起到長安曲江池春遊的情景。其中一個「常」字，更透露出了當時人們在寒食節春遊已是常態。

張籍留下的〈寒食內宴二首〉一詩顯示，唐朝寒食節時，朝廷或官員也會在這一天舉行宴會。而且，這天的節日宴會是吃冷食，類似於我們今天的「冷餐會」：「廊下御廚分冷食」；宴會上還有玩雜技、打馬球等娛樂活動：「千官盡醉猶教坐，百戲皆呈未放休」、「殿前香騎逐飛球」。這樣的宴會往往深夜方才結束，打破了當時的宵禁規定「共喜拜恩侵夜出，金吾不敢問行由」。

大約從南北朝時期開始，寒食節的節日風俗，開始從肅穆性的儀式，轉向娛樂性的活動，主要有蹴鞠、盪鞦韆、鏤雞子（在雞蛋上刻畫花紋）、鬥雞等。

這些寒食節娛樂活動，在唐詩中也有記錄。白居易〈和春深〉：「何處春深好，春深寒食家。玲瓏鏤雞子，宛轉彩球花。碧草追遊騎，紅塵拜掃車。秋千細腰女，搖曳逐風斜。」王維〈寒食城東即事〉：「蹴鞠屢過飛鳥上，鞦韆競出垂楊裡。」

唐朝寒食節，鬥雞成風。唐太宗李世民還是秦王時，府中鬥雞，手下文人杜淹湊趣，寫了一篇〈詠寒食鬥雞應秦王教〉：「寒食東郊道，揚鞲競出籠。花冠初照日，芥羽正生風。顧敵知心勇，先鳴覺氣雄。長翹頻掃陣，利爪屢通中。飛毛遍綠野，灑血漬芳叢。雖然百戰勝，會自不論功。」大大地得了個彩頭。

雖然雞跟雞相同，但人跟人可不一樣。同樣是爲鬥雞寫文作詩，「初唐四傑」之一的王勃就大大地觸了霉頭。乾封年間，沛王李賢與英王李哲鬥雞，時爲沛王府修撰的王勃，也是爲了湊趣，戲作〈檄英王雞〉一文，幫沛王討伐英王的鬥雞，不料被唐高宗李治認爲是挑撥自己兒子之間的感情，唐高宗一怒之下，把王勃逐出了京城。

「掃墓祭祖」，是寒食節的第三個節日風俗。

從唐朝起，興起於民間的寒食節掃墓祭祖、祭奠先人，已成習俗，並且得到了官方的認可。永徽二年（西元六五一年），唐高宗李治首先帶頭，於清明寒食時「上食如獻陵」。

唐玄宗李隆基開元二十年（西元七三二年）四月二十四日的敕旨，更是把這一習俗的來龍去脈，說得清清楚楚：「寒食上墓，禮經無文。近世相傳，浸以成俗。士庶有不合廟享，何以用展孝思？宜許上墓，用拜掃禮，於塋南門外奠祭撤饌訖，泣辭，食餘於他所，不得作樂。仍編入禮典，永為常式。」

官方不僅承認，還專門放了假，讓大家有時間去掃墓祭祖。開元二十四年（西元七三六年）二月十一日敕：「寒食、清明，四日為假。」大曆十三年（西元七七八年）二月十五日敕：「自今已後，寒食通清明休假五日。」貞元六年（西元七九〇年）三月九日敕：「寒食清明，宜準元日節，前後各給三日。」假期給得越來越長了。

白居易在〈寒食野望吟〉中寫道：「烏啼鵲噪昏喬木，清明寒食誰家哭。風吹曠野紙錢飛，古墓壘壘春草綠。棠梨花映白楊樹，盡是死生離別處。冥冥重泉哭不聞，蕭蕭暮雨人歸去。」這首詩揭示了唐人在寒食節，在墓前祭掃、撒紙錢、哭泣落淚的場景，爲我們留下了唐人寒食節「掃墓祭祖」習俗的絕好記錄。

可是，時至今日，「春遊宴樂」也好，「掃墓祭祖」也好，這些習俗依然存在；「禁火冷食」和寒食節卻消失了。寒食節消失的原因，眾說紛紜，人類學、文化學、歷史學各有解釋。

僅從歷史上看，寒食節曾經有過因政府禁令而短期消失的記錄。曹操就曾專門下令，禁止老百姓過寒食節。曹操下此禁令的主要原因，是針對寒食節的節日風俗「禁火冷食」而來的。要知道，在寒食節到來的早春時節，在中國北方，氣候還是比較寒冷的。在寒冷的氣候中，如果整天只吃冰冷的食物，極易引起消化不良、身體不適，在古代衛生、健康條件都不太好的情況下，甚至可能會引發生命危險。曹操有此禁令，自然不會是他已經貼心到了關心老百姓身體健康的地步，只是因爲他作爲一國的統治者，必須關心自己國家的長治久安，而因爲區區一個節日就導致老百姓頻頻病倒甚至減員的國家，顯然是不能長治久安的，也是不符合曹操的利益的。

當然，曹操的禁令被此後晉朝的統治者取消了。寒食節在曹操之後，仍在傳承。所以，歷史上的政府禁令，並非寒食節消失的眞正原因。

我的解釋則很簡單，寒食節消失的重要原因，就是它的節日時間不好記。寒食節的時間，爲冬至後的第一百零五日。距離冬至長達三個月以上，而且還不是第一百日的整數，這可是一個相當考驗記憶力的日子。在老百姓的實際生活中，記不住或者記錯了，應該也是可以原諒的常態。

再加上，與寒食節間隔只有一兩天的時間，就是清明節。長此以往，老百姓自然更容易記住由二十四節氣而來的、有著自己固定日子的清明節，並將自己所熟悉的寒食節的節日風俗，併入了清明節的節日風俗之中。

一言以蔽之，寒食節被清明節「吃」了。

清明　春分後第十五日

杜牧〈清明〉

清明時節雨紛紛，路上行人欲斷魂。

借問酒家何處有？牧童遙指杏花村。

唐會昌二年（西元八四二年）四月，整整四十歲的大詩人杜牧，來到「孤城大澤畔，人疏煙火微」的黃州（今湖北黃岡），出任黃州刺史。正是在黃州度過清時節的時候，杜牧寫下了這首千古絕唱：

清明時節雨紛紛，路上行人欲斷魂：清明節這天，春雨連綿，細雨飄灑。走在路上的行人也無精打采，好像失魂落魄一樣。

借問酒家何處有？牧童遙指杏花村：我問路邊的小牧童，哪裡有酒家可以借酒澆愁？牧童揚起鞭來，遙遙指向遠處的杏花村。

這首詩的作者杜牧，是與李商隱並稱「小李杜」中的那個「小杜」。有趣的是，「小杜」與「老杜」杜甫還頗有淵源，他們同是西晉當陽侯、鎮南大將軍、荊州刺史杜預的後人。不同的是，杜甫源出杜預的兒子杜耽，杜牧則源出杜預的兒子杜尹。

「小杜」的詩，並不比「老杜」差。時到今日，我們在度過一年又一年的清明節時，在裊裊青煙中爲逝去親人掃墓時，仍然會不由自主地吟誦「小杜」杜牧的這首〈清明〉，可見其詩的普及程度。

只是，很遺憾之一，這首〈清明〉很可能不是杜牧寫的。

杜牧身後，其詩文的最早結集，是由其外甥裴延翰完成的，「得詩賦、傳錄、論辯、碑誌、序記、書啟、表制，離為二十編，合為四百五十首，題曰《樊川文集》」。這個《樊川文集》二十卷，曾經著錄於《新唐書·藝文志》。但是，《樊川文集》之中，沒有這首〈清明〉。

到了北宋時期，出現了蒐集《樊川文集》以外的遺詩而編成的《樊川別集》、《樊川續別集》、《樊川外集》。這些北宋文人編輯的杜牧文集中，由於編輯者甄別不嚴，混入了大量李白、王建等人的詩。但是，《樊川別集》、《樊川續別集》、《樊川外集》之中，也沒有這首〈清明〉。

這首〈清明〉在史上第一次出現，是在南宋。在南宋謝枋得的《重訂千家詩》中，〈清明〉不僅赫然在列，而且署名杜牧。

謝枋得如此著錄的依據是什麼？除了他本人，沒有人知道。現在會穿越的成功人士多，麻煩哪位下次穿越南宋時，記得幫我問問謝老爺子；甚或更有高人，可以直接穿越唐朝，記得幫我直接問問杜老爺子是否寫過這首〈清明〉。予有厚望及重謝焉。

只是，很遺憾之二，至今我們也無法確認，這首〈清明〉中的「杏花村」在哪裡。

有人說「杏花村」在山西汾陽。此說最大的問題是，杜牧一生，從未踏足山西。這一點，我們可以從杜牧自己的著作及晚唐、五代及宋朝的文獻之中得出結論。

還有人指出，杜牧寫有一首〈并州道中〉，并州就是太原。既然杜牧到過太原，也很有可能到過距離太原只有一百公里的汾陽。可是，一來畢竟隔了一百公里，杜牧到過汾陽只是假設；二來據杜牧研究權威繆鉞先生考證，〈并州道中〉這首詩極有可能也並非杜牧所寫。

有人說「杏花村」在安徽貴池，因爲杜牧曾經擔任過池州刺史。此說最大的問題是，其依據均爲明清時期的地方誌。目前，引用最早的依據，是明朝嘉靖二十四年（西元一五四五年）的《池州府志》，距離杜牧已有七百年；引用最多的依據，是清朝道光九年（西元一八二九年）的《江南通志》，距離杜牧更是接近千年。未見於正史，只見於杜牧身後幾百上千年之久的地方誌，恐難取信。

有人說「杏花村」在湖北黃岡，因爲杜牧曾經擔任過黃州刺史。

湖北黃岡有「杏花村」的依據之一：南宋胡仔《苕溪漁隱叢話》後集引《複齋漫錄》：「無逸嘗於黃州關山杏花村館驛題〈江城子〉詞。」這其中的「無逸」，是指北宋著名文學家謝無逸。這條記錄表明，謝無逸曾經到過黃州一個名叫「杏花村」的驛站，並且寫了一首〈江城子〉。

湖北黃岡有「杏花村」的依據之二：北宋年間，黃岡屬縣麻城縣歧亭鎮確有「杏花村」，而且是蘇東坡好友陳慥（字季長）的隱居地。蘇軾在〈歧亭五首〉的序中說：「元豐三年正月，余始謫黃州，至歧亭二十五裡山上，有白馬青蓋來迎者，則余故人陳慥也，為留五日賦詩一篇而去。……凡余在黃四年，三往見季常，而季常七來見余，蓋相從百餘日也。」

蘇東坡在黃州的這個好朋友陳慥，如果大家不熟，那麼他的老婆柳月娥，女性讀者們肯定很熟。對，柳月娥發出的吼聲，一直就有一個讓如今廣大女性豔羨的專有名稱——「河東獅吼」。

到了清朝，名臣于成龍在陳慥的墓側修建宋賢祠，在〈建宋賢祠引〉中寫道：「由來人以地傳者十一二，地以人傳者十八九……迨東坡一過杏花村，坐蕭然環堵中，依依有故人情。」

比較起來，黃岡「杏花村」的依據相對可靠一些。

我個人的結論是：如果這首〈清明〉詩確是杜牧所作，其中的「杏花村」，最大可能是泛指「杏花深處的村莊」；若是實指，最大的可能就是指湖北黃岡的「杏花村」。

酒鬼詩人杜牧

寫下〈清明〉的那一刻，杜牧的確是一個需要尋找酒家、借酒澆愁的人。

因爲他實在是生不逢時，趕上了唐朝中後期那場長達四十多年的著名黨爭——「牛李黨爭」，並且深受其害。

這場黨爭，由唐憲宗元和三年（西元八〇八年）科場案發端，到杜牧踏上仕途時達到白熱化，「朝士三分之一為朋黨」、「每議政之際，是非蜂起」，害得貴爲皇帝的唐文宗李昂都無可奈何，不由得慨歎：「去河北賊非難，去此朋黨實難。」

所謂「牛黨」，是指以牛僧孺、李宗閔等爲黨魁的四十餘名高官；「李黨」，是指以李德裕爲黨魁的二十餘名高官。兩黨加起來，也就百把人左右。但他們合力掀起來的驚天巨浪，卻足以覆亡大唐這艘巨艦。所以，在唐文宗李昂看來，這些手無縛雞之力的文人高官的爲害程度，還要遠遠大於河北藩鎮中那些手握兵權的粗俗武將。

這場參與官員達到幾十至上百人、時間長達四十多年的黨爭，就像水面上的巨大漩渦，無論你是輕如蟬翼的落葉，還是重達萬斤的艨艟巨艦，都無法置身事外，都會身不由己地被捲進去。杜牧就是如此。

冤枉的是，杜牧既不是「牛黨」，也不是「李黨」；或者換句話說，杜牧的身體是「牛黨」，靈魂卻是「李黨」。

杜牧本來出身名門，出自「城南韋杜，去天尺五」的京兆杜氏。杜牧的祖父，就是史上那位獨力撰著《通典》的杜佑。杜佑不僅文才出眾，還官運亨通，位至宰相，爵封岐國公。所以，杜牧的童年非常幸福：「舊第開朱門，長安城中央。」

遺憾的是，杜牧沒有來得及沾這位英雄爺爺的光，杜牧剛剛十歲時，杜佑就去世了；然後杜牧十五歲左右，他的父親杜從郁也早早地去世了。

父親早逝，對杜牧的打擊巨大。失去父親養育的杜牧，在青少年時期陷入了困境：「某幼孤貧，安仁舊第置於開元末，某有屋三十間而已。去元和末，酬償息錢，為他人有，因此移去，八年中凡十徙其居，奴婢寒餓，衰老者死，少壯者當面逃去，不能呵制。」、「某與弟顗食野蒿藿，寒無夜燭」。不是杜牧自述，我們實在難以想像，堂堂宰相孫子，貧困到了這個地步。

所以，到了杜牧成年時，他就無法由門蔭入仕，只得由「牛黨」一手操辦，由科舉入仕。因此，說杜牧的身體是「牛黨」，就是這個原因。

《唐摭言》記載了杜牧在大和二年（西元八二八年）中舉的著名故事。他這一科的主考官——禮部侍郎崔郾，在考試之前的送行宴上，接見了來訪的太學博士吳武陵。

吳武陵是來推薦杜牧的。他當面給崔郾朗誦了杜牧的那篇雄文——〈阿房宮賦〉，在崔郾也覺得此文了得的時候，他趁機要求：「請你在這次主考時取他爲狀元。」崔郾說狀元已經許人了。吳武陵退而求其次：「再怎麼樣，也得給個第五名。」崔郾還在考慮的時候，吳武陵作勢要把〈阿房宮賦〉從他手中奪走，崔郾只好趕緊答應：「敬依所教。」

然後，崔郾在宴席上公開宣佈：「適吳太學以第五人見惠。」當大家知道是杜牧時，有人指出杜牧平日不拘小節，錄取只怕有問題。崔郾堅持說：我已經答應了吳君，杜牧就是屠狗沽酒之輩，第五名也確定就是他了！

上面這個杜牧中舉的故事，需要說明的是：其一，唐朝科舉考試並不糊名，所以主考官可以點名錄取；其二，崔郾在考前就預定錄取名單的做法，在當時並不違法違規；其三，如此巴心巴肝、全心全意爲杜牧出頭的吳武陵，是「牛黨」。

事隔千年，我們很難找出吳武陵在杜牧的人生關鍵時刻出頭幫他的原因。也許，那個原因簡單而且直接：杜牧進入了「牛黨」的視野，該黨出於黨爭，需要籠絡像他這樣的青年才俊？

杜牧中舉後，授職弘文館校書郎、試左武衛兵曹參軍。但他並沒有選擇在中央長期任職，而是於當年十月前往洪州（今江西南昌），進入江西觀察使沈傳師的幕府，後又隨著沈傳師調任宣歙觀察使，到宣州（今安徽宣城）任職。

杜牧在沈傳師幕府任職，一共六年。這個沈傳師，也是「牛黨」。

大和七年（西元八三三年）四月，沈傳師內召爲吏部侍郎。杜牧沒有繼續追隨沈傳師到長安，而是去了揚州，進入了時任淮南節度使牛僧孺的幕府，一任就是兩年。這個牛僧孺，不僅是「牛黨」，還是該黨的黨魁。「牛黨」的「牛」字，就來自牛僧孺。

要命的是，這個「牛黨」黨魁，在和杜牧共事期間，還對他有過大恩。

當年在牛僧孺的揚州幕府擔任掌書記之時，杜牧剛剛三十出頭。血氣方剛的年紀，又身處如此繁華的煙花之地，豈能不幹一兩把風流事兒？他那「二十四橋明月夜，玉人何處教吹簫」的名句，就是在那前後留下的。

等到兩年之後，杜牧被召回朝廷擔任監察御史，離開揚州時，牛僧孺在爲他餞行的宴會上勸道：「你未來肯定前途無量，只要注意身體，少幹點風流事就好了。」對於這個奉勸，心裡有鬼的杜牧在一開始當然是矢口否認的。

但當牛僧孺取出一疊報帖後，杜牧不僅認了賬，而且泣拜致謝。原來，杜牧每次外出，牛僧孺爲了保證他的安全，都派人暗中跟隨保護，並且用帖子記下杜牧的去所及時間，向自己報告。時間一長，報帖竟積滿了一箱。

牛僧孺這一招，徹底征服了杜牧。從此以後，杜牧終生不忘此恩，「終身感焉，故僧孺之薨，牧為之志，而極言其美，報所知也」。在牛僧孺死後，杜牧還在爲他所撰的墓誌銘中，極盡溢美之能事，以報答他此時的知遇之恩。

也就是說，杜牧一路走來，先後得到了「牛黨」中人吳武陵、沈傳師、牛僧孺等人無微不至的關懷，他本人也一直浸潤在「牛黨」的染缸裡，徜徉在「牛黨」的關愛裡。他的這一出身經歷，決定了他的身體是「牛黨」的性質。

如果說上述全程之中，杜牧本人對來自「牛黨」的關懷完全不知內情，我是不相信的。其實，不僅他本人知情，「李黨」中人也是看在眼裡，記在了心裡。所以到了開成五年（西元八四〇年），「李黨」黨魁李德裕執政之時，時在京擔任比部司（刑部四司之一）員外郎的杜牧，就只得於轉年四月來到黃州，外放爲黃州刺史了。

然而，身體上全是「牛黨」印記的杜牧，其靈魂卻又是「李黨」的。因爲，他的政治主張、政治觀點，基本上是與「李黨」一致的。

比如，在黃州期間，杜牧就在多件國家大事上與李德裕政見相同，同氣連枝，遙相呼應，心電感應。

杜牧到任黃州刺史整整一年之時，會昌三年（西元八四三年）四月，澤潞（昭義）節度使劉從諫死，其侄劉稹自署留後，抗拒朝命。在以李德裕爲首的中央政府，下令成德、魏博、河中等鎮兵力討伐澤潞（昭義）時，杜牧自黃州呈〈上李司徒相公論用兵書〉，給李德裕出謀劃策，大意如下：

河陽方面，建議堅壁清野不出戰。成德軍與昭義軍有世仇，早欲復仇的成德節度使王元達肯定會攻擊昭義軍的西面。這樣，朝廷可以集中忠武軍、武寧軍，加上「青州精甲五千、宣潤弩手二千，道絳而入，不數月必覆賊巢」。另外，昭義軍的軍糧由山東供給，所以節度使率領重兵留駐邢州。這樣一來，留在山西的兵就不多了，可以乘虛襲取。

史稱「時德裕制置澤潞，亦頗采牧言」、「俄而澤潞平，略如杜牧策」。

轉年八月，杜牧又爲防禦回鶻事作〈上李太尉論北邊事啓〉，大意如下：

建議集合幽州、并州的騎兵，和酒泉的步兵，選擇仲夏時節出發，去攻擊敵人……五月的時候，中原地帶已經很熱，但陰山則還很冷。此時出兵，於我軍有利，「行軍於枕席之上，玩寇於股掌之中」，可一舉獲勝。回鶻一直以爲我軍不會在夏季出兵，此舉出敵意外，實爲上策。

對於杜牧這種改變出擊時間、對回鶻搞突然襲擊的謀劃，史稱「德裕善之」。

到了會昌五年（西元八四五年），杜牧由黃州刺史調任池州刺史之後，仍然作〈上李太尉論江賊書〉，就「江賊」一事發表政見，大意如下：

> 江淮賦稅，是當前國家財政的主要來源。但現在因爲有「劫江賊」，使得江淮賦稅難以運到長安，成爲國家大患……防賊的辦法，可從宣州、潤州、洪州、鄂州各調一百人，淮南調四百人，同時在各州江岸設立兵營，駐兵練兵，打造戰船；至於江中，在每條船上選年少健壯者爲主將，帶兵三十人，合計四十條船，晝夜值班，巡江防賊。如此一來，「是桴鼓之聲，千里相接，私渡盡絕，江中有兵，安有烏合蟻聚之輩敢議攻劫？」

從內政到外交，從財政到軍事，杜牧都一一上書李德裕，不僅有分析有辦法，而且有觀點有創意。不得不說，杜牧是唐朝詩人之中難得的政治幹才、治世能臣。有此之能，就是任爲宰相，亦不爲過。所欠缺者，一紙詔書而已。

在黃州，杜牧還作有〈郡齋獨酌〉一詩，其中的名句「平生五色線，願補舜衣裳」，常常被人引用。他這個名句，與同樣空有報國之志卻無施展機會的「老杜」那句「致君堯舜上，再使風俗淳」，有異曲同工之妙。

「好看的身體千篇一律，有趣的靈魂萬裡挑一」。這句流行的網路句子，完全可以拿來形容李德裕當時對於靈魂與身體分裂的杜牧的眞實看法。對於杜牧頻頻上書顯露出來的才幹，李德裕當時肯定也是欣賞有加的。李德裕縱然萬般不喜杜牧那「牛黨」的身體，卻不得不欣賞他那「李黨」的靈魂，於是在多件國家大事上聽從了杜牧的正確意見，也取得了很好的效果。

但「牛李黨爭」就是「牛李黨爭」。李德裕在他的宰相任期內，就是忘不了杜牧那分裂於靈魂之外的「牛黨」身體，就是不重用杜牧，任由杜牧在黃州、池州、睦州等地輾轉任職，沒有機會一展抱負、一施才華。

所以，在寫下〈清明〉的那一刻，在清明節的雨中，「欲斷魂」的路上行人，杜牧也可以算一個。他實在是很需要「借問酒家何處有？」好讓自己在酒精的麻醉之中，忘記李德裕，忘記「牛李黨爭」，一醉解千愁。

酒鬼詩人杜牧

清明節，是二十四節氣之一，也是漢人的傳統節日，是漢人最重要的祭祀節日，是我們祭祖、掃墓、上墳的日子。

「清明」一詞作爲節氣，最早見諸古籍，是在《逸周書》中。《逸周書．周月解》載：「應春三月中氣，驚蟄、春分、清明。」《逸周書．時訓解》又載：「清明之日，萍始生。」《淮南子》載：「春分後十五日，斗指乙，則清明風至。」《國語》解釋說：「時有八風，歷獨指清明風為三月節，此風屬巽故也，萬物齊乎巽，物至此時皆以潔齊而清明矣。」「春分後十五日，斗指丁，為清明，時萬物皆潔齊而清明，蓋時當氣清景明，萬物皆顯，因此得名」。《歲時百問》則說「萬物生長此時，皆清潔而明淨。故謂之清明」。

簡言之，「清明」二字，就是「清潔而明淨」，也就是「天清地明」。

在二十四節氣之中，既是節氣又是節日的，只有清明。

我們知道，「節氣」是物候變化、時令順序的標誌，「節日」則是包含著一定的風俗活動或紀念意義的日子。兩者雖只一字之差，但區別還是很大的。

史料表明，在唐朝之前，「清明」一直作爲二十四節氣中的一個而存在著，起著指導農業生產的作用；就是在杜牧寫下〈清明〉的唐朝，「清明」才與上巳節、寒食節三者融合，從而形成了一個全新的清明節日。

上巳節、寒食節、清明節三者融合，首先是節日時間的融合。我們知道，三個節日的時間相近。但是，清明節氣每年的日期是固定的；上巳節則在三月的第一個巳日，不好記；寒食節在冬至後的一百零五日，也不好記。要成爲全國大眾都喜聞樂見的大型節日，日子必須固定而且唯一，這樣才好記，這樣才好每年過一下。於是，清明節用自己每年日期的固定性，統一了上巳節和寒食節的節日時間。

上巳節、寒食節、清明節三者融合，其次是節日風俗的融合。從今天我們清明節的節日風俗來看，清明節基本上融合了上巳節、寒食節這兩個節日的風俗。上巳節的節日風俗，是「臨水祓禊」、「踏青春遊」、「飲酒宴樂」，而寒食節的節日風俗，則是「禁火冷食」、「春遊宴樂」、「掃墓祭祖」。

當然，「禁火冷食」、「臨水祓禊」這兩個風俗，我們今天已不大講究。但是，清明節吸收了上巳節和寒食節的主要風俗，並且形成了自己獨特的節日風俗。這樣三個節日的融合，可以簡單列個公式來說明：清明節日＝上巳節日（踏青宴飲）＋寒食節日（掃墓祭祖）＋清明節氣（固定日期）。

所以，到了杜牧所在的唐朝，清明節氣不再是一個反映氣候變化的時序標記，不再是一個指導農事活動的經驗座標，而是正式成爲一個節日。《唐會要》記載，在唐朝大曆十二年（西元七七七年）二月十五日，朝廷頒佈敕令：「自今以後，寒食同清明。」這是官方明文規定，寒食與清明必須融合了。

在唐詩中，也可以找到大量上巳、寒食、清明三者互相融合的證據。

上巳與寒食，兩兩融合。沈佺期有〈和上巳連寒食有懷京洛〉；孟浩然有「卜洛成周地，浮杯上巳筵。鬥雞寒食下，走馬射堂前」。

上巳與清明，兩兩融合。獨孤良弼有〈上巳接清明遊宴〉：「上巳歡初罷，清明賞又追。」

寒食與清明，兩兩融合。元稹這首〈使東川．清明日〉有「常年寒食好風輕……今日清明漢江上」；白居易有〈寒食野望吟〉：「烏啼鵲噪昏喬木，清明寒食誰家哭。」

最後來一個上巳、寒食、清明三者融合的例子。王維有〈寒食城東即事〉：「少年分日作遨遊，不用清明兼上巳。」

五代時期王仁裕的《開元天寶遺事》記載了清明節時唐朝長安人出遊的場景：「長安士女游春野步，遇名花則設席藉草，以紅裙遞相插掛，以為宴幄。」唐人陳鴻祖寫的《賈昌傳》也記載：「清明節，士開宴集於曲江亭。既撤饌，則移樂泛舟，又有燈閣打球之會。」

宋人孟元老的《東京夢華錄》記錄，北宋都城開封是這樣過清明節的：「清明節，尋常京師以冬至後一百五日為大。寒食前一日謂之『炊熟』……寒食第三節，即清明日矣。凡新墳皆用此日拜掃。」

唐宋以降，上巳節、寒食節、清明節就完全合一了。或者換句話說，清明節吃掉了上巳節、寒食節，後面兩個節日完全從我們社會生活中消失了。今天我們中的很多人，已不知上巳節、寒食節爲何物了，就只過清明節了。

上巳　三月初三

杜甫〈麗人行〉

三月三日天氣新，長安水邊多麗人。
態濃意遠淑且眞，肌理細膩骨肉勻。
繡羅衣裳照暮春，蹙金孔雀銀麒麟。
頭上何所有？翠微㔩葉垂鬢脣。
背後何所見？珠壓腰衱穩稱身。
就中雲幕椒房親，賜名大國虢與秦。
紫駝之峰出翠釜，水精之盤行素鱗。
犀筯厭飫久未下，鸞刀縷切空紛綸。
黃門飛鞚不動塵，御廚絡繹送八珍。
簫鼓哀吟感鬼神，賓從雜遝實要津。

後來鞍馬何逡巡，當軒下馬入錦茵。
楊花雪落覆白蘋，青鳥飛去銜紅巾。
炙手可熱勢絕倫，慎莫近前丞相嗔！

唐天寶十三年（西元七五四年）三月初三，正值上巳節，時在長安「待制集賢院」的杜甫，來到長安城南的曲江池，踏青春遊，歡度佳節。

不料，杜甫在好日子裡，看到了好風景，卻沒有了好心情。原來，當天也在曲江池過上巳節的，還有權勢熏天的楊國忠、虢國夫人、秦國夫人、韓國夫人等「諸楊」。

在上巳節日裡，偶遇「諸楊」這幫爛人的杜甫，頓時沒有了過節的心情。雖然他與貴爲皇親國戚的「諸楊」地位懸殊，但他對於倚仗唐玄宗李隆基和楊貴妃的權勢，平日裡飛揚跋扈、窮奢極欲、寡廉鮮恥的「諸楊」，早就已經深惡痛絕了。

於是，杜甫在這個上巳節，提起了自己的生花妙筆，寫下了這首深度鄙視「諸楊」，「無一刺譏語，描摹處，語語刺譏；無一慨歎聲，點逗處，聲聲慨歎」的〈麗人行〉：

三月三日天氣新，長安水邊多麗人：三月初三上巳節，天氣清新；包括虢國夫人、秦國夫人、韓國夫人在內的很多美女，都來到長安城的曲江池畔過節。

態濃意遠淑且真，肌理細膩骨肉勻：美女們濃妝豔抹、意趣超逸、文靜賢淑；美女們的肌膚吹彈欲破、骨肉亭勻、纖穠合度、身材一流。

繡羅衣裳照暮春，蹙金孔雀銀麒麟：美女們穿著用金絲繡出的孔雀和用銀絲繡出的麒麟裝飾的薄紗衣裳，在這個上巳節日的暮春裡，出來春遊。

「繡羅」，是指繡有花紋的薄紗衣裳材料；「蹙金」，是指一種用金線刺繡的方法。「孔雀」、「麒麟」，既是古代的祥瑞之物，美女們繡在衣裳上以此祈福，同時也象徵著她們尊貴的身分，暗示著她們的家世背景和社會地位。

頭上何所有？翠微匐葉垂鬢唇：美女們的頭上，戴的是什麼珠寶首飾呢？用翡翠做的頭花髻飾上的花葉，下垂到了鬢角邊。

背後何所見？珠壓腰衱穩稱身：美女們的背後，能看見什麼呢？珠寶鑲嵌的裙腰，穩當又合身。

〈麗人行〉全詩分爲三段，至此十句，爲第一段。我們所見到的，是一幅上巳佳節，長安美女們在曲江池畔的春遊圖。

就中雲幕椒房親，賜名大國虢與秦：今年的上巳節，在曲江池畔春遊的美女，有幾個是楊貴妃的親戚，其中就有虢國夫人和秦國夫人。

「雲幕」，指形如雲一樣的帳幕，張掛起來用以春遊休息、宴飲。「椒房」，是西漢未央宮中皇后所居的殿名，亦稱椒室。其得名緣由，是指用花椒和以濕泥，塗抹牆壁，使室內溫暖、芳香，同時象徵「多子」。後世因稱皇后爲「椒房」，皇后的親屬爲「椒房親」。

本詩中的「椒房」，特指此時專寵後宮的楊貴妃。事實上，楊貴妃名爲貴妃，實則早已是皇后的待遇了：「不期歲，寵遇如惠妃，宮中號曰『娘子』，凡儀體皆如皇后。」

「虢與秦」，據《舊唐書》記載，楊貴妃「有姊三人，皆有才貌，玄宗並封國夫人號：長曰大姨，封韓國；三姨，封虢國；八姨，封秦國。出入宮掖，勢傾天下」。

把大姨姊封爲韓國夫人，三姨姊封爲虢國夫人，八姨姊封爲秦國夫人，唐玄宗李隆基這是愛屋及烏的意思了。但是，在這一年上巳節，杜甫所見到的，是否包括秦國夫人在內，有爭議。

因爲多種史料顯示，秦國夫人就死在天寶十三年（西元七五四年），雖然未詳月日，亦未詳死因。這一年，楊氏家族的權勢正如日中天，秦國夫人之死，自然不是橫死，而是因病正常死亡。如果這是史實，那麼在這一年的上巳節，秦國夫人是否因爲已死而不在現場，還是因爲病得不能出遊，均在兩可之間。無論是已死還是已病，都很難被杜甫看到了。

可是，司馬光的《資治通鑑》卻記載：至少到了天寶十四年（西元七五五年），秦國夫人仍然活得很是精神。安祿山叛亂後，「上議親征，辛丑，制太子監國……楊國忠大懼，退謂韓、虢、秦三夫人曰：『太子素惡吾家專橫久矣，若一旦得天下，吾與姊妹並命在旦暮矣！』相與聚哭，使三夫人說貴妃，銜土請命於上；事遂寢」。

這條史料清楚地顯示，楊國忠是與包括秦國夫人在內的三個姊妹，一起商量如何阻止太子監國這件大事的。如果司馬光的史料靠譜，那麼杜甫在前一年的上巳節所看到的「椒房親」，就一定有秦國夫人了。

這樣也好，多一個美女也好，更熱鬧不是？

紫駝之峰出翠釜，水精之盤行素鱗：閃著光澤的青銅釜鍋端出了紫色的駝峰炙，水晶圓盤送來了鮮美的白鱗魚。

犀筯厭飫久未下，鸞刀縷切空紛綸：可是，美女們面對早已吃膩的美食不能下嚥，捏著犀角筷子久久不動，害得廚子們的快刀白白忙活了一場。

黃門飛鞚不動塵，御廚絡繹送八珍：宴樂的過程中，還不斷地有唐玄宗李隆基派來的騎術高超的宦官，把御廚製作的山珍海味絡繹不絕地送來。

簫鼓哀吟感鬼神，賓從雜遝實要津：宴席上的賓客，都是達官貴人；演奏的笙簫鼓樂，也纏綿婉轉，足以感動鬼神。

至此十句，爲全詩的第二段。我們所見到的，是一幅上巳佳節，楊氏家族在曲江池畔的宴樂圖。

後來鞍馬何逡巡，當軒下馬入錦茵：正當宴會進行之時，當朝宰相楊國忠飛馬而至，顧盼自得地在虢國夫人的車前下馬，隨後進入了她的車帳之中。

楊花雪落覆白蘋，青鳥飛去銜紅巾：楊國忠到來的聲勢浩大，吹得如雪的楊花飄落，覆蓋浮萍；驚得青鳥飛起，銜起地上的紅絲帕。

這兩句詩，杜甫是借用隱語，來諷刺楊國忠與虢國夫人之間不應該存在的兄妹亂倫關係。

「楊花」，是隱語。北魏胡太后曾和手下大將楊大眼之子楊白花私通，後來楊白花懼禍，逃往南方梁朝，改名楊華。胡太后因爲思念情人，曾作詩「楊花飄蕩落南家」、「願銜楊花入窠裡」。後人便以「楊花」來影射男女私通的關係。

「青鳥」，也是隱語。「青鳥」是神話中的鳥名，傳說是西王母的使者，後常被借來用作男女之間的信使。李商隱的著名情詩「青鳥殷勤為探看」，就是借用此意。

炙手可熱勢絕倫，慎莫近前丞相嗔：楊氏家族權傾朝野，無與倫比，圍觀的人切勿靠近，以免丞相發怒訓斥。

杜甫在這裡創造了一個成語：「炙手可熱」，意思是手一靠近就感覺很燙，用以比喻楊氏家族氣焰之盛、權勢之大。這是實情。

詩句中的「丞相」楊國忠，憑藉楊貴妃的裙帶關係，從天寶七年（西元七四八年）開始，「善窺上意所愛惡而迎之，以聚斂驟遷，歲中領十五餘使。甲辰，遷給事中，兼御史中丞，專判度支事，恩幸日隆」，並且「權京兆，賜名國忠」；天寶十一年（西元七五二年），「楊國忠為右相，兼文部尚書」、「凡領四十餘使」。所兼官職，多得連他自己都不大記得住了，從此獨攬大權，爲所欲爲。杜甫用「炙手可熱」來形容，恰如其分。

詩的後六句，爲全詩的第三段。我們所見到的，既是一幅楊氏家族的飛揚跋扈圖，也是一幅楊氏家族的醜態百出圖。

安史之亂的前奏

安祿山，不喜歡天寶十三年（西元七五四年）這一年的上巳節。

證據是，就在杜甫寫下〈麗人行〉的這個上巳節的前兩天，安祿山匆匆忙忙地離開了長安城。而等到他下一次出現在長安城的時候，請不要再叫他「安祿山」，請直接叫他——「死神」。

正是他，奪走了杜甫眼前包括楊貴妃、楊國忠、虢國夫人在內所有「諸楊」的生命，奪走了正在上巳節日春遊的絕大部分長安人的生命，摧毀了杜甫眼前帝都長安的盛世繁華，摧毀了大唐帝國的強盛國運，害得唐玄宗李隆基痛失所愛、龜縮蜀地，害得杜甫本人先被俘，後逃難，最後也不得不客居蜀地。

在這個上巳節前兩天的三月初一，是唐玄宗李隆基與安祿山此生中最後一次見面的日子。「三月，丁酉朔，祿山辭歸范陽。上解御衣以賜之，祿山受之驚喜」。

見最後一面時，安祿山是揣著明白裝糊塗。他反心已定，連近在眼前的全年三令節之一的上巳節都不過了，只求早日脫身。所以，當李隆基解下身上的御衣賜給他時，他的反應是驚喜的，因爲他把這視爲自己即將造反成功、登上皇位的吉兆。

見最後一面時，李隆基是揣著糊塗裝大氣。「自是有言祿山反者，上皆縛送之。由是人皆知其將反，無敢言者」。在自己耳中已經灌滿了安祿山造反的諫言之後，仍然胡裝大氣，解衣賜之，他也不想想爲什麼自己待之親如家人的安祿山，連近在兩日之內的上巳佳節都不願意過，非要提前返回范陽？

就這樣，李隆基放虎歸山，安祿山金蟬脫殼：「恐楊國忠奏留之，疾驅出關。乘船沿河而下，令船夫執繩板立於岸側，十五里一更，晝夜兼行，日數百里，過郡縣不下船。」

所以，杜甫和「諸楊」在上巳節偶遇之時，正是安祿山日夜兼程、疲於奔命、逃歸范陽之日。此時此刻，帝都長安仍然是一派極樂繁華，但「漁陽鼙鼓」已經敲響，即將動地而來，用最暴力的方式，用最殘酷的殺戮，終結所有繁華。

說起來，直到天寶十三年（西元七五四年）的上巳節，長安城中關於安祿山即將造反、發動「安史之亂」這一點，最清醒、最明白的人，居然就是杜甫〈麗人行〉詩中提及的、鬧出了兄妹亂倫醜劇的「丞相」——楊國忠。

當然，楊國忠能夠如此清醒的原因，並非他目光遠大，能夠預測未來，而是出於一個很可笑甚至很兒戲的原因：他和安祿山是政敵。爲了權力鬥爭，他必須誣告安祿山要造反，甚至在某些他認爲必要的時候，他還要利用手中的宰相權力，採取一些措施，逼著安祿山去造反。事實上，安祿山造反，直接原因就是他逼的。

這兩個人，一開始就不對付：「安祿山以李林甫狡猾逾己，故畏服之。及楊國忠為相，祿山視之蔑如也。」

安祿山確實「畏服」李林甫。「畏服」的原因，一是如上面史料所說，安祿山認爲「李林甫狡猾逾己」，自己鬥不過他；二是安祿山由區區一番將被提拔到位極人臣的地位，一路上李林甫對他幫助不小，「祿山承恩深」。

安祿山對李林甫「畏服」到了什麼程度？史書上有個細節——「安祿山每見，雖盛寒必流汗」。另外，安祿山派人到朝中奏事，回來之後總要先問一句：「十郎何言？」就是先問李林甫說什麼話沒有。「有好言則喜躍，若但言『大夫須好檢校』，則反手據床曰：『阿與，我死也！』」李林甫平平淡淡一句勸誡的話，就能引起安祿山如此劇烈的情緒反復，可見李林甫在安祿山心中的地位。

有趣的是，安祿山怕李林甫，唐玄宗李隆基居然也知情。安祿山上述「阿與，我死也」的一番醜態，曾經被人轉述給李隆基聽：「李龜年嘗斆其說，玄宗以為笑樂。」

需要指出的是，這位向李隆基轉述安祿山醜態的李龜年，也是杜甫的老熟人，就是他在〈江南逢李龜年〉詩裡「落花時節又逢君」的那個人。

然而，就是對於這樣「畏服」的人，爲了權力鬥爭，安祿山也照樣出陰招對付。

天寶二年（西元七四三年）的唐朝科舉考試，鬧出了著名的「曳白案」：這一年，李林甫選定的考官苗晉卿、宋遙主持考試，御史中丞張倚的兒子張奭應試，被列爲第一名。「眾知奭不讀書，論議紛然。有蘇孝慍者，嘗為范陽薊令，事安祿山，具其事告之」。

當時正好在京的安祿山，聽了蘇孝慍的話之後，顯然經過了一番權衡謀劃之後，親自出面向皇帝揭發。爲此，李隆基「御花萼樓親試，登第者十無一二；而奭持試紙，竟日不下一字，時謂之『曳白』」。所以，張奭是歷史上第一位「白卷狀元」。

「白卷狀元」事發，李隆基爲此大怒，把所有涉案人員都貶謫外地。雖然沒有追究李林甫的責任，但此事對他的打擊是顯而易見的。更顯而易見的是，「白卷狀元」事件如果沒有安祿山的揭發，是不可能暴露的。這個事件說明，安祿山對於李林甫，並不僅僅只有「畏服」，偶爾還會「對付」。

安祿山連李林甫都「對付」，在李林甫死後繼任宰相的楊國忠，就更不在他的眼裡了。如果說安、李二人之間的關係還曾經有過蜜月期的話，那麼安、楊二人一上來就進入了鬥爭期。說起來也正常，安祿山上位，走的是實實在在的軍功路線；而楊國忠上位，走的是至今也爲人所不齒的裙帶路線。「祿山視之蔑如也」，軍功看不起裙帶，古今皆然。

楊國忠自己也知道，安祿山不服自己，「終不出其下」，所以總想除去這個政敵。爲此，他想出了兩個陰招。

一是「以胡制胡」。安祿山是帝國東北方向手握重兵的番將，楊國忠選中的則是帝國西北方向手握重兵的番將哥舒翰——「哥舒夜帶刀」中的那個哥舒翰。無論是出身、資歷、軍功、官職、爵位，哥舒翰都與安祿山不相上下。據《資治通鑑》記載，天寶十一年（西元欺七五二年）發生的一件事也證明，楊國忠「以胡制胡」的策略非常有效，直接造成了二人之間的積怨：「哥舒翰素與安祿山、安思順不協，上常和解之，使為兄弟。是冬，三人俱入朝，上使高力士宴之於城東。祿山謂翰曰：『我父胡，母突厥，公父突厥，母胡，族類頗同，何得不相親？』翰曰：『古人云：狐向窟嘷不祥，為其忘本故也。兄苟見親，翰敢不盡心！』祿山以為譏其胡也，大怒，罵翰曰：『突厥敢爾！』翰欲應之，力士目翰，翰乃止，陽醉而散，自是為怨愈深。」

從上述對話中哥舒翰的應答來看，哥舒翰並無惡意。可安祿山因爲疑心病很重，反而在高力士充當和事佬的宴會上大怒，進一步惡化了二人之間的關係，也讓楊國忠達到了「以胡制胡」的目的。

二是誣陷造反。楊國忠從當上宰相的那一天起，就像唐僧一樣，天天在李隆基耳邊嘮叨：「安祿山要造反，安祿山要造反，安祿山要造反。重要的事情說三遍。」——「會楊國忠與祿山不相悅，屢言祿山且反，上不聽。」

楊國忠見李隆基不聽，爲了證明自己的判斷英明準確，他身爲一國宰相，居然不求天下太平，只求天下動亂，眞的開始採取措施，逼安祿山造反，爲「激怒祿山，幸其搖動，內以取信於上」，「國忠使門客蹇昂、何盈求祿山陰事，圍捕其宅，得李超、安岱等，使侍御使鄭昂縊殺於御史臺」，打草驚蛇之下，「由是祿山惶懼」。

其實，按照安祿山的計畫，本來應該是等李隆基死了之後再造反的：「安祿山專制三道，陰蓄異志，殆將十年，以上待之厚，欲俟上晏駕然後作亂。」要說安祿山還是有良心的，還知道感念李隆基把他提拔到封疆大吏的恩情，不好意思在李隆基生前造反。

可是，安祿山等得，楊國忠等不得；安祿山不急，楊國忠急。「國忠數以事激之，欲其速反以取信於上。祿山由是決意遽反。」並且，安祿山就是打著「誅楊國忠」的名義造的反。

楊國忠，你才是眞正的人生贏家，你終於成功了！安祿山造反的消息傳來，所有人的反應自然是莫名驚詫、極度驚恐，只有楊國忠與眾不同，「揚揚有得色」。

讀史至此，我實在是替李隆基欲哭無淚：這就是他重用楊國忠這樣的逐利小人的最大惡果。上述楊國忠逼反安祿山的行爲，好有一比：

楊國忠就好比一條海船上的大副，上任以後就一直在跟船長李隆基說：這條船漏水。可是，船長不相信他。於是，爲了證明自己的判斷正確，這個大副主動去把船底鑿了一個洞。這位大副在鑿洞的時候從來就沒有想過：鑿了洞，漏了水，自己的判斷是正確了，船長李隆基應該也相信自己了，可是整條船也沉了；而他本人可還在這條船上，也會一起淹死。

逐利小人，永遠就只是逐利小人。他永遠只能看到自己眼前的得失，永遠只能顧及自己的蠅頭小利。至於國家利益、國家危亡，不存在的。

其實，在天寶十三年（西元七五四年）的上巳節，當楊國忠出現在杜甫的眼前，出現在〈麗人行〉詩中時，他本人的心情，很可能正處於鬱悶的狀態之中，因爲，他剛剛在逼反安祿山的問題上，丟了個大人。

安祿山是在這年正月入朝的。在他沒有來長安之前，楊國忠又對李隆基說安祿山必反，並且預言：「陛下試召之，必不來。」結果呢，「祿山聞命即至」，一下子就讓楊國忠大跌眼鏡，在李隆基面前丟了個大人。

所以，這個上巳節，目送政敵全身而退的丞相楊國忠，表現風光，內心鬱悶。杜甫這幫不明眞相的圍觀群眾還眞不能太靠近了，否則被「丞相嗔」的可能性非常之大。

洗腳、踏青，也要配個節日

上巳節，是產生了「天下第一行書」〈蘭亭集序〉的佳節。

東晉永和九年（西元三五三年）的上巳節，時任會稽內史的王羲之與謝安等人在會稽山陰的蘭亭雅集，曲水流觴，飲酒賦詩，共得三十七首。王羲之將這些詩賦編輯成集，自己作序一篇，記述其事，並乘醉用行書寫下序文。這篇序文，就是「翩若驚鴻，婉若游龍」的書法作品〈蘭亭集序〉。

王羲之在美好的節日裡，把自己美好的心情轉化成了美好的書法，讓今天的我們神往之至：原來，上巳節還可以這樣過。

這個王羲之和杜甫都曾經歡度過的上巳節，萌芽於先秦，定型於漢魏，繁盛於隋唐，沒落於宋元，消逝於明清。

最早有關上巳節的詩，可以在《詩經》裡面找到。《詩經・鄭風・溱洧》：「溱與洧，方渙渙兮。士與女，方秉蕑兮。女曰觀乎？士曰既且，且往觀乎？洧之外，洵訏且樂。維士與女，伊其相謔，贈之以芍藥。溱與洧，瀏其清矣。士與女，殷其盈兮。女曰觀乎？士曰既且，且往觀乎？洧之外，洵訏且樂。維士與女，伊其將謔，贈之以芍藥。」

詩中這對處於熱戀中的年輕男女，相見的地點是鄭國的溱洧河畔，相見的時間，則是某一年的上巳節。那是一個春天的節日，也是一個甜蜜的節日。

一般認爲，上巳節起源於先秦的「祓禊」祭日。祓，許愼《說文解字》說：「除惡祭也」，是古代除災求福之祭；應劭《風俗通．祀典》曰：「禊者，潔也」。到了「祓禊」這一天，人們要到河川水邊，洗濯沐浴，以除惡辟邪。

「上巳」二字，最早見於《續漢書．禮儀志》：「三月上巳，官民皆潔於東流水上，曰洗濯祓除，去宿垢疢為大潔。」當然，這種官員百姓、男女老少集體到水邊的「祓禊」活動，不是脫了衣服裸浴，而只是清洗手足。想多了的同學，可以略感遺憾地參照一下大儒朱熹的解釋：「古人上巳祓禊，只是盥濯手足，不是解衣浴也。」

由《續漢書．禮儀志》的記載可見，在西漢時期，「上巳」還指的是「三月的第一個巳日」，並非一定是三月初三。那麼，「上巳」是如何確定在三月初三這一天的呢？

南宋王楙在《野客叢書》中指出：「自漢以前，上巳不必三月三日，必取巳日。自魏以後，但用三月三日，不必巳也。」至此，上巳節在漢魏時期，定型於三月初三。所以，到了杜甫所在的唐朝，他就得在三月初三過上巳節。

上巳節的節日風俗，第一項當然是臨水祓禊。

上巳節是崇水日、親水日，所以杜甫在詩中說「長安水邊多麗人」。包括虢國夫人在內的眾多長安美女，是深諳上巳節俗的。她們在這一天，成群結隊地來到水邊，用水洗濯手足，祈求除惡辟邪。

上巳節日風俗的第二項，是踏青春遊。

〈麗人行〉裡，虢國夫人、秦國夫人、韓國夫人爲何又是「繡羅衣裳」，又是「翠微㔩葉」，集體盛裝出現在曲江池邊？因爲春天來了，要踏青，要春遊，要出去浪啊。

和我們今天一樣，同一座城市裡，是沒有幾個地方可供春遊的。唐朝的長安城，最大的春遊勝地，有山有水的，只有曲江池。還有一個地方，也是當時長安人的公共遊樂勝地——樂遊原，李商隱「向晚意不適，驅車登古原」的那個樂遊原。

正因爲春遊的地方不多，所以大家才會在上巳節擠一處春遊，這才有了微末小官杜甫偶遇權傾朝野的丞相楊國忠的機會。

上巳節日風俗的第三項，是飲酒宴樂。

雖然杜甫的詩中沒寫，但上巳節當天在曲江池的，很可能還有唐玄宗李隆基及楊貴妃。因爲上巳節是唐朝三大節日之一，在這一天賜宴文武百官，早已形成慣例了。

唐駢在《劇談錄》中如是記錄唐朝皇帝上巳節賜宴：「上巳即賜宴臣僚，京兆府大陳筵席，長安、萬年兩縣，以雄勝相較，錦繡珍玩無所不施。百官會於山亭，恩賜太常及教坊聲樂，池中備彩舟數隻，惟宰相、三使、北省官與翰林學士登焉。每歲傾動皇州，以為盛觀。」

唐人創作的《輦下歲時記》記載：「三月上巳有賜宴群臣，即在曲江，傾都人物，於江頭禊飲踏青。豪家縛棚相接，至於杏園。」杜甫偶遇的「諸楊」，就是「縛棚相接」的「豪家」。

而杜甫這首〈麗人行〉的第二段裡，就完全是楊氏姐妹的宴樂場面。宴會上「駝峰」、「素鱗」上桌，加之御廚送來的「八珍」，可是楊國忠、虢國夫人這幫人居然早就吃膩了，「犀筯厭飫久未下」。

與之形成鮮明對比的是，此時的杜甫，卻還要擔心吃不飽的問題，因爲他在長安期間創作的詩歌裡常常提到「餓死」這個詞：「有儒愁餓死，早晚報平津」、「但覺高歌有鬼神，焉知餓死填溝壑」。同樣是人，這差別怎就這麼大呢？

以上這段天寶十三年（西元七五四年）上巳節的節日異象，達官貴人與寒門士子之間一飽一饑的鮮明對比，還可以用杜甫一年之後寫出的千古名句「朱門酒肉臭，路有凍死骨」來概括。

事實上，同樣是人，杜甫吃都吃不飽，楊國忠卻飽食終日，兩個人之間的區別如此之大，於杜甫個人並非要緊，於大唐帝國卻至爲要緊。從歷史上看，任何一個強盛的帝國，只要出現了上述異象，就已經是距離滅亡不遠的末世狂歡了。史實是，就在這年上巳節之後的一年多，「安史之亂」爆發，飽食終日的楊國忠、楊貴妃直接死在了這次叛亂之中，而杜甫一生鍾愛的大唐帝國，也由此踏上了不歸路。

上巳節到宋元時期，就已經名存實亡。《東京夢華錄》等記錄北宋社會習俗的典籍裡，根本就沒有關於上巳節的文字。可見，從這時起，上巳節的節日風俗如祓禊、踏青、宴飲等，已經融入了清明節，而上巳節本身，就慢慢消失了。

端午　五月初五

張說〈岳州觀競渡〉

畫作飛鳧艇，雙雙競拂流。低裝山色變，急棹水華浮。
土尚三閭俗，江傳二女遊。齊歌迎孟姥，獨舞送陽侯。
鼓發南湖溠，標爭西驛樓。並驅常詫速，非畏日光遒。

唐開元四年（西元七一六年）五月初五端午節，在今天汨羅江畔的湖南省岳陽市，時任岳州刺史的大才子、大詩人張說，正在觀看賽舟競渡比賽。

他是在前一年的四月，由相州刺史調任岳州刺史的。張說是范陽（今北京）人，身爲北方人的他，這是首次到南方任職。一到岳州人歡度端午節的時候，獨具水鄉特色的、頗具歡樂氣氛的賽舟競渡，立刻就吸引了他。

身爲本地的最高行政長官，他不僅到場觀看，而且揮筆寫下了這首〈岳州觀競渡〉：

畫作飛鳧艇，雙雙競拂流：競渡開始時，由彩帶裝扮的鴨形競渡舟，成雙成對，逆流而上，出發比賽。

「鳧」，即野鴨。「鳧艇」，即鴨形的競渡舟。可見，當時張說所看到的，並非我們今天約定俗成的龍舟，而是鴨形舟。換句話說，張說看的是「賽鴨舟」，不是「賽龍舟」。

低裝山色變，急棹水華浮：緊張比賽中，一艘艘鴨形舟如同野鴨一樣，在低空飛行，兩邊的群山迅速後退，風景變化萬千；舟中的選手們奮力划槳，攪得浪花四濺，波光閃爍。

土尚三閭俗，江傳二女遊：岳州人舉行這樣的賽舟競渡，既是為了紀念三閭大夫屈原，也是為了紀念虞舜的兩個妃子娥皇和女英。

據《荊楚歲時記》：「按五月五日競渡，俗為屈原投汨羅日，傷其死，故並命舟楫以拯之。」這是普天之下，過端午節賽舟競渡的共同理由。

而在岳州，岳州人寒舟競渡還有另外一個理由，即詩中所說的「二女」。「二女」，指虞舜的兩個妃子娥皇和女英。相傳，娥皇和女英在得知虞舜在南巡途中死於蒼梧時，淚灑青竹，竹上生斑，她們雙雙投入湘江，化為湘江女神。娥皇和女英眼淚灑斑的竹子，被稱為湘妃竹，她們二人也被稱為湘夫人。從那以後，岳陽洞庭湖中就有湘妃竹，岳陽人也一直記得重情重義的湘夫人，所以，岳陽人的賽舟競渡也就多了一重意義：紀念娥皇和女英。

齊歌迎孟姥，獨舞送陽侯：選手們齊聲唱著划船號子，既是鼓勁，也像是在呼喚陰間的孟婆，放屈原的靈魂歸來；舟中還有人跳起驅神舞蹈，以送別波濤之神陽侯，讓他別再來興風作浪。

「孟姥」，即孟婆，傳說是陰間地府中負責提供孟婆湯，抹去所有前往投胎靈魂的記憶的幽冥之神。「陽侯」，據《漢書．揚雄傳》應劭注：「陽侯，古之諸侯也，有罪自投江，其神為大波。」

鼓發南湖漾，標爭西驛樓：這次賽舟競渡的出發地在南湖水灣，終點是西驛樓。所謂「標爭西驛樓」，就是指在終點西驛樓的水面上插上一根竹竿，竿上掛著一面鮮豔奪目的錦旗，稱爲「錦標」，賽舟競渡以奪得錦標者爲勝。這也是我們今天體育賽事中「錦標賽」的由來。

並驅常詫速，非畏日光遒：爲了奪得錦標，選手們不怕烈日當頭，全力以赴，一艘艘競渡舟並駕齊驅，速度之快令人驚詫。

張說在岳州擔任刺史，從開元三年四月到開元五年四月，跨越三個年頭，其實滿打滿算只待了二十四個月。在這段時間裡，他一共度過了兩個端午節。

在開元五年（西元七一七年）四月初一，還沒到端午節，張說就赴任荊州大都督府長史了，此後，更是調任幽州、并州、朔方，可謂宦遊天下。

無論從哪個角度看，張說之於岳州，也只是一個來去匆匆的過客，略微不同的是，這個過客曾是這裡的最高行政長官；而岳州之於張說，也只是他宦遊生涯中平平淡淡的一個小站。然而，仔細一探究，又不平凡。無論是張說之於岳州，還是岳州之於張說。

張說之於岳州：岳陽樓因爲張說而著名。

岳陽樓，傳說由三國魯肅始建，名爲「魯肅閱軍樓」。張說調任岳州刺史後，對此樓進行了增修，使之成爲一座三層、六方、斗拱、飛簷的壯麗高樓，並且因其坐落於州署西南而被命名爲「南樓」。

不僅如此，張說每有文士朋友往還，都由他帶領，前來登臨南樓，吟詩作賦。在南樓，張說寫下〈與趙冬曦尹懋子均登南樓〉，另外三位的和詩，分別是趙冬曦的〈陪張燕公登南樓〉、尹懋的〈奉陪張燕公登南樓〉、張均的〈和尹懋登南樓〉。

樓因詩而名，詩因樓而傳。這是讓岳陽樓在此後歷代文人墨客心中留下位置的關鍵一步。正是從張說開始，岳陽樓和洞庭湖的自然景觀，文人詩賦的人文景觀，兩者緊密結合，岳陽樓就此聲名鵲起。

宋人樂史所撰的《太平寰宇記》記載：「岳陽樓，唐開元四年，張說自中書令為岳州刺史，常與才士登此樓，有詩百餘篇列於樓壁。」宋人范致明所撰的《岳陽風土記》也證實：「唐開元四年，中書令張說除守此州。每與才士登樓賦詩，自爾名著。」

那個後來因范仲淹〈岳陽樓記〉而青史留名的「謫守巴陵郡」的滕子京，在自己所寫的〈岳陽樓詩集序〉中也承認：岳陽樓中，「惟張燕公文字最著……樓得名，殆命於公矣」。

就在張說之後不久，他命名的「南樓」，就以「岳陽樓」而揚名天下了。在只比張說晚出五十年的李白和賈至的詩裡，已經是〈與夏十二登岳陽樓〉、〈岳陽樓宴王員外貶長沙〉了。

岳州之於張說：張說的詩名，在岳州而顯。

《新唐書．張說傳》認爲他「謫岳州，而詩益悽婉，人謂得江山助云」。這說明，岳州的山山水水，助益了張說的詩才，成就了張說的詩名。清末學者丁儀在《詩學淵源》中也贊同了《新唐書》的結論，認爲張說的詩「初尚宮體，謫岳州後，頗為比興，感物寫情，已入盛唐」。

事實也的確如此，包括這首〈岳州觀競渡〉在內的張說所寫的五十九首岳州詩，題材廣泛、體裁多樣、文字精練、感情眞摯，可稱爲其平生詩歌創作的一個高峰。要知道，唐朝宰相多矣，但留下詩名的宰相卻並不多。就是在岳陽，張說開始以詩名世，「詩法特妙」、「接際王揚（王勃、楊炯）、比肩沈宋（沈佺期、宋之問）」，走上了「掌文學之任凡三十年」、「吐辭為經，舉足為法」、「當朝師表，一代詞宗」的神壇。

張說，是應該感謝岳陽的。「你記得也好，最好是忘掉，在這交會時互放的光亮。」這不是徐志摩的情詩，而是張說對岳陽跨越千年的款款深情。

史上著名好岳父

張說，是史上第一位「泰山」級別的老丈人、好岳父，因爲，今天我們把自己的老丈人、岳父尊稱爲「泰山」，就是從張說開始的。據段成式《酉陽雜俎》載：「明皇封禪泰山，張說為封禪使。說婿鄭鎰，本九品官。舊例，封禪後，自三公以下皆遷轉一級，惟鄭鎰因說驟遷五品，兼賜緋服。因大酺次，玄宗見鎰官位騰躍，怪而問之，鎰無詞以對。黃幡綽曰：『此乃泰山之力也。』」

張說，就是這樣一位深愛女婿鄭鎰，不惜犯忌也要讓鄭鎰坐上直升機——從九品直升五品的老丈人。實話說，這樣的好岳父，只叫個「泰山」，真有點委屈了，就是叫個「親爹」，也不爲過。

張說，還被稱爲唐朝的「大手筆」。《新唐書．蘇頲傳》載：蘇頲「自景龍後，與張說以文章顯，稱望略同，故時號『燕許大手筆』」。張說封燕國公，蘇頲封許國公，所以二人並稱「燕許大手筆」。需要指出的是，這裡的「大手筆」，主要不是指詩詞寫作能力，而是指朝廷文誥的寫作能力。縱觀整個唐史，曾因此被稱爲「大手筆」的，除了張說、蘇頲之外，也就李嶠、崔行功、崔融、李德裕數人而已。

張說，就是這樣一位唐史上舉足輕重的讀書人。直言之，史上的張說，何止舉足輕重，簡直是空前絕後。

一般來講，科舉時代的讀書人，大多都會懷著這樣的夢想：年紀輕輕，高中狀元；仕途順遂，官至宰相；位高爵顯，封公封侯；文可定國，修史修典；作詩作文，洛陽紙貴；武可安邦，平定外患；揮戈疆場，捷報頻傳；獎掖後進，延納英才；皇帝敬爲文宗，文人尊爲師表；死得美謚，配享帝廟。

上述十個夢想，讀書人只要實現其中任何一個，就可以喝點酒拍著胸脯吹牛皮了，就可以算是人生贏家了。張說呢，這十個夢想他全部實現了。以上這些描述，就是他人生的縮略版。

張說高中狀元的時候，才二十歲。他在這個年齡就高中狀元，厲害到什麼程度？大家對比唐朝科舉流行的這句「三十老明經，五十少進士」俗語，感受一下。

《大唐新語》卷八，如是描述他年紀輕輕、高中狀元的榮耀時刻：「則天初革命，大搜遺逸，四方之士應制者向萬人。則天御洛陽城南門，親自臨試。張說對策，為天下第一。則天以近古以來未有甲科，乃屈為第二等。其驚句曰：『昔三監玩常，有司既糾之以猛；今四罪咸服，陛下宜濟之以寬。』拜太子校書，仍令寫策本於尚書省，頒示朝集及蕃客等，以光大國得賢之美。」

「寫策本於尚書省，頒示朝集及蕃客等」，相當於我們小時候作文寫得好，被老師在課堂上念一遍；最重要的「大國得賢之美」這幾個字，等於是明示了張說的仕途，將是一路順暢。估計當時的張說，全身的骨頭，直接輕了二兩。這麼好的考試成績，卻不是直接當宰相，而是只授了一個隸屬於太子左春坊的文職小官——正九品下的太子校書。出了什麼問題？武則天怎麼就突然出爾反爾，不懷好意呢？

別誤會，武則天對張說完全是一番美意。校書、正字，「掌讎校典籍，為文士起家之良選」，極為清貴，是當時讀書人釋褐做官的美職所在，「時輩皆以校書、正字為榮」。而且，一步登天到宰相，那是戲曲小說裡的事兒。在常態的政治生活中，無論是誰，職務都是一步步地升遷的。

唐朝官員的升遷路線，一般是先任「校書、正字」這樣的清貴文職進行政務學習（務虛），再出任「赤縣尉、畿縣尉」進行縣處級實務歷練（務實），再調回京城擔任「監察御史、拾遺、補闕」這樣的言官進行進一步的政務歷練（再務虛），然後擔任中央各部「員外郎、郎中」進行司局級實務歷練（再務實）。經過這兩輪的「務虛＋務實」的歷練之後，就可以出任中央各部尚書，甚至宰相了。

張說就是這樣。在太子校書之後，歷右補闕、右史、內供奉，兼知考功貢舉事，鳳閣舍人，兵部員外郎、郎中，工部侍郎，兵部侍郎，中書侍郎兼雍州長史。在景雲二年（西元七一一年），他以僅僅四十五歲的年齡，拜「同中書門下平章事、監修國史」，正式成爲帝國宰相。

唐玄宗李隆基於開元元年（西元七一三年）即位之後，立有輔佐大功的張說，更是進一步上升，迎來仕途的第一次巓峰：出任紫微令，監修國史，封燕國公。然而，轉眼之間，張說就由政壇巓峰跌落，於第二年外貶出京，擔任相州刺史、河北道按察使。

直到開元三年四月，他到達了仕途的最低谷，出任岳州刺史。所以，開元四年的端午節，張說寫下〈岳州觀競渡〉的時刻，正是他心情最爲鬱悶的時刻。因爲此時此刻，他和朝中那位最得李隆基欣賞的宰相姚崇，是政敵關係。就是因爲姚崇作祟，張說才鬱悶地來到了岳州。

至於姚崇爲什麼作祟、從背後下張說的黑手，在一大幫子歷史學家那裡，是說張說與姚崇兩人之間，有著「吏治與文學之爭」。據說，姚崇以「吏事明敏」著稱，所以是「吏治派」；張說以詩詞文章見長，所以是「文學派」。兩派相爭，張說敗下陣來，於是外貶岳州。

我對歷史學家，是尊敬的，但我對這種動不動就把人劃幫分派的做法，是不贊同的。在我看來，姚崇不是「吏治派」，張說也不是「文學派」，真要論起來，大家同屬少林派，都是武林一脈。

姚崇就沒有文學造詣？史料證明，他「長乃好學」、「下筆成章」、「以文華著名」；《舊唐書．經籍志》、《新唐書．藝文志》均著錄有《姚崇集》，卷帙達十卷之多。

《全唐詩》存有姚崇的詩六首。其中一首〈夜渡江〉是這樣寫的：「夜渚帶浮煙，蒼茫晦遠天。舟輕不覺動，纜急始知牽。聽笛遙尋岸，聞香暗識蓮。唯看去帆影，常恐客心懸。」這樣的詩，可是一個只知吏治沒有文學造詣的人，能夠寫出來的？

張說就不懂吏治？論地方官，張說先後有九年任職相州、岳州、荊州、幽州、并州、朔方等地的經歷；論京官，張說一生「三登左右丞相，三作中書令」，史稱「唐興已來，朝佐莫比」。這樣的人，居然會是一個只知文學不知吏治的人？難道他在朝堂之上、州郡之間，天天是靠著吟詩作賦來處理政務的？

所以，說到底，姚崇和張說本就是同一類人，都是經過科舉正途進入官場的人，也都是既有文學造詣又懂吏治的人。動不動就把人分派分幫，把個簡單的歷史搞得像一團迷霧，真的好嗎？我們在書寫歷史的時候，能不能少一點陰謀，多一點真誠？

事實上，之所以會出現姚崇接替張說，一個當宰相、一個貶岳州的局面，原因其實很簡單：在兩人競爭的關鍵時刻，姚崇做了一件正確的事，張說做了一件犯忌的事。

開元元年（西元七一三年），正是唐玄宗李隆基剛剛登基、孜孜求治的時候，姚崇適時提出了革除弊政、理亂致治的十項政治主張，大意是：

垂拱以來，以嚴刑峻法爲政。希望陛下以仁恕待下，可以嗎？朝廷青海兵敗，至今未見整頓，希望陛下不貪圖邊功，可以嗎？長期以來奸人犯法，都能恃寵而免，希望陛下管好自己身邊的人，可以嗎？武后任用閹人，希望陛下以後不要這樣，可以嗎？百官公卿多方進貢，以求恩寵，希望陛下除了租賦之外一律禁絕，可以嗎？以前外戚可以到處任官，希望陛下不再任用外戚擔任中央官員，可以嗎？前朝對大臣不尊重，希望陛下待臣以禮，可以嗎？燕欽融、韋月將以後，朝廷已無諍臣，希望陛下鼓勵進諫，可以嗎？武后上皇大造佛寺道觀，耗費巨大，希望陛下不再營造，可以嗎？漢朝外戚專權，禍亂天下，希望陛下以此爲戒，可以嗎？

這十項政治主張，政治軍事、內政外交，面面俱到。這樣的人，李隆基不用他用誰？即拜兵部尚書、同中書門下三品，封梁國公。

相比之下，張說就沒有提出過如此明確的政治主張。儘管如此，在一開始，李隆基還是想同時兼用姚崇和張說，以發揮各自專長，共理天下的。本來嘛，唐朝實行的就是集體宰相制，姚崇與張說二人，是可以同當宰相、和平共處的，並非非此即彼的關係。

直到張說犯了一個大忌：「姚崇既為相，紫微令張說懼，乃潛詣岐王申款。」眾所周知，李隆基是以藩王身分，靠著與握有軍權、政權的大臣們交通聯絡，最終發動政變上臺的。他在上臺之後，當然要防著皇室其餘的藩王再走自己的成功之路。張說身爲宰相，暗中聯絡藩王，犯了李隆基心中的大忌，純屬自己找死。政敵姚崇，抓住機遇，適時下了個黑手：「他日，崇對於便殿，行微蹇。上問：『有足疾乎？』對曰：『臣有腹心之疾，非足疾也。』上問其故，對曰：『岐王陛下愛弟，張說為輔臣，而密乘車入王家，恐為所誤，故憂之。』癸丑，說左遷相州刺史。」

然後，鬱悶的張說，才來到了岳州，才有機會觀看岳州的賽舟競渡。

端午節的起源眞的是紀念屈原？

端午節，又有端五、重五、重午、蒲午、端陽、女兒節、浴蘭節、天中節、天醫節、地臘節、龍舟節、粽子節、詩人節等多種別稱，是傳承了兩千多年的重大節日之一。

一般認爲，端午節源於紀念屈原。其實，眞要深究起來，僅僅一天的端午節，要紀念的人，可是多了去了。簡單列舉出來，大家感受一下。

楚人，自然認爲是源於紀念屈原。南朝梁宗懍的《荊楚歲時記》說：「按五月五日競渡，俗為屈原投汨羅日，傷其死所，故命舟楫以拯之。」南朝梁吳均《續齊諧記》也說：「屈原五月五日投汨羅而死，楚人哀之。每至此日，竹筒貯米，投水祭之。」

距離唐朝張說最近的《隋書·地理志》記載更詳：「大抵荊州率敬鬼，尤重祠祀之事。昔屈原為制《九歌》，蓋由此也。屈原以五月望日赴汨羅，土人追至洞庭不見，湖大船小，莫得濟者，乃歌曰：『何由得渡湖！』因而鼓棹爭歸，競會亭上，習以相傳，為競渡之戲。其迅楫齊馳，棹歌亂響，喧振水陸，觀者如雲。諸郡率然，而南郡、襄陽尤甚。」

因此，唐朝的張說，到了屬於大荊州區域範圍內的岳州，也認爲是紀念屈原的，他才在詩中寫「土尚三閭俗」。

吳人，認爲源於紀念伍子胥。記錄同樣見於南朝梁宗懍的《荊楚歲時記》：「五月五日，時迎伍君。逆濤而上，為水所淹。斯又東吳之俗，事在子胥，不管屈原也。」伍子胥雖是楚人，但橫死於吳國。他自刎而死之後，吳王夫差命人將其屍體於五月五日投入江中，是故吳越之人奉伍子胥爲波濤之神，在端午節舉行龍舟競渡來祭祀他。

越人，認爲源於紀念越王勾踐或者孝女曹娥。宋人高承的《事物紀原》說：「競渡之事起於越王勾踐，今龍舟是也。」同樣是宋人的陳元靚的《歲時廣記》，記錄說：「競渡起於越王勾踐，蓋斷髮文身之術，習水好戰者也。」

曹娥，則源於《後漢書·列女傳》：「孝女曹娥者，會稽上虞人也。父盱，能弦歌，為巫祝。漢安二年五月五日，於縣江溯濤迎神，溺死，不得屍骸。娥年十四，乃沿江號哭，晝夜不絕聲，旬有七日，遂投江而死。至元嘉元年，縣長度尚改葬娥於江南道旁，為立碑焉。」傳說曹娥投江五日後，其鬼魂抱著父親的屍體浮出水面。曹娥的孝行感天動地，人們爲她撰文立碑，爲她划龍舟祭奠。至今，浙江省還有曹娥江、曹娥鎮。

在湘西、廣西一帶，還有端午節紀念伏波將軍馬援的風俗。

端午節，還眞挺忙的。本來人就挺擠的，可張說在岳州，居然還往裡面加人，而且一加就是兩個——「江傳二女遊」：娥皇、女英。

當然，端午節最主流的說法，還是源於紀念屈原。那麼問題來了：娥皇、女英，越王勾踐，還有伍子胥，都是早於屈原的歷史人物。既然他們都比屈原早，而且一直被人紀念著、祭祀著，怎還被後出的晚輩屈原給搶了風頭呢？

所以，自唐至今，就一直有人不大相信端午節源於紀念屈原的說法，比如大名鼎鼎的李時珍。他在《本草綱目》中談及「粽」時說：「今俗五月五日以為節物相饋送。或言為祭屈原，作此投江，以飼蛟龍也。」所謂「或言」，就是「有人說」的意思。李時珍如此寫法，完全是存此一說的意思，自己的態度顯然是審慎的，是不大確信的。

端午節既然不是源於紀念屈原，那麼源於何處？

「端午」一詞，最早見於晉人周處的《風土記》：「仲夏端午，烹鶩角黍。端，始也，謂五月初五日也。」而端午節的真正起源，比晉人周處早，比楚人屈原也早，源於先秦古人的「五月初五是惡月惡日」的觀念。

《禮記．月令》載：「是月也，日長至，陰陽爭，死生分。君子齋戒，處必掩身，毋躁。止聲色，毋或進。薄滋味，毋致和。節者欲，定心氣。」《風俗通》載：「俗說五月五日生子，男害父，女害母。」《論衡》載：「諱舉正月、五月子，以正月、五月子殺父母，不得舉也。已舉之，父母禍死。」

可見，早在先秦時期，人們便有此固定觀念：「五月」是「惡月」、「毒月」、「死月」，「五日」也是「惡日」。就連「五月五日」出生的孩子，都不吉祥，若是男孩會害死父親，若是女孩會害死母親。

先民有此觀念，並不奇怪，完全可以理解。要知道，已是炎炎夏日的農曆五月，不僅氣溫偏高，而且蛇、蜈蚣、蠍子、壁虎和蟾蜍等毒蟲肆虐。這對於生存環境本就十分惡劣的先民而言，實在是一個恐懼感十足的季節。直到我們今天，仍然可以在民間聽到五月的禁忌，比如「五月蓋屋，令人頭禿」、「五月到官，至免不遷」，等等。

所以，面對「惡月」、「惡日」，生存能力還比較弱小的先民們，出於求生的本能，充分發揮自己的智慧，用上了沐浴蘭湯、繫五色絲等手段，用上了雄黃、艾草、菖蒲等中藥，用來抵禦各種毒蟲的危害。就這樣，一年又一年的五月初五，先民們都如此這般、約定俗成，於是形成了五月初五這一天的儀式感，於是形成了五月初五端午節。

端午節的節日風俗，第一項當然是采藥辟邪。古人相信，端午節采藥用藥，可以辟邪。《夏小正》載：「此日蓄藥，以蠲除毒氣。」

要用到的第一味中藥，是艾草。《荊楚歲時記》載：「五月五日採艾以為人，懸門戶上，以禳毒氣。」即是採艾草紮成人形，懸掛門前；也有將艾草紮成虎形的，《歲時廣記》載「端午以艾為虎形」；《燕京歲時記》載：「每至端陽，閨閣中之巧者，用綾羅製成小虎及粽子……以彩線穿之，懸於釵頭，或繫於小兒之背。古詩云：『玉燕釵頭虎艾輕』，即此意也。」古人還相信，用艾草泡酒爲「艾酒」，在端午節飲用，也可以辟邪。這是有道理的，艾草性溫、味苦，其葉內服可以和經血、暖子宮、祛寒濕。

要用到的第二味中藥，是菖蒲，又稱劍蒲。《歲時廣記》載：「端午刻蒲劍為小人子，或葫蘆形，帶之辟邪。」這又是將菖蒲刻成人形了。菖蒲也是頗有藥用價值的。《神農本草經》載：「菖蒲：味辛溫。主治風寒濕痹，咳逆上氣，開心孔，補五臟，通九竅，明耳目，出聲音。」

菖蒲還可以泡酒，稱爲「菖蒲酒」、「菖華酒」、「蒲觴」，在端午節飲用，以驅瘟氣。《荊楚歲時記》載：「端午，以菖蒲生山洞中一寸九節者，或縷或屑，泛酒以辟瘟氣。」

要用到的第三味中藥，是雄黃。雄黃入藥，歷史悠久。雄黃辛溫，有毒，可以用作解毒劑、殺蟲藥。古人認爲雄黃可以克制蛇、蠍等百蟲，「善能殺百毒、辟百邪、制蠱毒，人佩之，入山林而虎狼伏、入川水而百毒避」。

雄黃可以外搽也可以內服。外搽，主要是殺蟲、解毒，治療癰腫疔瘡、濕疹疥癬、蛇蟲咬傷；內服，可治驚癇、瘡毒。但是，內服必須在醫生的指導下，一是只能少量飲用，二是遵古法炮製的雄黃酒才能飲用。這是因爲，雄黃眞的有毒。

端午節時，三味中藥一起用，場景是這樣的：據《帝京景物略》載，「五月五日，漬酒以菖蒲，插門以艾，塗耳鼻以雄黃，曰辟毒蟲。」除此之外，人們還通過佩戴彩色的「五色絲」、「長命縷」、「續命縷」，互贈香囊、五毒扇、五毒符等方式，來辟邪祛毒。

端午節的節日風俗，第二項才是張說在岳州所見到的賽舟競渡。

包括岳州在內的荊楚之地，是古代最尚競渡的地方。《太平寰宇記》記載了荊楚之地流行競渡的情況：「荊之為言強也，陽盛物堅，其氣急悍，故人多剽悍。唐至德之後流傭爭食者眾，五方雜居風俗大變。然五月五日競渡戲船楚俗最尚，廢業耗民莫甚於此。」可見到了宋朝之後，端午節當天偶一爲之的競渡，居然到了「廢業耗民」的地步，亦可見此節日風俗的流行程度。

端午節的節日風俗，第三項當然是吃粽子了。

粽子，本是夏至節氣的食品，是一種夏令食品。《荊楚歲時記》載：「夏至節日，食粽。」從魏晉時期開始，人們才在夏至、端午都吃粽子。晉人周處《風土記》：「仲夏端午，端，初也。俗重五日與夏至同。先節一日又以菰葉裹粘米，以粟棗灰汁煮，令熟。」好吧，如今我們關於甜粽和鹹粽的爭論，可以停了。原來，最初的粽子就是甜的，因爲其中有棗子。

在唐朝，人們似乎在端午和夏至兩個節日裡一直吃粽子。證據是，在張說之後的一百多年，唐朝開成三年（西元八三八年）的夏至節氣，白居易仍然在吃粽子。

在白居易留下的〈和夢得夏至憶蘇州呈盧賓客〉一詩中，他寫道：「憶在蘇州日，常諳夏至筵。粽香筒竹嫩，炙脆子鵝鮮。」可見，直到那時，夏至的筵席上，仍然是吃粽子的。

最後，必須指出的是，雖然我們已經知道端午節源於先秦古人的「五月初五是惡月惡日」的觀念，並非源於紀念屈原，但並不妨礙我們在端午節這樣的節日裡，像張說在〈岳州觀競渡〉中一樣，想起屈原，想起這位憂國憂民的偉大詩人，想起當年他身上所承載的愛國精神。

七夕　七月初七

秦觀〈鵲橋仙．七夕〉

纖雲弄巧，飛星傳恨，銀漢迢迢暗度。
金風玉露一相逢，便勝卻人間無數。
柔情似水，佳期如夢，忍顧鵲橋歸路。
兩情若是久長時，又豈在朝朝暮暮。

北宋紹聖四年（西元一〇九七年）七月初七，一年一度的七夕節日，去年被再度貶官來到郴州，正在郴州「編管」的秦觀，揮筆寫下了這首〈鵲橋仙．七夕〉：

纖雲弄巧，飛星傳恨，銀漢迢迢暗度：纖細的雲朵變幻著萬般儀態，飛奔的流星傳遞著離情別恨，在那廣袤無垠的銀河之上，牛郎和織女悄悄地相會了。

金風玉露一相逢，便勝卻人間無數：他們二人的相會，只能在這個美好的日子裡一年一度，卻已遠遠勝過了人世間情人們的無數次幽會。

柔情似水，佳期如夢，忍顧鵲橋歸路：兩人之間的柔情蜜意，像水一樣綿綿無盡；明年再會的時間又是七夕，像夢一樣遙不可及；分別的時刻到了，怎麼忍心回頭去看那歸去的鵲橋？

兩情若是久長時，又豈在朝朝暮暮：兩個人的愛情如果經得起時間的考驗，那就不會只在乎能否朝夕相伴了。

整篇讀來，一氣呵成，膾炙人口，深得我心。在有關情人節「七夕」的詩詞之中，這是最好的一首。秦觀之前或之後，無人出其右。可見，秦觀在宋詞史上，被稱爲「詞家正宗」、「詞家正音」、「今之詞手」，是當之無愧的。

尤其是這首詞中的「金風玉露一相逢，便勝卻人間無數」，還有「兩情若是久長時，又豈在朝朝暮暮」，相信早已是少男少女們的情話、情書中高頻率引用的金句。

這兩大金句，歷來也受到高度讚譽。明人李攀龍《草堂詩餘雋》說：「相逢勝人間，會心之語；兩情不在朝暮，破格之談。」明人沈際飛也評價說：「世人詠七夕，往往以雙星會少離多為恨，而此詞獨謂情長不在朝暮，化腐朽為神奇！」清人黃鈞宰《金壺七墨》評價本詞最後兩句「理足辭圓」。

這首詞的詞牌〈鵲橋仙〉，最早見於歐陽修〈鵲橋仙．月波清霽〉詞中的那一句「鵲迎橋路接天津」，並由此產生詞牌名。在宋詞八百五十多個詞牌名中，這是唯一一個與牛郎織女故事直接相關的詞牌。

這個詞牌名從誕生之日起，就被無數詞家高手用來抒寫牛郎織女的故事。因爲，這個詞牌名就是爲這個故事而誕生的。講好牛郎織女故事，是〈鵲橋仙〉的使命所在。

目前可見的〈鵲橋仙〉，共有一百八十二首，其中直接描寫牛郎織女故事的約占六成，而間接描寫牛郎織女故事的，又約占了三成。這樣一來，〈鵲橋仙〉詞就極少有不寫牛郎織女故事的了。

〈鵲橋仙〉還有多個別名，比如〈鵲橋仙令〉、〈憶人人〉、〈廣寒秋〉、〈梅已謝〉、〈蕙香囊〉等。而從秦觀的這首詞開始，這個詞牌名，還被稱爲〈金風玉露相逢曲〉。

這首千年情詩到底是寫給誰的？

寫下〈鵲橋仙．七夕〉之時，秦觀四十九歲，已是接近「知天命」的年紀。而此時的他，正處於一生的最低谷，也開始了生命的倒數計時。

七夕之後的這年冬季，他從郴州再次遠貶，「編管」橫州（今廣東橫縣）。所謂「編管」，就是秦觀要被編入橫州戶籍，沒有人身自由，由橫州地方官嚴加管束。宋朝對官吏的懲處，輕者爲「送某州居住」，稍重爲「安置」，最重的，就是「編管」。

「編管」橫州，是秦觀自紹聖元年（西元一〇九四年）被貶出京，歷杭州通判、監處州酒稅、「編管」郴州之後，第四次遠貶。而且，越貶越遠，越貶越嚴。

再次遠貶，對於秦觀而言，是精神上的致命一擊，讓他再也沒有了〈鵲橋仙．七夕〉中的浪漫情調。而且就是從此時起，他有了強烈的預感：自己無法生還家鄉了，「鄉夢斷，旅魂孤」。而且，自己的時間不多了，「休言七十古稀有，最苦如今難半百」。

秦觀的預感是對的。元符三年（西元一一〇〇年）八月十二日，他以僅五十二歲的年紀撒手西去。史書如是描述他人生的最後時刻：「徽宗立，復宣德郎，放還，至藤州，出遊光華亭，為客道夢中長短句，索水欲飲，水至，笑視之而卒。」

直到最後一刻，秦觀仍然放不下他的長短句，仍然在向別人講述剛剛在夢中所作的〈好事近・夢中作〉：「春路雨添花，花動一山春色。行到小溪深處，有黃鸝千百。飛雲當面化龍蛇，夭矯轉空碧。醉臥古藤陰下，了不知南北。」吟完這首絕命詞，水至不飲，秦觀笑視而卒。

對於剛剛年過半百的秦觀而言，這是油盡燈枯的死法。持續七年的遠貶生活，耗盡了他的生命。他就像一支風中之燭，一直在風雨中飄搖，盡力地閃爍、燃燒。終於，燃到了五十二歲，燃到了由貶地放還途中的藤州，笑著去了。

秦觀這個催人淚下的悲劇結局，一切的一切，都源於二十二年前的那個夏天。

那是元豐元年（西元一〇七八年）的夏天，赴京應舉的秦觀，在路過徐州時，去見了一個人。從此，一見「損友」誤終生。

這位「損友」，就是當時的徐州知州——大名鼎鼎的蘇軾。這是秦觀和蘇軾此生的第一次見面。

男人與男人之間有沒有一見鍾情？如果有，他倆就是。這次見面之後，秦觀留下「我獨不願萬戶侯，惟願一識蘇徐州」的詩句之後，才依依不捨地離開徐州去趕考。

秦觀的這兩句詩，是由李白〈與韓荊州書〉中的「生不用封萬戶侯，但願一識韓荊州」化用而來。他是在表達自己對蘇軾的仰慕，就如同李白仰慕韓朝宗一樣。

不得不指出，秦觀在自己剛剛應舉、即將踏入官場時，先去與蘇軾訂交，成爲「蘇門四學士」之一，在學問上也許是大有裨益的，在政治上卻是相當幼稚的。這直接爲他一生的悲劇結局奠定了基礎，埋下了根源。

要知道，蘇軾可是有黨的人，他屬於反對王安石變法的「舊黨」。秦觀這樣做，實際上就等於昭告天下：自己已經在朝廷鬥得你死我活的「新黨」和「舊黨」之間，提前選邊站隊，加入了「舊黨」。

而事實上，從秦觀留下來的政論文章來看，他的底色卻並不是完完全全的「舊黨」。比如在〈治勢〉一文中，他就對王安石變法做過中肯的分析，認爲新法本身的確是救國救民的良策，只是在執行過程中有些操之過急和矯枉過正，所以才產生了一些弊端，但不能因爲這些弊端而盡廢新法；在〈論議〉一文中，他又對免役法、差役法之爭提出了自己的見解，認爲可以綜合二法的長處，另訂新法，進行改革。

可見，關於國家大事，秦觀還是實事求是的，並非全然的「舊黨」。但可惜的是，他還是提前選了邊，站了隊。

與蘇軾徐州初見之後的第二年，兩人又見了面。這年三月，蘇軾由徐州徙任湖州，途經秦觀家鄉高郵，於是兩人一起乘坐蘇軾的官船，遊覽無錫、杭州、湖州等地。就在二人這次愉快的同船遊之後，這年七月風雲突變，蘇軾因「烏臺詩案」下獄，幾經營救才保住腦袋，貶官黃州團練副使。

蘇軾這次禍從口出、禍從文出，為怕連累朋友，儘量不與人往來，也儘量不寫文字，「軾自獲罪以來，不敢復與人事，雖骨肉至親，未肯有一字往來」，「某自竄逐以來，不復做詩與文字」。這是蘇軾人生中最倒楣的時刻，也是他深味人情冷暖、世態炎涼的時刻。

然而關於這一點，蘇軾在僅僅見過兩面、交情不過兩年的秦觀身上，卻體會不到。秦觀自蘇軾出事之後，多次致信相慰：「自聞被旨入都城，遠近驚傳，莫知所謂，遂扁舟渡江。比至吳興，見陳書記、錢主簿，具知本末之詳。」並且指出，在這件事情上，蘇軾有「三不愧」：「以先生之道，仰不愧天，俯不怍人，內不愧心」，給了處於人生最低谷的蘇軾以極大的安慰。

因為感念秦觀患難不棄的友情，「雖骨肉至親，未肯有一字往來」的蘇軾，給秦觀寫了長達千字的覆信，向他樂觀地講述了自己在黃州的生活情況：「初到黃，廩入既絕，人口不少，私甚憂之，但痛自節儉，日用不得過百五十……所居對岸武昌，山水佳絕，有蜀人王生在邑中。往往為風濤所隔，不能即歸，則王生能為殺雞炊黍，至數日不厭。又有潘生者，作酒店樊口，棹小舟徑至店下，村酒亦自醇釅。柑橘椑柿極多。大芋長尺餘，不減蜀中。外縣米鬥二十，有水路可致。羊肉如北方，豬牛獐鹿如土，魚蟹不論錢。岐亭監酒胡定之，載書萬卷隨行，喜借人看。黃州曹官數人，皆家善庖饌，喜作會。」

樂觀如東坡，在信中告訴秦觀，自己在停發工資、生活艱難的情況下，仍然能夠苦中作樂：有書可借，有酒可喝，還有雞鴨魚肉，加上水果螃蟹。

不得不指出，蘇軾比之秦觀，多了一份逆境中的樂觀精神。可惜的是，秦觀雖然感受到了這份樂觀，自己卻學不到手。否則，他就不會在區區五十二歲的年紀早早離世了。

這次蘇軾的霉運，持續了整整四年。元豐七年（西元一〇八四年）四月，宋神宗終於親下手詔，將蘇軾調任汝州團練副使。蘇軾在上任途中，於這年八月十九日到達儀眞，秦觀自高郵來見。大難之後重逢，分外親熱。

蘇軾看到此時的秦觀，已是三十六歲的而立之年，卻科場失意，還未中舉。患難見眞情，蘇軾決定幫幫這位眞朋友。但此時的蘇軾，仍然處於自身難保的狀態，而且朝中大佬均是政敵，蘇軾其實也無人可託。

爲了秦觀，蘇軾決定豁出去了。他決定去求一個人，去求一個名叫「王安石」的人。是的，蘇軾就是打算以「舊黨」領袖的身分，去請求「新黨」領袖幫助秦觀。蘇軾並沒有瘋，他知道王安石和自己雖然政見不同，但也有相同之處：兩個人都是讀書的人，都是愛才的人，也都是正直的人。

他向此時已賦閒在江寧的王安石，送去〈上荊公書〉，正式提出請求：「向屢言高郵進士秦觀太虛，公亦粗知其人，今得其詩文數十首拜呈……才難之歎，古今共之，如觀等輩，實不易得。願公少借齒牙，使增重於世，其他無所望也。」

王安石的反應，果如蘇軾所料。他在〈回蘇子瞻簡〉中寫道：「得秦君詩，手不能舍。葉致遠適見，亦以為清新嫵麗，與鮑、謝似之。」蘇軾與王安石聯手讚譽，果然其效如神。第二年春，秦觀登第，除蔡州教授。

接下來的元祐年間，盡廢新法，盡逐「新黨」，全面起用以司馬光為首的「舊黨」，蘇軾、秦觀自然也在重用之列。元祐元年（西元一〇八六年）三月，蘇軾以起居舍人為中書舍人，又升為翰林學士、知制誥。不久，蘇軾即以賢良方正舉薦秦觀來京任職，秦觀後來得任太學博士，遷秘書省正字、國史院編修官。

這段時間，蘇軾與秦觀等「蘇門四學士」均在京師，同在館閣，濟濟一堂，頻頻雅集，詩酒唱和，度過了人生中一段美好的黃金時光：「秦少游、張文潛、晁無咎元祐間俱在館中，與黃魯直四學士，而東坡方為翰林，一時文物之盛，自漢唐以來未有也」、「每文一出，人快先睹」。

可惜，美好時光總是短暫。西元一〇九四年，宋哲宗開始親政，改元「紹聖」。「紹聖」年號，本身就是一個公開的信號：「紹」者，「繼承」也；「聖」者，「父親宋神宗」也。宋哲宗這是要繼承父親宋神宗的遺志，重新推行新法了。由此，趙宋天下又開始了新一輪的折騰。

宋哲宗全面起用「新黨」，重用曾布、蔡京、章惇等人，貶斥「舊黨」，蘇軾、秦觀等人紛紛被貶出京，頭上還頂著「新黨」贈送的一頂大帽子——元祐奸黨。

秦觀這才來到了郴州，並且寫下了〈鵲橋仙．七夕〉。那麼問題來了，如此深情款款、纏綿悱惻的一首詞，秦觀到底是寫給誰的呢？

有人說是寫給皇帝的：據《蓼園詞選》載，「少遊以坐黨被謫，思君臣際會之難，依託雙星以寫意；而慕君之念婉惻纏綿，令人意遠矣」。也有人說是寫給元祐黨人的：秦觀是在透過這些信誓旦旦、情真意切的文字，來表達自己和一同被貶謫外地的朋友們之間那份堅貞不渝、歷久彌堅的友情。

好吧，如果說這樣一首深情款款的詞，秦觀是寫給男人的，第一我不信，第二我會吐。還是來看看秦觀有可能寫給哪些女人吧。

首先，肯定不是寫給蘇小妹的。這是因爲，史上並無蘇小妹其人，也就沒有她下嫁秦觀之事。蘇洵共有子女六人：長子景先，四歲而夭；長女不滿周歲而夭；二女十歲夭折；唯三女長成，於皇祐二年（西元一〇五〇年）嫁給表兄程之才，因備受虐待，於十八歲時鬱鬱而亡。至此，蘇洵除了蘇軾、蘇轍兩個兒子以外，別無子女。所以，雖然蘇軾和秦觀好得恨不得穿一條褲子，蘇秦兩家卻並無聯姻之事。

很有可能是寫給秦觀眞正的妻子徐文美的。徐文美是潭州寧鄉縣主簿徐成甫的長女，於治平四年（西元一〇六七年）嫁給秦觀。到秦觀寫出〈鵲橋仙．七夕〉之時，兩人已是三十年的結髮夫妻了。考慮到流放生活不便，秦觀並沒有把妻小帶到自己的貶謫地來，而是安頓在揚州。此時在郴州的秦觀，思念在揚州的妻子，寫出〈鵲橋仙．七夕〉，當然也是很有可能的。

但是，〈鵲橋仙．七夕〉最大的可能，是寫給秦觀此前一年認識的一個女人的。紹聖三年（西元一〇九六年），秦觀孤身一人，由處州前來郴州，途經長沙時，結識了一位「長沙義妓」。

這位「長沙義妓」是秦觀的鐵桿粉絲，對他仰慕至極：「長沙義妓者，不知其姓氏。善謳，尤喜秦少遊樂府，得一篇，輒手筆口哦不置。久之，少遊坐鉤黨南遷，道經長沙，訪潭上風俗，妓籍中可與言者。或舉妓，遂往訪……嫗出設位，坐少游於堂。妓冠帔立堂下。北面拜。少遊起且避，嫗掖之坐以受拜。已，乃張筵飲，虛左席，示不敢抗。母子左右侍。觴酒一行，率歌少游詞一闋以侑之。飲卒甚歡，比夜乃罷。」

多有儀式感的一個夜晚，搞得像結婚似的。秦觀為她連賦三詞，分別是〈木蘭花．秋容老盡芙蓉院〉、〈阮郎歸．瀟湘門外水準鋪〉、〈減字木蘭花．天涯舊恨〉。

「留數日，倡不敢以燕惰見，愈加敬禮。將別，囑曰：『妾不肖之身，幸得侍左右。今學士以王命不可久留；妾猶不敢從行，恐重以為累，唯誓潔身以報。他日北歸，幸一過妾，妾願畢矣。』少游許之。」

所以，這數日內兩人之間發生了什麼，你懂的。那自然是，「金風玉露一相逢，便勝卻人間無數」了。如果還是沒懂，請注意「潔身」二字。所以，到了第二年，秦觀很想她，於是乎，「兩情若是久長時，又豈在朝朝暮暮」了。

話說寫首詞送給妓女，對秦觀而言，早有前科。早年他在任職蔡州教授時，就寫過「小樓連苑橫空」和「玉佩丁東別後」，送給一個姓「婁」名「婉」字「東玉」的妓女；還寫過一句「天外一鉤殘月，帶三星」，送給一個名叫「陶心兒」的妓女。聰明如你，一定猜到了，秦觀這一句九個字，囉哩囉唆，其實寫的就是這位佳人名字中的一個字——心。

因此，別怪我太坦白，別怪我煞風景，〈鵲橋仙．七夕〉這首詞，最大的可能，是寫給秦觀的那位「長沙義妓」的。

不過，也許這兩個人眞的就是一見鍾情，眞的就是找到了最浪漫的愛情呢。誰知道呢？

七夕——來自星星的節日

七夕節，也稱爲「乞巧節」、「雙七節」、「重七節」，現在也被稱爲「七夕情人節」。也只有中國這樣的千年農耕社會，才能產生如此浪漫美好、寓意豐富、源遠流長、傳承千年的情人節。

七夕節的時間，之所以確定在七月初七，源於古人對於數位「七」的崇拜。古人認爲，「七」是吉祥的數位、吉祥的符號。

《說文》釋「七」說：「七，陽之正也。」《三五曆記》說：「數起於一，主於三，成於五，盛於七。」北斗七星，其數爲七；天上彩虹，其色爲七。天有七曜：太白星（金星）、歲星（木星）、辰星（水星）、熒惑星（火星）、鎭星（土星）、太陽星（日）、太陰星

（月）。人有七情：喜、怒、憂、思、悲、恐、驚。

西晉周處《風土記》載：「魏時人或問董勳云：『七月七日為良日，飲食不同於古，何也？』勳云：『七月黍熟，七日為陽數，故以糜為珍。』」所謂「黍熟」，就是豐收。七月七日是豐收的日子，當然也是吉祥的日子，是吉祥的符號。

由於古人的崇「七」心理，使得七月七日蘊含著吉祥喜慶的意味，所以這個日子就很容易和許多神話傳說結合在一起。

比如《漢武故事》記敘漢武帝和西王母相會五次，每次相會時間都在七月七日。《列仙傳》記述赤龍迎接陶安公、仙人王子喬與家人在緱山頭相會、仙人王方平到吳蔡經家相會，也都是在七月七日。這樣，七月七日就演變成了一個吉祥喜慶的見面之日了。

但在東漢以前，七夕節是七夕節，跟牛郎、織女的故事並無關聯。

牛郎、織女一開始指的是牛郎星、織女星。世界歷史上，普遍存在著對日月星辰的崇拜。比如，古希臘、古羅馬、古波斯、古埃及、古印度神話中，幾乎都有太陽神、月神和星神。西周以來，古人通過對天象的觀測，來預測氣候變化，進而指導農耕活動，以求獲得豐收。這就促使了原始天文曆法的產生，也促使了早期星相學的產生。

到了今天，這兩顆星星照樣還在夏夜的天空中閃爍，只不過在現代天文學中，牛郎星叫天鷹座α星，屬於天鷹星座，織女星叫天琴座α星，屬於天琴星座。

「牽牛」、「織女」在古代典籍中，最早出現在《詩經·小雅·大東》中：「維天有漢，監亦有光。跂彼織女，終日七襄。雖則七襄，不成報章。睆彼牽牛，不以服箱。」

詩中有了「銀河」，有了「牽牛星」即「牛郎星」，有了「織女星」，但是二星之名在此篇中只是順便提及，並無二星相戀的內容，也並無「七夕」「鵲橋」的內容。

到了西漢的〈迢迢牽牛星〉，二星開始相戀了：「迢迢牽牛星，皎皎河漢女；纖纖擢素手，劄劄弄機杼；終日不成章，泣涕零如雨；河漢清且淺，相去復幾許；盈盈一水間，脈脈不得語。」

詩中的「牛郎星」、「織女星」，已經被人格化，並且戀愛了。但仍然未見「七夕」、「鵲橋」。

直到東漢應劭的《風俗通義》中出現了這條記錄：「織女七夕當渡河，使鵲為橋，相傳七日鵲首皆髡，因為梁以渡織女故也。」這條記錄還想像出了鵲群架成橋樑之後，被牛郎、織女踩過，於是頭上的毛都被踩光了，「鵲首皆髡」。至此，牛郎織女的故事雛形已備。

魏晉南北朝時期，記錄就更加完整了。最全面、最權威的還是宗懍的《荊楚歲時記》：「天河之東有織女，天帝之子也。年年機杼勞役，織成雲錦天衣。天帝憐其獨處，許嫁河西牽牛郎。嫁後遂廢織紉，天帝怒，責令歸河東。唯每年七月七日夜，渡河一會。」

於是，到了秦觀所在的北宋，他在〈鵲橋仙．七夕〉中所寫的七夕節的主角，就必須是牛郎和織女了。

七夕節的第一項節日風俗，當然得是「乞巧」。

五代王仁裕《開元天寶遺事》載：唐宮每逢七夕，「宮中以錦結成樓殿，高百尺，上可以勝數十人，陳以瓜果酒炙，設坐具，以祀牛女二星。嬪妃各以九孔針、五色線，向月穿之，過者為得巧之候。動清商之曲，宴樂達旦，士民之家皆效之」。同時，宮女們還要「各捉蜘蛛閉於小盒中，至曉開視蛛網稀密，以為得巧之候。密者言巧多，稀者言巧少，民間亦效之」。

南宋孟元老《東京夢華錄》記錄了宋朝七夕乞巧的情況，與唐朝大同小異：「至初六日七日晚，貴家多結彩樓於庭，謂之『乞巧樓』。鋪陳磨喝樂、花瓜、酒炙、筆硯、針線，或兒童裁詩，女郎呈巧，焚香列拜，謂之『乞巧』。婦女望月穿針，或以小蜘蛛安合子內，次日看之，若網圓正，謂之『得巧』。」

在農耕社會中，婦女的社會分工就是織。而織女又是神話傳說中的紡織高手，自然就會成爲七夕節時婦女爲了更好地完成社會分工而乞巧的物件。至於通過蛛網卜巧，則是蜘蛛本就被民間稱爲「喜蜘蛛」，同時也善織的緣故。

七夕節的第二項節日風俗，還得是「曬書」。

七夕「曬書」，最早可追溯到漢朝。《初學記》引崔寔《四民月令》：「七月七日作曲，合藍丸及蜀漆丸，曝經書及衣裳。」

至於爲什麼要在七夕節「曬書」，主要是因爲五月濕熱，書籍容易生蟲，到了七月就要把書籍放在通風處進行曝曬以防蠹蟲。這個原因，在賈思勰的《齊民要術》中就有記載：「五月濕熱，蠹蟲將生，書經夏不舒展者，必生蟲也。五月十五日以後，七月二十日以前，必須三度舒而展之。須要晴時，於大屋下風涼處，不見日處。日曝書，令書色喝。熱卷，生蟲彌速。陰雨潤氣，尤須避之。慎書如此，則數百年矣。」

七夕節，正好處於「五月十五日以後，七月二十日以前」，正是「曬書」之時。《齊民要術》的記錄，正好說明了古人對於圖書的珍視程度。

《世說新語．排調》還記錄了東晉大名士郝隆在七夕節「曬書」的典故：「郝隆七月七日出日中仰臥。人問其故？答曰：『我曬書。』」可見郝隆也是知道七夕「曬書」的節日風俗的，所以要在這一天仰臥，以便曬一曬他肚子裡那滿腹的詩書。

七夕節的第三項節日風俗，必須得是「定情」啊。

據唐人陳鴻的《世說新語》記載：天寶十年（西元七五一年）七夕節的夜半時分，唐玄宗李隆基和楊貴妃在華清宮的長生殿，比肩而立，海誓山盟，「因仰天感牛女事，密相誓心，願世世為夫婦」。關於這一幕，白居易在〈長恨歌〉中寫道：「七月七日長生殿，夜半無人私語時。在天願作比翼鳥，在地願為連理枝。」

與古人在七夕節定情不同，現在的年輕人更傾向把自己與愛人定情的大日子，放在國曆的二月十四日，即西洋情人節。直言之，二月十四日畢竟是西方國家傳統文化的一個節日，並非中華傳統文化的產物。而且兩者比較起來，七夕節較之西洋情人節，其神話傳說更接地氣、更顯美好，其節日風俗也更具文化特色、更有中華味道。

別怪我杞人憂天，今天年輕人喜歡過西洋情人節的最大危險還在於：如此這般幾十年之後，我們的子孫可能就永遠只記得西洋情人節，而無人再記得七夕情人節了。

所以，七夕節才是我們定情的好日子，換句話說，才是年輕情侶發誓的好日子。

在這裡給年輕人出個主意：如果當時大腦充血、心跳加速，一時不知道應該說什麼誓言去打動芳心，那就直接開始背誦白居易的〈長恨歌〉，或者背誦秦觀的〈鵲橋仙．七夕〉。注意事項是，一定要確保背誦時天氣晴朗，並無打雷跡象。千萬小心，當心雷劈。

中元　七月十五

楊萬里〈中元日午〉
雨餘赤日尚如炊，亭午青陰不肯移。
蜂出無花絕糧道，蟻行有水遏歸師。
今朝道是中元節，天氣過於初伏時。
小圃追涼還得熱，焚香清坐讀唐詩。

南宋紹熙二年（西元一一九一年）七月十五日，中元節當天的金陵城（今江蘇南京），悶熱難當。

中午時分，時任江東轉運副使、權總領淮西江東軍馬錢糧的楊萬里，正在金陵官署的書房裡，冒暑讀書。因爲實在太熱了，無法專心讀書的楊萬里突然想起今天是中元節，於是提筆寫下了這首〈中元日午〉：

雨餘赤日尚如炊，亭午青陰不肯移：今天剛剛下過一場雨，空氣潮濕，火紅的太陽好像過了午後就沒有移動過一樣。在烈日的曝曬之下，天氣悶熱得宛如進了蒸籠。

蜂出無花絕糧道，蟻行有水遏歸師：中元節前後，已經沒有什麼鮮花開放了，蜜蜂還出來尋花，豈不是要面臨斷糧的困境？對於搬家的螞蟻來說，剛剛下的這場雨水，豈不是要迫使它們改變行進路線？

「絕糧道」、「遏歸師」，都是軍事術語。事實上，別看楊萬里文人一個，可他也是那個年代頗具軍事素養的讀書人之一。在寫下這首〈中元日午〉的十年前，淳熙八年（西元一一八一年），當時正在廣東提點刑獄任上的楊萬里，曾親自提兵平定叛亂，被宋孝宗趙昚按讚「仁者之勇，書生知兵」。所以，他的詩裡，偶爾來點軍事術語，純屬正常現象。

今朝道是中元節，天氣過於初伏時：今天據說是中元節，可這天氣實在是比初伏之時還要熱啊。

小圃追涼還得熱，焚香清坐讀唐詩：我本來指望，到院中小花圃那兒借點清涼，不料還是處在炎熱之中；既然這樣，我就索性點起香來，安靜地坐下，拿出一卷唐詩，慢慢地品讀吧。

最後這一句的「讀唐詩」，對我們而言，也就是說說而已、讀讀而已；可在楊萬里那裡，可不僅僅是說說、讀讀而已，這可是牽涉他詩風轉變的大事情。

楊萬里號「誠齋」，他的詩就被稱爲「誠齋體」。「誠齋體」的主要特徵是「質樸自然、活潑諧趣」，其名句大家也熟悉，比如「小荷才露尖尖角，早有蜻蜓立上頭」，再比如「接天蓮葉無窮碧，映日荷花別樣紅」。

但楊萬里的「誠齋體」是逐步形成的，中間經過了幾次學習和變化，也就是詩風的轉變。這個變化，他自己是這樣描述的：「予之詩，始學江西諸君子，既又學後山五字律，既又學半山老人七字絕句，晚乃學絕句於唐人。」

楊萬里寫下〈中元日午〉的時候，已經六十五歲。正是他「晚乃學絕句於唐人」之時，所以他才「焚香清坐讀唐詩」。

這首〈中元日午〉就是他在「江東轉運副使、權總領淮西江東軍馬錢糧」任上所作的詩，歸屬《江東集》。《江東集》共收錄了他從紹熙元年（西元一一九〇年）十二月到紹熙三年（西元一一九二年）八月所作的詩共五百一十五首，創作時間跨度爲二十一個月。

楊萬里詩歌的第二個特別之處，是詩歌的遣詞造句比較特別，簡直到了「淺近直白、近乎口語」的地步。這點可以讀他寫的這句「翻來覆去體都痛」，感受一下。

楊萬里詩歌的這一特點，歷來的學者們毀譽不一。晚清李樹滋是讚賞的，他在《石樵詩話》中說：「用方言入詩，唐人已有之，用俗語入詩，始於宋人，而要莫善於楊誠齋。」

清人王昶和蔣鴻翮是批評的，他們分別在《春融堂集》和《寒塘詩話》中指出，「楊監詩多終淺俗」，「俚辭諺語，衝口而來，才思頗佳，而習氣太甚」。

清人李調元就對楊萬里的那句「翻來覆去體都痛」深惡痛絕，但他在《雨村詩話》這一大段中，到底是讚賞還是批評，老實說我還眞看不出來：「楊誠齋理學經學俱不可及，而獨於詩非所長。如〈不寐〉云：『翻來覆去體都痛。』復成何語？至其用筆之妙，亦有不可及者。如

『忽有野香尋不得，蘭於石背一花開』，又『青天以水為銅鏡，白鷺前身是釣翁』，皆有腕力。」

其實，眞要批評楊萬里的詩歌，也不容易。南宋的中興詩壇，有「四大家」之稱，分別是楊萬里、陸游、尤袤、范成大。今天來看，陸游名聲最大，但在當年，楊萬里才是當之無愧的詩壇老大。這一點，陸游本人也是承認的。

陸游曾經有詩曰：「誠齋老子主詩盟，片言許可天下服。」後來還進一步作詩論述：「文章有定價，議論有至公。我不如誠齋，此論天下同。」拋開陸游謙虛的因素，楊萬里的詩歌品質高，肯定也是陸游推崇他的主要因素。

你「封封封」，我「辭辭辭」的楊萬里

江東轉運副使、權總領淮西江東軍馬錢糧，是楊萬里一生中的最後一個官職。從他那「一官一集」的詩集也可以看出來，《江東集》之後，緊接著就是《退休集》。所謂《退休集》者，楊萬里退休之後所寫的詩集也。

寫下〈中元日午〉十二個月之後，楊萬里就以身體原因上章辭職。在朝廷不准辭職、「除知贛州」的情況下，他拒不赴任，回到位於江西吉水的家鄉，提前退休。從此，楊萬里閒居家鄉達十五年之久，直到離世，再未復出。

但朝廷並沒有忘記他。在這十五年裡，楊萬里先後於紹熙四年（西元一一九三年）授職秘

閣修撰、提舉隆興府玉隆萬壽宮，慶元元年（西元一一九五年）授煥章閣待制、提舉江州太平興國宮，慶元四年（西元一一九八年）進封吉水縣開國子，慶元六年（西元一二〇〇年）進封吉水縣伯，嘉泰三年（西元一二〇三年）進封寶謨閣直學士，嘉泰四年（西元一二〇巳年）封廬陵郡侯，加食邑二百戶。

楊萬里人在家鄉，所授官職倒是越來越多，爵位級別也越來越高，竟然直接封侯了。正是「人在家中坐，侯爵天上來」。但是，面對朝廷的「封封封」，楊萬里卻是「辭辭辭」。他多次上書，或祈致仕，或祈辭免進爵，或祈辭免召赴行在。總而言之，一句話：老子不跟你們玩了。

楊萬里老爺子，這是心裡有氣啊。

這一切，這一股子氣，都源於楊萬里寫下〈中元日午〉的三年前，淳熙十五年（西元一一八八年）的那個「高廟配享」之議。

所謂「高廟」，指的是南宋第一任皇帝宋高宗趙構。他當時已死，所以被尊稱爲「高廟」；所謂「配享」，就是在當時宋高宗趙構的陵墓永思陵建成完工的情況下，需要挑選幾個功勞大的已死功臣，在永思陵塑像，一起陪著趙構吃祭祀上供的冷豬肉，免得趙構一個人吃太冷清。

毫無疑問，對於能夠「配享」的功臣而言，這是一項巨大的榮譽，代表南宋朝廷的官方對於該大臣一生的認可與肯定。

淳熙十五年三月，翰林學士、後來寫出《容齋隨筆》的作者洪邁，提出應以「呂頤浩、趙鼎、韓世忠、張俊」四人配享，並且最終成爲定論。但吏部侍郎章森反對，提出應以「岳飛、張浚」二人配享；時任秘書少監的楊萬里也反對，提出無論其他人是否配享，張浚都必須配享。

楊萬里在〈駁配享不當書〉裡言辭激烈地批評洪邁，「議臣懷私，故欲黜浚而不錄，以沮天下忠臣義士之氣」，說著說著，話就說過了頭，把當時的皇帝宋孝宗趙昚也捎帶上了：「以一人之口而杜千萬人之口，其弊必至於指鹿為馬之奸。」

憤激之中的楊萬里忘記了：「指鹿爲馬」的趙高固然是奸臣，而認可「指鹿爲馬」的秦二世胡亥，可也是個大大的昏君。倒楣就倒楣在，宋孝宗恰恰正是南宋王朝的第二世皇帝！

影射洪邁是可以的，影射朕躬肯定是不行的。所以宋孝宗「覽疏不悅，曰：『萬里以朕為何如主？』由是以直秘閣出知筠州」。楊萬里就此深深得罪了本對他印象極好、準備重用他的宋孝宗趙昚。從此以後，宋孝宗對他影射自己爲秦二世之事耿耿於懷，時常想起。

楊萬里爲什麼在張浚死後，還如此力挺他，甚至不惜得罪皇帝，自毀前程？原因其實很簡單，張浚是楊萬里的授業恩師。

紹興三十一年（西元一一六一年），時年三十五歲、時任永州零陵丞的楊萬里，得以拜在仍然處於貶謫狀態「許湖南路任便居住」的張浚門下。從此，張浚對楊萬里「無一語不相勉以天人之學，無一念不相憂以國家之慮」。張浚還在復出之後，向朝廷推薦楊萬里，「除臨安府教授」。雖然張浚不久病死，但楊萬里終生感念他的知遇之恩。

其實，在我看來，楊萬里大可不必如此，因爲從張浚一生經歷來看，他實在不值得楊萬里賭上前程。

張浚，是南宋初年一度「總中外之任」、「以一身任之」的顯赫人物，也是一位褒貶不一、毀譽參半的問題人物。譽之者，捧他爲「王導」、「諸葛」；毀之者，罵他「無分毫之功，有邱山之過」、「一生無功可紀，而罪不勝書」。

我屬於罵他的一派。在我看來，張浚一生，只幹成了一件於己有利的大事，卻辦砸了三件於國有利的大事。他這三件大事一辦砸，基本上南宋的國運也就由此決定了。

一件於己有利的大事，就是他平定建炎三年（西元一一二九年）三月的「苗劉之變」。說穿了，就是張浚出兵平定苗傅、劉正彥發動的叛亂，幫助宋高宗趙構復位。因爲立下救駕大功，張浚從此深得趙構信任，躋身南宋核心集團。但從此以後，他的智商就不夠用了，接連搞砸了三件大事。

第一件是張浚一手造成「富平之戰」大敗。建炎三年九月的富平一戰，在張浚的直接指揮下，宋軍「悉陝西之兵凡三十餘萬，與虜角，一戰盡覆」，從此南宋喪失了關陝形勝之地，只能退守四川，在西北方向全線轉入守勢。

第二件是張浚一手激成「淮西之變」叛亂。紹興七年（西元一一三七年），在處理劉光世以前所統軍隊「行營左護軍」的歸屬問題上，張浚包藏私心、處置失宜，激得該軍在酈瓊的率領下，計有四萬多士兵加六萬多家眷、百姓一起投降僞齊，造成了南渡以來從未有過的全軍叛變事件，導致南宋軍事實力大損。

第三件是張浚一手造成「隆興北伐」失敗。隆興元年（西元一一六三年），張浚在宋孝宗的支持下，再度北伐。不料，由於張浚手下的兩個主要將領李顯忠和邵宏淵不和，宋軍十三萬人在符離集不戰而潰，大量戰略物資一掃而空，鑄成著名的「符離之敗」。此敗之後，南宋短時間再無能力北伐，只好與金國簽訂了「隆興和議」。

在張浚手中搞砸的這三件大事，全部加起來，保守一點估計，至少導致了南宋小朝廷接近二十萬軍隊的直接損失，這還不包括不計其數的軍糧甲仗等戰略物資的直接損失。一個偏安小朝廷，就這樣在張浚的愚蠢行爲之下，耗盡了自己的那點小小的實力，完全喪失了收復中原的歷史機遇。

正是他，首開了誣陷「中興第一名將」岳飛之先河，第一個開啓了宋高宗趙構對岳飛的猜忌之心。

還是在紹興七年（西元一一三七年），朝廷在換掉作戰不力的劉光世，打算讓岳飛去統領「行營左護軍」時，張浚以右相之尊，行挾私之事，打算讓自己的心腹呂祉取代岳飛去統領這支部隊。

爲此，他還專門召見岳飛，以當面打臉的方式，徵求岳飛的意見。在《宋史·岳飛傳》中，兩人的對話是這樣的：「浚謂飛曰：『王德淮西軍所服，浚欲以為都統，而命呂祉以督府參謀領之，如何？』飛曰：『德與瓊素不相下，一旦揠之在上，則必爭。呂尚書不習軍旅，恐不足服眾。』浚曰：『張宣撫如何？』飛曰：『暴而寡謀，尤瓊所不服。』浚曰：『然則楊沂中爾？』飛曰：『沂中視德等爾，豈能馭此軍？』浚艴然曰：『浚固知非太尉不可。』飛曰：『都督以正問飛，不敢不盡其愚，豈以得兵為念耶？』即日上章乞解兵柄，終喪服，以張憲攝軍事，步歸，廬母墓側。浚怒，奏以張宗元為宣撫判官，監其軍。

簡言之，兩個人談崩了。談崩之後，岳飛的問題在於，就此率性使氣，去廬山爲母守墓，撂挑子不幹了；張浚的問題則更加惡劣，他借此向宋高宗趙構誣告，「累陳岳飛積慮專在用兵，奏牒求去，意在要君」。

「要君」二字，張浚這是誣陷岳飛仗著手中有兵權，以此「要脅君主」。從此，張浚在南宋群臣之中，第一個開啓了宋高宗趙構對岳飛的猜忌之心。此後岳飛的人生悲劇，由此開啓。眾所周知的是，宋高宗趙構、秦檜是殺害岳飛之罪魁。而我要說的是，張浚才是殺害岳飛的禍首。爲什麼這樣說？

換個思路來看張浚與岳飛上面那場著名的爭論吧。在今天的現實生活中，我們因爲工作意見不同，也跟同事爭論過，甚至談崩過，這本是職場生活中的正常現象。但工作就是工作，不應該影響私誼，更不應該影響個人。如果人人都把工作中的爭論和矛盾上交，上級還要你這個下級幹什麼？如果人人都誣告工作中意見不同的同事，以後誰還敢就工作中的問題提出不同意見？

說上面一大堆，其實就是想說，張浚當年跟岳飛爭論之後，完全可以對岳飛的不同意見採取置之不理的態度：岳飛說他的，反正他也說了不算，我幹我的就行了。要知道，這是一場完全正常的工作爭論。爭論中，張浚「以正問飛」，岳飛也「不敢不盡其愚」，雙方都是爲了工作，都沒有對皇帝不忠不敬，也都沒有犯下什麼不可饒恕的原則性錯誤。張浚如果厚道而且無私的話，完全可以不把這場爭論向皇帝報告，更不應該向皇帝誣告。

可是，張浚他不僅報告了，而且誣告了，那我就只能評價他「刻薄」、「不厚道」、「挾私」和「人品低下」了。對於這樣一個人，我不禁要問問楊萬里老爺子：您覺著他配嗎？您覺得他值嗎？

閒居十五年之後，楊萬里於開禧二年（西元一二〇六年）五月初八日去世，享年八十。

楊萬里去世的開禧二年（西元一二〇六年），正好是南宋史上的關鍵一年。正是在這一年，權相韓侂冑在未做充分準備的情況下，貿然發動了北伐。楊萬里的臨終時刻，就與這次「開禧北伐」有關：「萬里失聲慟哭，謂姦臣妄作，一至於此，流涕長太息者久之。是夕不寐，次朝不食，兀坐齋房，取春膏紙一幅，手書八十有四言。其詞曰：『吾年八秩，吾官三品，吾爵通侯，子孫滿前，吾復何憾？老而不死，惡況難堪。韓侂冑姦臣，專權無上，動兵殘民，狼子野心，謀危社稷。吾頭顱如許，報國無路，惟有孤憤，不免逃移。今日遂行，書此為別。汝等好將息，萬古，萬萬古！』……既書題畢，擲筆隱几而沒，實五月八日午時也。」

也是在楊萬里去世的開禧二年（西元一二〇六年），在距離江西吉水幾千公里、遙遠的蒙古草原斡難河畔，蒙古諸部長尊立鐵木眞爲大汗，上尊號爲成吉思汗。楊萬里效忠了一輩子的南宋王朝的最大「終結者」，至此完全生成。

鬼節祭祖的正確方式

中元節，又稱「七月半」、「鬼節」、「盂蘭盆節」，是古老的節日之一，主要節日風俗以追思先人、祭奠祖先、禮敬亡靈爲主。一般情況下，中元節七月十五這天，正處於三伏天的末伏時段，依然屬於一年中最熱的一段時間。所以，寫下〈中元日午〉時的楊萬里，當時就熱得不行。

中元節的起源，至少有三種說法。第一種是源於上古的「秋嘗祭祖說」。四季享祭，是上古時期就有的祭祀儀禮。《春秋繁露》曰：「古者歲四祭。四祭者，因時之生熟，而祭其父母也。春曰祠，夏曰灼，秋曰嘗，冬曰烝……嘗者以七月，嘗黍稷也。」《禮記‧月令》也說孟秋之時，「農乃登谷，天子嘗新，先薦寢廟」。中元節所在的七月十五日，已經是立秋節氣之後。秋天到來，意味著收穫季節的來臨。秋天收穫之後，以新熟穀物祭祖，正是「秋嘗」。時間上、禮儀上的高度重合，使得「秋嘗」與中元節祭祖形成一致，成爲中元節的主要源頭之一。

第二種是源於道教三元說。「中元」二字，確是來自道教經典。天、地、水，被道教視爲養育世間萬物的三個基本元素，稱爲「三元」。《道藏》載：「所言三元者，正月十五日為上元，即天官檢勾；七月十五日為中元，即地官檢勾；十月十五日為下元，即水官檢勾。一切眾生皆是天地水三官之所統攝。」

《道經》關於中元節的闡述更加明白：「七月十五，中元之日，地官校勾，搜選人間，分別善惡，諸天聖眾，普詣宮中，簡定劫數，人鬼傳錄，餓鬼囚徒，一時皆集。以其日作玄都大獻於玉京山，採諸花果，珍奇異物，幢幡寶蓋，清膳飲食，獻諸聖眾。道士於其日夜講誦是經，十方大聖，齊詠靈篇，囚徒餓鬼俱飽滿，免於眾苦，得還人中。」也就是說，在七月十五日中元節這天，地官可以讓亡靈們回到陽間探親一次。因此，後人們需要擺設香案，祭祀祖先，迎接祖宗靈魂返回。

第三種是源於佛教盂蘭盆說。據佛經《盂蘭盆經》記載，佛祖十大弟子之一的目連，目睹其母死後墮入「食物入口，即化烈火」的餓鬼之道，爲救其母，聽從佛祖忠告：「至七月十五日，當為七代父母厄難中者，具百味五果，以著盆中，供養十方大德。」所謂「盂蘭盆」，原意是「解倒懸」、解除困苦，後來被解讀爲盛放花果的盆器。這也是中元節又稱「盂蘭盆節」的原因。

可見，中元節最早起源於上古的「秋嘗」祭祖，但並未有固定的日期。到了魏晉時期，佛、道二教爲其注入了宗教因素，兩教分別於農曆七月十五日舉行「盂蘭盆會」和齋醮儀式，均以祭祖、普度爲主題，使得中元節逐漸爲廣大老百姓所接受，最終固定於七月十五日。唐朝中後期，「中元節」已是固定節日名稱，成爲一個集祭祀祖先、追薦亡靈、宣揚孝道爲一體，兼有禮儀性與娛樂性的大型節日。

北宋時期，中元節更受皇帝們重視。據宋敏求《春明退朝錄》載：「本朝太宗時，三元不禁夜，上元御乾元門，中元、下元御東華門。」《宋會要輯稿》也記載：「建隆六年七月中元節，詔京城張燈三夜。其夕，帝御東華門樓，召近臣宴飲，夜分而罷。」、「太平興國二年七月中元節，御東閣樓觀燈，賜從臣宴飲。」

中元節的節日風俗，第一項自然是祭祀祖先。

中元節祭祖的當天早上，就要把祖先牌位一一請出，焚香、上供、叩拜，然後在家宴之前，酹酒三巡，以祀祖先；講究的，還要去祖先墳塋掃墓，元人熊夢祥《析津志輯佚》說「富人家祀，先用麻秸奠酒為誠，買紙錢冥衣燒化於墳，謂云『送寒衣』。仍以新土覆墳」；天黑之後，還要攜帶紙錢、香燭、爆竹，在僻靜水邊，以石灰撒地成圈，點亮香燭、焚燒紙錢、鳴放鞭炮，恭送祖先回轉陰曹地府。可見，中元節這天，從早到晚，儀式感滿滿。

祭祖之時，還有一項重要內容需要向祖先報告，就是「告秋成」，即報告今年秋季的收成。宋人孟元老《東京夢華錄》記錄說：「中元前一日，即買楝葉，享祀時鋪襯桌面。又買麻谷窠兒，亦是繫在桌子腳上，乃告祖先秋成之意。」

中元節的節日風俗，第二項自然是放水燈。

「放水燈」是到了楊萬里所在的南宋，才首次出現的中元節節日風俗。吳自牧《夢粱錄》卷四云：「七月十五日……後殿賜錢，差內侍往龍山放江燈萬盞。」從此，首開後世「放水燈」的先河。

「水燈」，一般以紙糊荷花為底座，將燈置於其上，在中元節當天夜晚放入江河湖海，任其逐波漂流。道教認為：「原夫濟萬物者，莫過於水；照三界者，莫過於燈。」水是逝者靈魂由此岸到達彼岸的必經之路，燈則象徵著光明與希望，可以為靈魂提供指引，不讓他們因迷失路途而無以安身。

南宋仇遠曾經寫過一首〈中元〉詩，提及中元節「放水燈」的習俗：「華燈浮白水，老衲誦冥文。漫說中元節，儒書惜未聞。」

如今，每到農曆七月十五日，民間仍可見到人們焚香點燭、拜祭先祖，充分說明了中元節這個節日的生命力。誠然，中元節所包含的慎終追遠的孝悌之道、普度眾生的大德善心，都是中華民族千百年傳承下來的優秀傳統文化，並非全然的封建迷信。這樣一個文化內涵豐富、節日風俗多樣的節日，值得提倡。

中秋 八月十五

蘇軾〈水調歌頭．明月幾時有〉

明月幾時有？把酒問青天。不知天上宮闕，今夕是何年？我欲乘風歸去，又恐瓊樓玉宇，高處不勝寒。起舞弄清影，何似在人間？

轉朱閣，低綺戶，照無眠。不應有恨，何事長向別時圓？人有悲歡離合，月有陰晴圓缺，此事古難全。但願人長久，千里共嬋娟。

北宋熙寧九年（西元一〇七六年）中秋節，時年四十一歲、正在密州（今山東諸城）知州任上的蘇軾，和密州的同僚與朋友劉庭式、趙昶、趙杲卿、陳開等人一起，在位於州城西北城牆上的「超然臺」，賞月喝酒，歡樂宴飲，歡度佳節，直到八月十六日早上天亮時分。

此時此刻，喝得大醉的蘇軾，身在由他修建並由弟弟蘇轍命名的「超然臺」上，很自然地就想起了正在異地任職的弟弟蘇轍蘇子由。出於對弟弟的思念，他提筆寫下了這首中秋詩詞第一、至今無人超越的〈水調歌頭．明月幾時有〉：

明月幾時有？把酒問青天：中秋之夜的那一輪天上明月，是從什麼時候才開始出現的？我端著酒杯，仰問蒼天。

開篇第一句，蘇軾就寫到了喝酒。當然，這是他的正常表現。因爲他的確好酒，天天喝酒，「殆不可一日無此君」；但是，酒量又不大，他自己也承認，「予飲酒終日不過五合」，又承認說，「平生有三不如人，謂著棋、飲酒、唱曲」。所以，他很容易「大醉」。

而此時此刻身在齊魯的蘇軾，可喝的好酒頗多。據張能臣的《酒名記》記載，北宋時期出產的兩百餘種名酒中，齊魯地區就有二十七種之多。密州雖然沒有什麼好酒，但其鄰近的濰州有重醞酒，萊州有玉液酒，青州有揀米酒，足夠酒量不大的蘇軾過癮的。

不知天上宮闕，今夕是何年：不知道天上月亮的宮殿裡，今晚是何年何月，是不是也在過中秋節？

我欲乘風歸去，又恐瓊樓玉宇，高處不勝寒：我想乘著清風回到月亮上去，又擔心自己住在那由美玉砌成的廣寒宮裡，經受不住天上的嚴寒。

起舞弄清影，何似在人間：我在月光中翩翩起舞，只有身影隨著我的身體轉動，這哪裡比得上生活在溫暖的人間？

轉朱閣，低綺戶，照無眠：中秋的圓月轉過朱紅色的樓閣，低低地掛在雕花的窗臺之上，照著因沒有睡意而失眠的我。

不應有恨，何事長向別時圓：明月不應該對人們有什麼怨恨吧，爲什麼偏偏在人們離別時才圓呢？

人有悲歡離合，月有陰晴圓缺，此事古難全：人間總會有悲傷與歡樂、離別與重逢，正如月亮也會有陰晴圓缺的變化，這種事自古以來就很難圓滿。

但願人長久，千里共嬋娟：我只希望世間所有親人平安幸福、健康長壽，即便相隔千里，也能共用這中秋之夜的美好月光。

最後一句「但願人長久，千里共嬋娟」是千古名句。但是，恰恰是在這句，蘇軾吹牛了。

他自己當時在密州，也就是今天的山東諸城。而他所想念的弟弟蘇轍蘇子由，正在齊州掌書記任上。齊州，就是今天的山東濟南。從我們今天的行政區劃來看，兄弟倆就在一個省嘛。而且，從地圖上看，兩地的距離也就五百里（約兩百五十公里）左右。所以，哪裡是「千里共嬋娟」，根本就是「五百里共嬋娟」！這一句，蘇軾至少吹了五百里的牛。

當然，蘇軾在寫下〈水調歌頭·明月幾時有〉之時，還是有理由想念弟弟蘇轍的。因爲，兄弟倆已經五年多沒有見面了。上一次見面，還是在熙寧四年（西元一〇七一年）九月的潁州。當年六月，蘇軾改任杭州通判。在赴任途中，蘇軾取道陳州，看望在當地擔任陳州教授的蘇轍。兄弟相聚七十餘日，蘇轍於當年九月送蘇軾至潁州，灑淚而別。

蘇軾、蘇轍兩人的兄弟之情，眞摯而且深厚，少見而且難得。兄弟倆從小就在一起，朝夕相處，「轍幼從子瞻讀書，未嘗一日相舍」。人生之初這一段美好的兄弟情深時光，長達二十年零七個月。兄弟倆長大成人後，雖然各自宦遊四方、聚少離多，但從少年時期就建立起來的兄弟深情，延續了一生。《宋史》這樣官方評價他倆的兄弟之情：「轍與兄進退出處，無不相同，患難之中，友愛彌篤，無少怨尤，近古罕見。」

詞題中的「水調歌頭」，是詞牌名，而且是一個大有來歷的詞牌名。「水調歌頭」，源於隋煬帝楊廣於大業元年（西元六〇五年）親手創制的「水調」。唐人劉餗的《隋唐嘉話》載：「隋煬帝鑿汴河，自製〈水調歌〉。」南宋王灼所著的詞曲評論筆記《碧雞漫志》也載：「〈水調〉、〈河傳〉，煬帝將幸江都時所制，聲韻悲切。」

唐朝繼承並大大發展了「水調」，不僅使之演變成爲大曲，又有小曲或雜曲，甚至還重新譜寫了新「水調」。白居易〈看采菱〉詩曰：「時唱一聲新水調，謾人道是採菱歌。」足資證明。杜牧亦有〈揚州三首〉詩曰：「煬帝雷塘土，迷藏有舊樓。誰家唱水調，明月滿揚州。」

到了蘇軾所在的時代，北宋人樂史所撰《太平寰宇記》曰：「富水（併入京山）……風俗：同荊州，然清明節村落喜唱〈水調歌〉。」「水調」在清明節時演唱，正符合該曲「聲韻悲切」之特點。同時，「水調」仍爲朝廷教坊大曲，在官方正式場合演奏。

「水調歌頭」，是截取「水調」大曲的首章，另倚新聲而成。「歌頭」者，「首章」也。清人毛先舒所撰《塡詞名解》說：「歌頭，又曲之始音，如『六州歌頭』、『氐州第一』之類。（原注：《海錄碎事》云：『煬帝開汴河，自造「水調」，其歌頗多，謂之「歌頭」，首章之一解也。』顧從敬《詩餘箋釋》云：『明皇幸蜀時，猶聽唱「水調」，至「唯有年年秋雁飛」，因潸然，歎（李）嶠真才子。不待曲終。』『水調』曲頗廣，因歌止首解，故謂之『歌頭』。）」

「水調歌頭」作爲詞牌，在宋詞中的使用頻率非常之高。據統計，每一百首宋詞，就有三首半使用「水調歌頭」作爲詞牌。而蘇軾的這首〈水調歌頭．明月幾時有〉，在所有「水調歌頭」宋詞之中，千古第一，無人能及。

宋人胡仔在《苕溪漁隱叢話後集》中評價：「中秋詞，自宋東坡〈水調歌頭〉一出，餘詞盡廢。」王國維在《人間詞話》中也推崇說：「東坡之〈水調歌頭〉，則佇興之作，格高千古，不能以常調論也。」

有趣的是，蘇軾的這首〈水調歌頭．明月幾時有〉，在九年之後，還被宋神宗趙頊看到了。據宋鮦陽居士《復雅歌詞》云：「元豐七年，都下傳唱此詞。神宗問內侍外面新行小詞，內侍錄此進呈。讀至『又恐瓊樓玉宇，高處不勝寒』，上曰：『蘇軾終是愛君。』乃命量移汝州。」

收到改赴距京師較近的汝州就任的命令時，蘇軾正在黃州團練副使任上，正處於人生的低谷時刻。宋神宗趙頊雖然因爲蘇軾反對新法和「烏臺詩案」，而重重處罰了蘇軾，但是通過〈水調歌頭．明月幾時有〉終於意識到，「蘇軾終是愛君」，這才下令蘇軾改任汝州，親自開啓了改善蘇軾政治處境的進程，也算是宋神宗趙頊晚年爲數不多的英明舉措之一了。從這個角度來看，讀懂了〈水調歌頭．明月幾時有〉的宋神宗趙頊，倒還是蘇軾的知音之一。

東坡先生的出道之路

中秋佳節，身在密州、在〈水調歌頭．明月幾時有〉小序中「兼懷子由」的蘇軾，其實就是因爲弟弟蘇轍蘇子由，才來到密州的。

在這之前，蘇軾的任職地是杭州。他在杭州通判任滿之後，主動向朝廷請求，到距離蘇轍任職的齊州較近的州郡任職。在〈密州謝上表〉中，蘇軾如是解釋自己這樣請求的原因：「攜孥上國，預憂桂玉之不充；請郡東方，實欲昆弟之相近。」

其實，蘇軾哪裡是怕進京任職、拖家帶口「桂玉之不充」，花費太多啊。實際情況是，當時是「新黨」執政，蘇軾深知自己作爲「舊黨」旗幟之一，不可能進京任職，就是勉強進京任職，也不會有好果子吃。既然這樣，乾脆圖個自得其樂，找個距離弟弟蘇轍任職地近的州郡，跟自家親弟弟團聚去吧。

就這樣，蘇軾於熙寧七年（西元一〇七四年）十二月初三日來到密州，正式就任密州知州。歷史證明，他來對了。密州，成了他一生的福地。因爲，蘇軾的人生「三立」——立功、立言、立德，就是從密州起步的。

（一）立功

在密州，是蘇軾第一次履足齊魯大地，也是蘇軾第一次出任地方主官。

蘇軾的密州「立功」，就是指他第一次作爲地方主官，直接爲老百姓辦實事、辦好事。

此前的蘇軾，少年得志，仕途順暢，任官廟堂之高的時間多，卻一直沒有直接爲老百姓服務的機會；兩次出任地方官，一爲簽書鳳翔府判官，一爲杭州通判，畢竟不是地方主官。直到這一次，他出任密州知州。

似乎是有意考驗蘇軾治理地方的才能，他剛到密州的局面，不是政通人和、百業興盛、安居樂業，而是「旱災」、「蝗災」、「匪患」三者交織、民不聊生的亂局：「蝗旱相仍，盜賊漸熾」、「公私匱乏，民不堪命」。

蝗災尤其嚴重，初到密州時，蘇軾「見民以蒿蔓裹蝗蟲而埋之道左，累累相望者，二百餘里」；旱災也不輕，「自今歲秋旱，種麥不得，直至十月十三日方得數寸雨雪，而地冷難種，雖種不生，比常年十分中只種得二三」；蝗災、旱災嚴重影響了農田收成，導致了饑荒，而饑荒逼得部分百姓鋌而走險，淪爲盜賊，「歲比不登，盜賊滿野，獄訟充斥」。

於是，蘇知州一到任，要幹的第一件事，就是緊鑼密鼓地抗災救災。

對於蝗災，蘇軾破除有些人「蝗不爲災」、「爲民除草」的糊塗觀念，創造性地採取「以蝗換米」的辦法，鼓勵百姓捕蝗滅蝗，「州縣募民捕蝗，每掘得其子，以斗升計，而給民米寡有數焉」。很快，密州百姓就「得蝗子八千餘斛」，然後將捕得的蝗蟲和蝗子焚燒或填埋，根絕蝗患。

對於旱災，蘇軾作爲知州，採取的措施是祈雨常山。密州的常山，「州之南二十里而近，地志以為祈雨而常應，故名曰『常山』」。今天的我們已經知道，降雨是受自然規律支配的，絕非一兩個皇帝或官員屈膝下跪就可以改變的。蘇軾就是天上的文曲星下凡，也不可能求得降雨。但是，作爲一個地方的主官，蘇軾親自祈雨常山，對於治下正在受災的老百姓，既是一種信念上的支撐，也是一種心理上的慰藉。蘇軾此舉，對於安定民心、團結力量、穩定秩序有著積極的作用。

對於匪患，蘇軾深知旱災、蝗災與匪患之間的因果關係。老百姓自古以來就是這樣：但凡有一口飽飯吃，誰願意鋌而走險去當土匪？所以，從一開始，蘇軾就以父母官的心腸，對匪患採取了教化爲主、打擊爲輔的手段。

一方面，他上書朝廷，要求根據災情，適當減免稅收；另一方面，爲了老百姓的生計，他要求在密州這樣一個鹽產地，適當放開百姓販鹽，販鹽三百斤以下免稅，「應販鹽小客，截自三百斤以下，並與權免收稅」。更爲難得的是，蘇軾任職地方，對於新法的態度轉向務實，他強忍著心中對於新法的反感情緒，認眞推行「給田募役法」，將其引向利民的方向，取得了「因法以便民」之效。

可是，災情一直在持續。到任第二年，蘇軾作詩道：「綠蟻沾唇無百斛，蝗蟲撲面已三回！」可見，好酒的蘇軾，自到任以來，「綠蟻」酒還沒怎麼喝，蝗災已經鬧了三次之多了。接連不斷的災情，也使得貴爲知州的蘇軾，偶爾也要與自己的通判劉庭式，「循古城廢圃，求杞菊食之」；他本人，更是勞累到了「我僕既胼胝，我馬亦款矻」的程度。

蘇軾的辛苦，終於獲得了回報：熙寧八年五月「盜亦斂跡」，熙寧八年年底「諸況粗遣」。密州，得以大治。至此，蘇軾爲密州老百姓立下了大功。而爲老百姓立了功的人，無論時間長短，老百姓都會記得他的。元豐八年（西元一〇八五年）十月，蘇軾在赴任登州知州的途中經過密州，這是他調任九年之後首次回到密州。時間已經夠長了，可是老百姓們還是記得他。爲了歡迎他的到來，密州百姓傾城出迎：「重來父老喜我在，扶挈老幼相遮攀。」

還是那句話說得好：老百姓心裡有桿秤，知道你是輕還是重；老百姓心裡有面鏡，知道你是濁還是清。

（二）立言

密州，是蘇軾第一首豪放詞的誕生之地，也是宋詞豪放派風格的定型之地。

創作於熙寧八年（西元一〇七五年）十月的〈江城子·密州出獵〉，是蘇軾第一首豪放詞，也是宋詞豪放派的第一首詞。對，就是那首豪放雄健的「老夫聊發少年狂，左牽黃，右擎蒼，錦帽貂裘，千騎卷平岡」。一掃脂粉氣，一掃婉約味。從這首詞開始，宋詞史上除了婉約派之外的另一個大派別——豪放派，就此誕生。

蘇軾對於這首詞，也頗爲自得。他在〈與鮮於子駿書〉中說：「近卻頗作小詞，雖無柳七郎風味，亦自是一家，呵呵。數日前獵於郊外，所獲頗多，作得一闋，令東州壯士抵掌頓足而歌之，吹笛擊鼓以為節。頗壯觀也。」

蘇軾自認，這首詞「無柳七郎風味」，即無柳永那個婉約派的風味，並且可以「自是一家」。作爲豪放派的開山祖師，他值得自傲，應該自得。

密州，也是蘇軾詩詞創作的爆發地。

在密州，蘇軾一共創作詩一百二十六首、詞十八首、文五十九篇，共計兩百零三篇，平均三天一篇。而數量還不能說明問題的全部，品質才是蘇軾這一時期詩詞創作的核心所在。有密州的蘇軾，不僅寫出了〈水調歌頭．明月幾時有〉和〈江城子．密州出獵〉，還寫出了膾炙人口的〈江城子．十年生死兩茫茫〉和〈望江南．超然臺作〉這樣的名篇。「詞至蘇軾，而體始尊」。蘇軾對於宋詞的貢獻，是巨大而且獨特的。而密州，正是蘇軾個人豪放派風格的定型地，也是蘇軾詩詞創作的爆發地。

（三）立德

寫下〈水調歌頭．明月幾時有〉之時，蘇軾身在密州西北城牆上的「超然臺」。而這個「超然臺」，是由他的弟弟蘇轍命名的。

蘇軾在密州抗災、政務大致有了頭緒之後，開始著手對西北城牆上的舊臺進行修葺，並將其作為偶爾登臨、宴樂作詩的場所。為此，他向包括蘇轍在內的朋友們寫信，為這個臺子徵名。

最後，蘇轍為此臺命名「超然臺」，得到了蘇軾的認可。蘇轍還作了一篇名文〈超然臺賦〉寄來。關於命名之由，蘇轍是這樣說的：「今夫山居者知山，林居者知林，耕者知原，漁者知澤，安於其所而已。其樂不相及也，而臺則盡之。天下之士，奔走於是非之場，浮沉於榮辱之海，囂然盡力而忘反，亦莫自知也。而達者哀之。二者非以其超然不累於物故邪？《老子》曰：『雖有榮觀，燕處超然。』嘗試以『超然』命之，可乎？」

「雖有榮觀，燕處超然」，出自老子的《道德經》。意思是：「即使榮華富貴，也能超然面對，也不沉溺其中。」蘇轍這是借用老子的話，勉勵、勸告正處於政治生涯低谷的兄長，要以超然的態度，面對人生中的榮華富貴，更要以超然的態度，面對人生中的艱難困厄。

對於弟弟的勸告，蘇軾不僅聽進去了，還進行了發揮：「君子可以寓意於物，而不可留意於物。寓意於物，雖微物足以為樂，雖尤物不足以為病；留意於物，雖微物足以為病，雖尤物不足以為樂。」（蘇軾〈寶繪堂記〉）

蘇軾認爲，只有「寓意於物」而不「留意於物」，才是眞正的「超然」。

按照我個人的理解，解釋一下：所謂「寓意於物」，是指人要學會順其自然，適應任何順境或逆境，在每一個環境中的每一個事物身上，找到寄託，發現快樂，並且樂在其中；所謂「留意於物」，是指人成爲事物的奴隸，順境時斤斤計較於每一個事物的得到，逆境時斤斤計較於每一個事物的失去，並且爲之煩惱、傷心。

很顯然，這是兩種截然不同的人生態度。對於這兩種人生態度，冷眼旁觀之時，我們當然知道前者高於後者；但置身其中之時，我們卻很有可能在明明知道前者更爲高明的情況下，沉溺於後者而不能自拔。蘇軾在密州「超然臺」，他想到了，並且在以後的日子裡，他也做到了。「超然臺」，是一個標誌，一個蘇軾人生思考成熟的標誌。

正是在密州確立起來的「超然」思想，幫助蘇軾完成了自己人生中的立德。而正是這個立德，支撐著他熬過了未來歲月中即將到來的多達三次的痛苦貶謫。

貶到黃州，他在東坡種菜，在長江吃魚，在廚房燉肉，寫出〈赤壁賦〉、〈後赤壁賦〉、〈念奴嬌．赤壁懷古〉，「誰怕？一蓑煙雨任平生」、「歸去，也無風雨也無晴」；貶到惠州，他修西湖、築長堤，會佛僧、陪愛妾，「日啖荔枝三百顆，不辭長作嶺南人」、「此心安處即吾鄉」；貶到儋州，他建築茅屋，沐浴海風，安貧樂道，教書育人，「他年誰作輿地志，海南萬里真吾鄉」。

蘇軾就是這樣，上可歌天上宮闕，下可吟僻壤鄉間；進可居廟堂之高，退可處江湖之遠。大哉，東坡；樂哉，東坡。

在密州，完成人生「三立」之後，在中秋節寫下〈水調歌頭．明月幾時有〉的四個月後的熙寧九年（西元一〇七六年）十二月，蘇軾離開了密州，轉任徐州知州。

再往後，就是給他個人命運帶來幾近滅頂之災的「烏臺詩案」，貶謫黃州了。不過，蘇軾在密州已經完成了「三立」，特別是已經「立德」，確立了「超然」思想。至此，他的生理和心理都已經做好了全部的準備，讓暴風雨來得更猛烈些吧！只有暴風雨來得越猛烈，他才能越快地到達黃州。

在那裡，他將完成從「蘇軾」到「蘇東坡」的蛻變，實現從凡夫俗子到天上「坡仙」的涅槃。然後，專供我們仰望。

中秋自古吃吃喝喝

農曆八月十五日中秋節，又叫「八月半」、「拜月節」、「團圓節」。農曆的八月，為秋季的中間月份，稱爲「仲秋」，而八月十五日又在「仲秋」之中，所以稱「中秋」。

「中秋」二字，最早見於《周禮》：「中秋獻良裘，王乃行羽物。」但《周禮》的「中秋」二字，並非指的是中秋節。實際上，我們今天所過的中秋節，其節日來源，可能來自先民祭拜月神活動的殘留。

中國是農耕國家，最早的祭月活動可以追溯到遠古時代。那時的農民不論春耕夏種還是秋收冬藏，都依賴天象、氣候，所以人們對日月產生了深深的崇拜，由此產生了祭日祭月的習俗。

早期的祭拜始於周朝，春天祭日、秋天祭月，《禮記》曰：「天子春朝日，秋朝月。朝日以朝，夕月以夕。」《禮記．祭義》還詳細描繪了祭祀日月的禮儀：「郊之祭，大報天而主日，配以月。夏後氏祭其闇，殷人祭其陽，周人祭日，以朝及闇。祭日於壇，祭月於坎，以別幽明，以制上下；祭日於東，祭月於西，以別外內，以端其位。」

古人重視陰陽相配，以日爲陽，以月爲陰，將祭日和祭月放在了同等重要的地位，只是兩者所使用的祭品並不相同，《史記》說「祭日以牛，祭月以羊彘特」。

在祭月習俗的傳承下，我們今天的中秋節，肇始於唐，形成於宋。南宋吳自牧《夢粱錄》中如是記錄中秋節：「八月十五日中秋節，此日三秋恰半，故謂之中秋。此夜月色倍明於常時，又謂之月夕。」

中秋節的節日風俗，第一項當然是「賞月」。

中秋節的主要活動都是圍繞「月」進行的，所以一定要賞月。賞月這一節日風俗，魏晉時期就有了。據《晉書．袁宏傳》，當時就有官僚士大夫中秋賞月賦詩：「謝尚時鎮牛渚，秋夜乘月，率爾與左右微服泛江。會宏在舫中諷詠，聲既清會，辭又藻拔，遂駐聽久之，遣問焉。答云：『是袁臨汝郎誦詩。』即其詠史之作也。尚傾率有勝致，即迎升舟，與之譚論，申旦不寐，自此名譽日茂。」

王仁裕所撰《開元天寶遺事》，則記載了唐朝君臣的兩條賞月記錄：「玄宗八月十五日夜，與貴妃臨太液池，憑欄望月，不盡。帝意不快，遂敕令左右：『於池西岸加築百尺高臺，與吾妃子來年望月。』」

有權就是任性哪，有權就是有本事哄情人開心哪。

蘇頲與李乂對掌文誥，明皇顧念之深也。八月十五日夜，於禁中直宿，諸學士備文酒之宴。時長天無雲，月色如晝，蘇曰：「清光可愛，何用燈燭！」遂命撤去。

可見，在中秋節，唐玄宗李隆基不僅和楊貴妃一起賞月，還鼓勵臣子賞月。傳說其創作的《霓裳羽衣曲》，即由中秋節賞月而來。《太平廣記》記載了這則唐玄宗李隆基先於美國「阿波羅11號太空船」登月的故事：「開元中，中秋望夜，時玄宗於宮中玩月。公遠奏曰：『陛下莫要至月中看否？』乃取拄杖，向空擲之，化為大橋，其色如銀，請玄宗同登。約行數十里，精光奪目，寒色侵人，遂至大城闕。公遠曰：『此月宮殿也。』見仙女數百，皆素練寬衣，舞於廣庭。玄宗問曰：『此何曲也？』曰：『霓裳羽衣也。』玄宗密記其聲調，遂回，卻顧其橋，隨步而滅。且召伶官，依其聲調作霓裳羽衣曲。」

唐朝宮廷中的中秋節賞月活動，逐漸影響到下層社會。唐朝的老百姓，也興起了在中秋節當夜聚會，賞月和宴飲的習俗。由此，唐詩中也產生了許多中秋節賞月的名篇，比如杜甫的〈八月十五夜月〉、韓愈的〈八月十五夜贈張功曹〉、劉禹錫的〈八月十五日夜玩月〉等。

中秋節的節日風俗，第二項當然是「吃月餅」。

到了宋朝，中秋節吃月餅已成為固定的節日風俗。蘇軾應該吃過月餅。從他在〈留別廉守〉中「小餅如嚼月，中有酥與飴」的詩句來看，描寫的只可能是月餅。

其實，中秋節不僅僅可以吃月餅，還可以吃螃蟹，還可以有各種吃吃、喝喝喝。據北宋孟元老《東京夢華錄》所載：「中秋節前，諸店皆賣新酒，重新結絡門面彩樓花頭，畫竿醉仙錦旆。市人爭飲，至午未間，家家無酒，拽下望子。是時螯蟹新出，石榴、榲勃、梨、棗、栗、孛萄、弄色棖橘，皆新上市。中秋夜，貴家結飾台榭，民間爭佔酒樓玩月。絲篁鼎沸，近內庭居民，夜深遙聞笙竽之聲，宛若雲外。閭里兒童，連宵嬉戲。夜市駢闐，至於通曉。」

上面的這個節日氣氛，正是蘇軾在密州「歡飲達旦」的背景所在。

直到今天，中秋節的節日晚宴上，不僅有得吃，還有得聽。一般情況下，父母老人們會在這時給孩子們講講嫦娥奔月、吳剛伐桂、玉兔搗藥之類的神話故事。小朋友們忽閃著大眼睛，望著天空那一輪明月，耳邊聽著娓娓道來的神奇故事，不禁心曠神怡、浮想聯翩，也算一種難得的節日享受。

重陽　九月初九

王維〈九月九日憶山東兄弟〉

獨在異鄉爲異客，每逢佳節倍思親。

遙知兄弟登高處，遍插茱萸少一人。

唐開元四年（西元七一六年）九月初九日，時年十七歲、身在長安的王維，正獨自孤寂地度過重陽佳節。王維是在開元二年（西元七一四年）來到長安，開始宦遊的。兩年多來，他雖多方交遊，四處投獻，但仍然深感前途多艱，希望渺茫。

正如我們今天的打工仔一樣，王維此時人在異地，又諸事不順。所以到了重陽佳節之際，他就倍加思念遠在華山以東蒲州家鄉的兄弟們：想必他們此時此刻，正在熱熱鬧鬧地登高宴樂，歡度重陽。可惜的是，自己不能像往年一樣，參與其中。念及於此，王維提筆寫下這首重陽節古今第一詩——〈九月九日憶山東兄弟〉。

獨在異鄉為異客，每逢佳節倍思親：今年重陽佳節，我獨自在異鄉長安；作爲身在他鄉的遊子，每當佳節來臨時，就會倍加思念家鄉的親人。

遙知兄弟登高處，遍插茱萸少一人：遙想今天在家鄉過節的兄弟們，肯定會登高宴樂；只有當他們一個不落地往頭上插茱萸的時候，才會發現今年與往年不一樣，兄弟中間少了我一個。

最後一句中的「茱萸」，是一種具有濃烈芳香味道的植物。《辭海》載：「植物名，有濃烈香味，可入藥。古代風俗，陰曆九月九日重陽節，佩茱萸囊以去邪辟惡。」

按照當時的風俗，在重陽節當天，人人都需要頭插茱萸或佩茱萸囊。所以，王維在家鄉的兄弟們，只有在這時，才會發現王維不在大家身邊。王維此句的巧妙之處就在於，不說自己想念兄弟們，而說兄弟們想念自己，更增一份節日熱鬧氣氛中的落寞。

本詩詩題〈九月九日憶山東兄弟〉中的「山東」，並非是指我們今天的山東省，而是指華山以東的王維家鄉——蒲州（今山西永濟）。

本詩作者王維，人稱「詩佛」，是與「詩仙」李白、「詩聖」杜甫鼎足而三的盛唐詩人。而相比「李杜」，王維似乎還要更為多才多藝一些，因為他除詩之外，還擅長繪畫、音樂和書法，在生前身後都享有極高的聲譽。

清人徐增在《而庵詩話》中說：「吾於天才得李太白，於地才得杜子美，於人才得王摩詰。太白以氣韻勝，子美以格律勝，摩詰以理趣勝。」對三者評價均高，可謂深知盛唐詩壇的行家之言。

當然，身為「詩佛」的王維，絕對不會想到：自己寫過那麼多著名詩篇，居然還就是這一首〈九月九日憶山東兄弟〉，膾炙人口；自己寫過那麼多類似「行到水窮處，坐看雲起時」、「空山新雨後，天氣晚來秋」的名句，居然還就是這一首中的「每逢佳節倍思親」，千古流傳。

九月九日，王維憶了幾位山東兄弟？

寫下〈九月九日憶山東兄弟〉之時，王維一共憶了幾位山東兄弟？

從史料來看，應該一共有八位。其中，親弟四位——王縉、王繟、王紞、王紘，從弟也是四位——王惟祥、王綵、王據、王蕃。

王繟，曾官至江陵少尹。王紞，曾任祠部員外郎、司勳郎中、太常少卿；王維的〈林園即事寄舍弟紞〉，就是寫給這位弟弟的。王紘，生平史料未詳。

王惟祥，曾任海陵縣令，王維曾留有〈送從弟惟祥宰海陵序〉；王綵，曾任司庫員外郎，王維曾有〈贈從弟司庫員外綵〉一詩顯示，他與這位從弟友愛甚篤；王據，史料未詳，但王維有〈和陳監四郎秋雨中思從弟據〉一詩，顯示「這世界，他曾經來過」；最小的從弟王蕃，是一位負氣仗劍、壯遊淮南的青年，王維曾爲他賦詩〈送從弟蕃游淮南〉。

八個弟弟之中，與王維年齡最接近、關係最友好的弟弟，是王縉。而這位王縉，也是王維最有出息的弟弟，後來曾兩度出任大唐帝國的宰相。

王維、王縉兄弟倆的關係，與後來北宋蘇軾、蘇轍兄弟倆的關係極其相似。兄弟倆都是自小一起讀書學習，長大後一起宦遊京師；踏入官場後，又是同進同退，休戚相關，都曾有過弟弟願以官職相贖以保住哥哥性命的事情；家庭生活上，兄弟倆也是有著共同的興趣和愛好，互相幫助，互相關心，直到生命的終點，手足之誼不改，棠棣之情益切。

就在哥哥王維寫下〈九月九日憶山東兄弟〉之後，弟弟王縉也從家鄉蒲州來到京城長安，和哥哥一起住在平康坊，也開始了宦遊長安，謀求仕途進身之階的生涯。王縉此時，也已學有所成，史稱「少好學，與兄維早以文翰著名」。

終於，王維、王縉兄弟倆一起的努力有了結果。他們得到了寧王李憲、薛王李業、岐王李範的重視，跨入了長安城的上流社會。《新唐書．王維傳》說：「維工草隸，善畫，名盛於開元天寶間，豪英貴人虛左以迎，寧薛諸王待若師友。」《舊唐書．王維傳》云：「維以詩名盛於開元天寶間，昆仲宦遊兩都，凡諸王、駙馬、豪右、貴勢之門，無不拂席迎之，寧王、薛王待之如師友。」這裡的「昆仲」，就是指王維、王縉兄弟倆。

作爲科考舉子，交遊進入上流社會的效果是顯著的。開元九年（西元七二一年）春，王維進士及第，正式踏入官場，授官爲從八品下的太樂丞。然而仕途的打擊和坎坷也隨之而來，這年秋即風雲突變，王維被貶出京城，去擔任齊魯之地的正九品下的濟州司倉參軍。

王維剛入仕途即遭外貶的原因，《新唐書》、《舊唐書》的王維本傳均未揭示，《集異記》則記錄說：王維「及為太樂丞，為伶人舞黃師子，坐出官。黃師子者，非一人不舞也」。所謂「一人」者，皇帝也。也就是說，黃師子只能爲皇帝而舞。王維作爲太樂署的副職，履職不到位、監管不及時，導致手下伶人私自亂舞黃師子，當然要被朝廷追究責任。

其實，種種跡象表明，「黃師子」之說，恐怕更像岳飛那個「莫須有」的罪名。眞正的原因，恐怕還在於他們兄弟倆與寧王、薛王、岐王等諸王的密切交遊上面。

因爲，開元八年（西元七二〇年）十月，唐玄宗李隆基因爲害怕諸王學自己當年的樣兒發動政變、奪取皇位，專門下了一道禁約諸王與諸大臣交遊的禁令。此令一下，類似王維這樣與諸王交遊多的朝臣，馬上就被以各種不傷諸王顏面的理由貶出京城。就連岐王、薛王本人，也於開元九年（西元七二一年）七月，先於王維被貶爲華州刺史和同州刺史。

王維這一貶，就是四年半，直到開元十四年（西元七二六年）春天才離開濟州，返回河南，任官淇上。

終於，在王維調任之後的開元十五年（西元七二七年），一直待在長安應舉的王縉也迎來了好運氣，得中「高才沉淪草澤自舉」科。此後，王縉的仕途一直就比哥哥王維順暢，他長年在京城任職，「累授侍御史、武部員外」。

直到開元二十三年（西元七三五年），王維才返回長安擔任從八品上的「右拾遺」職務，此後曆監察御史、左補闕、庫部員外郎、庫部郎中、吏部郎中、給事中等職。從此時起，王維、王縉兄弟倆就同在京城長安任職了。

大約從天寶三年（西元七四四年）開始，同時在京的王維、王縉兄弟倆，開始在長安郊區藍田縣營建輞川別墅。《新唐書．王維傳》說他們「兄弟皆篤志奉佛，食不葷，衣不文彩。別墅在輞川，地奇勝，有華子岡、欹湖、竹里館、柳浪、茱萸沜、辛夷塢，與裴迪遊其中，賦詩相酬為樂」。這一段兄弟倆同時在長安擔任京官的日子，安定而又舒適，平淡而又幸福。

直到，唐史上著名的「安史之亂」，撲面而來。

正所謂世事難料，一對親兄弟，面對同樣一個「安史之亂」，對於哥哥王維而言，是一次差點丟掉性命的危機；對於弟弟王縉而言，居然卻是一次得以躋身高官的機遇。

「安史之亂」的戰火燒到長安之時，王縉已不在長安。他受命去了太原府，出任從四品下的太原府少尹，負責輔佐當時的太原府尹李光弼，共同保衛這個大唐王朝的龍興之地；王維呢，則因爲仍是京官，留在了長安。兄弟倆就是因爲一在太原、一在長安，此後的人生際遇，就有了天壤之別。

弟弟王縉在太原，立下了平叛的軍功。至德二年（西元七五七年）正月，史思明、蔡希德發兵十萬進攻太原，並企圖在佔領太原後，由北道攻打唐肅宗李亨當時所在的靈武小朝廷。可是叛軍的如意算盤沒有打響，王縉和李光弼一起，居然以手中的一萬多人，硬是以少勝多、以弱勝強，守住了太原城池。同時，他們還利用安慶緒弒殺安祿山的叛軍內亂機會，派敢死隊出城打退叛軍，取得了太原保衛戰的完勝。

這是「安史之亂」以來，唐軍第一次在戰場上取得重大勝利，第一次遏制住了叛軍如潮的攻勢，爲後來收復兩京奠定了基礎。太原保衛戰勝利的消息傳到靈武，唐肅宗李亨大喜過望，封李光弼爲司空兼兵部尚書，仍兼同中書門下平章事，封爵魏國公。同時升官的還有王縉，他以本官太原少尹兼任憲部侍郎，也就是刑部正四品下的副部長，正式跨入高官行列。

然而，倒楣的是，留在長安的哥哥王維，卻不幸當了叛軍的俘虜，而且被迫出任了僞官。附逆叛軍，出任僞官，無論是否自願，在哪朝哪代，這都是殺頭的大罪。

還在太原時，王縉就接到了由好友裴迪親自傳來的消息，同時還接到了獄中王維所作的一首詩：「萬戶傷心生野煙，百僚何日再朝天。秋槐葉落空宮裡，凝碧池頭奏管弦。」

本來在剛接到王維被俘的消息時，王縉是痛苦萬分、一籌莫展的。但當他看到哥哥寫的這首詩，特別是其中那一句「百僚何日再朝天」時，他突然眼前一亮，計上心頭。

在謀劃營救王維的同時，王縉還和裴迪共同運作，使得王維寫的這首詩「時聞行在所」，即被唐肅宗李亨聽到了。

王縉爲何要在兄長身陷囹圄生死未卜、彼此又都身處戰火紛飛之中時，就開始費心費力地向靈武的唐肅宗李亨傳遞這樣區區的一首詩呢？這深刻體現了王縉營救哥哥的一番苦心和遠見卓識。

要知道，王維的這首詩，唐肅宗李亨是在靈武首次知道，還是在收復長安後首次知道，兩者的區別非常之大。最大的區別就是，李亨在靈武首次知道，那王維就還有生的機會；李亨在收復長安後首次知道，那王維可能還是得死。

現有史料太簡略，我們無法確知王維這首詩得以「時聞行在所」的具體過程，但他們一定想了很多辦法，找了很多唐肅宗李亨身邊的朝中大佬，利用了一些非常自然的不經意的機會，把王維的這首詩，擺到了李亨的眼前，傳到了李亨的耳中。

沒有事先埋下的這個伏筆，王維即使不死於叛軍之手，獲救後也會死於朝廷之手。

果然，至德二年（西元七五七年）十二月，收復長安的唐肅宗李亨，開始嚴厲追究包括王維在內的所有附逆官員的責任。

重壓之下的王縉不放心，在早就埋下了伏筆之後，爲了救下哥哥的性命，他又做了兩件事。一件事，是王縉找時封趙國公、時任中書令，並且對唐肅宗李亨有擁立之功的崔圓，爲王維向唐肅宗李亨求情；另一件事，是王縉直接上書皇帝，表示願意用削減自己官職的辦法，來替兄長王維贖罪。要知道，王縉可是爲大唐平叛立過大功的人。

這樣的人出面，皇帝不能不給三分薄面了。唐肅宗李亨終於同意了王縉的請求：對王維從輕處理，既不殺頭，也不流放，只是官降一階，去當正五品下的太子中允；王縉則由從三品的國子祭酒降級，重回四品官員序列，貶出京城，去當蜀州刺史。

對於王維、王縉兄弟而言，這是不幸中的萬幸。因爲，對於其他附逆官員的處罰，相當之重：最重的如達奚珣等十八人，被斬首於城西南獨柳樹下；次一等的如陳希烈等七人，賜自盡於大理寺；第三等的在京兆府門，被施以杖刑；第四、五、六等的，也是或流或貶。

逃過了一劫的王維，經此一難之後，內心十分自責。他的狀態受到了很大的打擊，從此失去了人生進取精神。這從他在乾元元年（西元七五八年）〈謝除太子中允表〉中的文字，可以讀出來：「臣維稽首言：伏奉某月日制，除臣太子中允，詔出宸衷，恩過望表，捧戴惶懼，不之所裁。臣聞食君之祿，死君之難。當逆胡干紀，上皇出宮，臣進不得從行，退不能自殺，情雖可察，罪不容誅……伏願陛下中興，逆賊殄滅，臣即出家修道，極其精勤，庶裨萬一……」

這種出家修道的想法，這種自怨自艾的心情，一直陪伴王維到了生命的盡頭。雖然他此後加集賢學士、遷中書舍人、尚書右丞，但在內心裡，他一直以朝廷的罪人自居。上元二年（西元七六一年）七月，王維六十二歲時去世。可以說，他是一直沒有放下，鬱結於心而逝的。

去世之前的四、五月間，預感到自己已來日無多的王維，一直牽掛著因自己而外貶任職的弟弟王縉，爲此特地向皇帝呈上〈責躬薦弟表〉，請求將弟弟調回京城。唐肅宗李亨倒也一直沒有忘記王維這位爲朝廷立下了大功的弟弟，同意了。這爲王縉後來得任宰相，打下了基礎。

王維去世時，由於王縉還沒來得及趕回長安，他在「臨終之際，以縉在鳳翔，忽索筆作別縉書。又與平生親故作別書數幅，多敦厲朋友奉佛修心之旨，舍筆而絕」。一代「詩佛」，就此而去。

王維去後數年，弟弟王縉升任黃門侍郎、同中書門下平章事，成爲深受唐代宗李豫信任的宰相。有一天，唐代宗李豫主動向王縉談起了他已經去世的哥哥王維：「寶應中，代宗語王縉曰：『朕嘗於諸王座聞維樂章，今傳幾何？』遣中人往取，縉裒集數十百篇上之。表曰：『臣兄文辭立身，行之餘力，當官堅正，秉操孤直，縱居要劇，不忘清淨，實見時輩，許以高流。至於晚年，彌加進道，端坐虛室，念茲無生，乘興為文，未嘗廢止。』詔答曰：『卿之伯氏，天下文宗。位歷先朝，名高希代。抗行周雅，長揖楚辭。調六氣於終篇，正五音於逸韻。泉飛藻思，雲散襟情。詩家者流，時論歸美。誦於人口，久郁文房。歌以國風，宜登樂府。視朝之後，乙夜將觀。石室所藏，歿而不朽。柏梁之會，今也則亡。乃眷棣華，克成編錄。聲猷益茂，歎息良深。』」

《唐詩紀事》的這段文字中，唐代宗李豫給予王維的官方評價很高，尤其是那個「天下文宗」，王維可謂當之無愧。從這個記載，我們也可以同時看出，王縉是王維今日留傳詩集的第一個編輯。

其實，王縉不僅可以當編輯，他本人的文才，也不在哥哥王維之下。今天我們關於「作家」這一稱呼，就起源於他的文才。據《盧氏雜記》載，王縉好與人作碑銘，有送潤毫者，誤叩其兄門，維曰：「大作家在那邊。」哥哥王維就此給弟弟王縉、也給我們今天的文學創作者們，送了一個雅號——作家。

巧合的是，和哥哥一樣，王縉本人也留下了一首頗爲不錯的重陽節詩——〈九日作〉：

「莫將邊地比京都，八月嚴霜草已枯。今日登高樽酒裡，不知能有菊花無。」

重陽節習俗知多少？

九月初九日，是「重陽節」，又稱「菊花節」、「老人節」。古人以「九」爲陽。九月初九，乃是雙九，也是雙陽，於是稱爲「重陽」。

「重陽節」三個字，作爲固定節日名稱，目前最早見於南朝梁人庾肩吾的〈九日侍宴樂游苑應令詩〉——「獻壽重陽節」。但重陽節作爲歷史悠久的節日，其萌芽比這要早，是在先秦時期。

關於重陽節的起源，流傳最廣的是「辟邪消災」說。最早見於南朝梁人吳均所撰《續齊諧記》：「汝南桓景，隨費長房遊學累年，長房謂曰：『九月九日，汝家中當有災。宜急去，令家人各作絳囊，盛茱萸以繫臂，登高飲菊花酒，此禍可除。』景如言，齊家登山。夕還，見雞犬牛羊一時暴死。長房聞之曰：『此可代也。』今世人九日登高飲酒，婦人帶茱萸囊，蓋始於此。」

這則記載中宛如半個神仙的費長房，是東漢時人。然而，在東漢之前的《西京雜記》，就早有記錄說：「九月九日佩茱萸，食蓬餌，飲菊花酒，云令人長壽。」這說明，早在西漢時期，九月九日雖然未必已命名「重陽節」，但已有佩茱萸、飲菊花酒的風俗，說明此日已成為一個特殊的日子。

到了西漢宣帝時期，九月九日又增加了一項「登高」的風俗。據宋人祝穆《古今事文類聚》記載：長安城中的「樂遊園漢宣帝所立……其地四望寬敞，每三月上巳，九月重陽，士女遊戲，就此祓禊登高」。

重陽節的起源，還有「慶豐收」、「嘗新」、「火星祭祀」等數種說法。

在我看來，把重陽節的各種起源說法綜合起來看，可以這樣理解：九為陽數，九月初九，二九相逢，二陽相重，是光明、幸福、吉祥的象徵；加之「九九」與「久久」諧音，是長久、長壽的象徵。兩個意義相加，更增加了在秋季豐收季節加以慶祝的喜慶意義，因此也就更加受到古人的重視。重陽節，即由此而來。

重陽節發源於先秦，成型於魏晉，鼎盛於唐宋。到了王維所在的唐朝，重陽節成爲官方確定的正月晦日、三月初三、九月初九的「三令節」之一。

有唐一代，從皇帝到百姓，都在歡度重陽佳節。唐中宗李顯就是一位熱中於過重陽節的皇帝，歷史上多有記錄：景龍二年（西元七〇八年），「九月，幸慈恩寺塔，上官氏獻詩，群臣並賦」。景龍三年（西元七〇九年）登高臨渭亭時，他還即興作詩：「九日正乘秋，三杯興已周。泛桂迎尊滿，吹花向酒浮。長房萸早熟，彭澤菊初收。何藉龍沙上，方得恣淹留。」可見，即使貴爲皇帝，歡度重陽節的活動內容，也還是和王維的兄弟們一樣：登高宴飲，茱萸菊花。

白居易曾在重陽節當天，參與過朝廷的節日賜宴。事後，深感皇恩浩蕩的他，寫下了〈九月九日謝恩賜曲江宴會狀〉，既給我們留下了唐朝重陽節賜宴的史料，也給我們留下了頌聖式官樣文章範本：「賜臣等於曲江宴會，特加宣慰，並賜酒脯等者。伏以重陽令節，大有豐年，賜宴於無事之朝，追歡於最勝之地。況天廚酒脯，御府管弦，寵錫忽降於寰中，慶幸實生於望外，仍加慰諭，曲被輝華。臣等各以凡才，同參密職，幸偶休明之日，多承飫賜之恩。樂感形骸，歡容動而成舞；澤均草木，秋色變以為春。徒激丹心，豈報元澤？」

而從上面的記錄可見，唐朝重陽節的節日習俗，主要就是「登高宴飲」、「飲菊花酒、茱萸酒」和「佩戴菊花、茱萸」三項。

在重陽節的當天，登高望遠，並進行宴飲，是王維所在的唐朝度過重陽節的主要活動，所以王維才會在〈九月九日憶山東兄弟〉中寫「遙知兄弟登高處」。

菊花、茱萸，是重陽節的主打植物。唐人孫思邈的《千金方》載：「重陽之日，必以肴酒登高眺遠，為時宴之遊。賞菊以暢秋志。酒必采茱萸、甘菊以泛之，既醉而還。」可見，作爲節日主打植物，重陽節菊花、茱萸的第一個作用，是泡酒。從記載來看，當時的菊花酒、茱萸酒，似乎並非經由長期炮製所成，而是即時摘下，投入酒中「以泛之」，從而製成簡易版菊花酒、茱萸酒，供人們在重陽節一飲而盡。

重陽節菊花、茱萸的第二個作用，就是觀賞和佩戴。正如唐人李綽在《輦下歲時記》中所記錄的那樣，「九日宮掖間爭插菊花，民俗尤甚」。杜牧在〈九日齊山登高〉中所寫「塵世難逢開口笑，菊花須插滿頭歸」，這是把菊花插在頭上；而孟浩然在〈過故人莊〉中說「待到重陽日，還來就菊花」，這是在觀賞菊花。

王維在這首〈九月九日憶山東兄弟〉中所說的「遍插茱萸少一人」，就是把茱萸插在頭上；佩戴茱萸，則是將其裝於香囊之中，隨身佩戴，取其辟邪消災之意。

值得一提的是，唐朝的重陽節，還是一個盛產文學名篇的節日。在王維寫下〈九月九日憶山東兄弟〉的四五十年之前，也是在唐朝的重陽節日裡，在南昌滕王閣的重陽登高宴飲中，就誕生了王勃的千古名篇——〈滕王閣序〉。

下元　十月十五

楊萬里〈下元日詣會慶節所道場，呈余處恭尚書〉

琳宮朝謁早追趨，漏盡銅壺殺點初。
半縷碧雲橫界月，一規銀鏡裂成梳。
自拈沈水祈天壽，散作霏煙滿玉虛。
已被新寒欺病骨，柳陰偏隔日光疏。

南宋紹熙二年（西元一一九一年）十月十五日，金陵（今江蘇南京）。這一天正值下元節，江東轉運副使、權總領淮西江東軍馬錢糧楊萬里，一大早就約上了同城爲官的多年好友——江東安撫使、知建康府余處恭，一起前往寺院敬香。

敬香之後，大詩人楊萬里寫下了這首〈下元日詣會慶節所道場，呈余處恭尚書〉：

琳宮朝謁早追趨，漏盡銅壺殺點初：下元節的一大早，我就追隨余處恭尚書前往寺院，拜謁敬香。

半縷碧雲橫界月，一規銀鏡裂成梳：天色尚早，天上的一輪圓月，被浮雲分隔成了一把梳子的樣子。

自拈沈水祈天壽，散作霏煙滿玉虛：來到寺院之後，我敬上一炷沉香，爲家人祈福；沉香在寺院之中飄散，彷彿五色祥雲。

沈水，即「沉水」，「沉香」的別稱，此處指用沉香製成的線香。

已被新寒欺病骨，柳陰偏隔日光疏：今天早上出來的太陽，偏偏又被柳樹擋住了，讓我這把又老又病的骨頭，感覺到了今年的第一次寒冷。

這一年的楊萬里，六十五歲。身邊的好友余處恭，也已經五十七歲了。在農曆十月十五日的清晨寒風裡，兩位老人當然會感覺冷了。

然而有人指出，楊萬里此詩的最後兩句，「新寒」、「柳陰」均暗指朝中權貴，「欺病骨」、「日光疏」則指作者政治抱負不得施展的憤懣和無奈。這兩句抒發了作者對於國家現狀不滿卻又無力改變的心情，表現了作者憂國憂民的情懷。

什麼叫過度解讀？這就叫過度解讀。證據，在余處恭對楊萬里的和詩裡，可以找到。

在楊萬里這首〈下元日詣會慶節所道場，呈余處恭尚書〉之後，同樣也是詩人的余處恭，寫了一首和詩——〈和楊廷秀下元日詣會慶節所道場〉。最後兩句，余處恭寫道：「祝聖歸來無一事，時平翻恨酒杯疏。」意思是說，下元節敬香回來之後，閒著無事的余處恭想喝酒了。

換句話說，楊萬里這首詩的最後兩句，如果眞是表達了個人政治抱負未能實現而憂國憂民的話，余處恭作爲多年好友，不可能看不出來，也不可能不在和詩中有所表示和安慰，更不可能毫無心肝地要酒喝了。

我們尊重和喜愛大詩人，這沒有錯；我們同情和感慨大詩人仕途坎坷，這也可以理解。但就這兩首詩而言，說穿了，這就是兩個年過半百的老人，一起在下元節相約，敬個香，寫個詩，喝個酒，聊聊節日與天氣，聊聊詩和遠方而已。

再說，楊萬里此時的官職，未必就不是重用，即便不是重用，他也不必矯情地處處都要說，時時都要說，人人都要說。要知道，就算楊萬里仕途坎坷，此時身邊的好友余處恭，卻正處於官場坦途之上：此後不久，他就當上了宰相，而且還是一個史稱「南渡名宰」的人。

余處恭，名端禮，字處恭，衢州龍遊人。余處恭是在這年二月，才來到金陵，擔任現職的。此前，他在京城任官，職務是「吏部侍郎、權刑部尚書，兼侍講」。楊萬里之所以在詩裡稱呼他爲「尚書」，是針對他此前的職務而敬稱的。這一年，楊萬里還在另一首〈中元前賀余處恭尚書禱雨沛然沾足〉詩裡，稱呼他爲「尚書」。

楊萬里與余處恭是多年唱和的詩友，在稱呼上的變化是很多的。僅在這一年的和詩之中，楊萬里對余處恭就還有多個敬稱。

有僅稱其字的，如〈謝余處恭送七夕酒果蜜食化生兒〉；有稱其爲「建康帥」的，如〈賀建康帥余處恭迎寶公禱雨隨應〉，這是針對余處恭此時的職務「江東安撫使、知建康府」而言的；有稱其爲「留守」的，如〈陪留守余處恭總領錢進思提刑傅景仁遊清涼寺即古石頭城〉，這是針對余處恭在金陵的另一個兼職「兼行宮留守」而言的。

從楊萬里上面的這些詩題裡，可以看出，在紹熙二年（西元一一九一年）這一整年的節日裡，至少在七夕節、中元節、下元節三個節日裡，他們二人都是詩酒唱和，共度佳節的。

一場宮鬥引發的南宋沒落史

楊萬里、余處恭相約度過下元節的半個多月之後，在南宋首都臨安的皇宮裡，一個姓李的女人殺了一個姓黃的女人。

姓李的女人，是皇后；姓黃的女人，是貴妃。劇情很簡單：宋光宗趙惇喜歡小老婆黃貴妃，大老婆李皇后由妒生恨，於是趁著宋光宗因祭天住在齋宮的機會，直接下手殺了黃貴妃，拋屍宮外之後，「以暴卒聞」。

殺了人之後的李皇后以為，自己只是像撚死一隻螞蟻一樣殺死了一個情敵；她哪裡知道，她實際上是釋放出了南宋史上最大的那一隻蝴蝶。現在這隻蝴蝶，輕輕地搧動了翅膀。

這個蝴蝶效應，即將影響她老公宋光宗的健康和皇位，即將影響她公公宋孝宗趙昚的健康和壽命，即將導致一代權相韓侂冑的誕生，也即將影響楊萬里好友余處恭的仕途進程，最終影響南宋王朝的國運。所以，這是一件影響深遠的殺人案。

首先影響的是宋光宗，史稱「十一月……辛未，有事於太廟。皇后李氏殺黃貴妃，以暴卒聞。壬申，合祭天地於圜丘，以太祖、太宗配，大風雨，不成禮而罷。帝既聞貴妃卒，又值此變，震懼感疾。」、「黃貴妃有寵，因帝親郊，宿齋宮，後殺之，以暴卒聞。是夕風雨大作，黃壇燭盡滅，不能成禮。帝疾由是益增劇，不視朝，政事多決於后矣」。

要命的是，這一次宋光宗不僅「感疾」，而且得了很嚴重的精神疾病，絕大部分時間神志無法保持清醒，以致不能正常處理日常政務。於是，殺了人的李皇后，反而大權在握了。

不久，因爲冊立皇太子的人選一事，在李皇后的直接導演下，已經生了病的宋光宗，又與自己的父親、當時已退位爲太上皇、尊稱爲「壽皇」的宋孝宗產生了巨大的衝突：「頃之，內宴，后請立嘉王擴為太子，壽皇不許。后曰：『妾六禮所聘，嘉王妾親生也，何為不可？』壽皇大怒，後持嘉王泣訴於帝，謂壽皇有廢立意，帝惑之，遂不朝太上。」從此，兒子宋光宗與自己的親生父親宋孝宗，就很少見面了。

而李皇后惹得宋孝宗大怒的這兩句話，均有所指，「妾六禮所聘」，意思是說，李皇后自己是宋光宗明媒正娶的正宮，而宋孝宗此時的謝皇后是由嬪妃晉升；「嘉王妾親生也」，意思是說，宋孝宗並非宋高宗趙構親生兒子卻得以繼位，如今嘉王趙擴是宋光宗趙惇與李皇后親生，爲何反而不得立爲太子？

李皇后說的都是實情，但作爲兒媳婦，說話絲毫不留情面，字字揭短，句句打臉，條條傷心。公公宋孝宗和婆婆謝皇后，能不大怒嗎？

常理而言，宋光宗趙惇和李皇后要立嘉王趙擴爲太子的要求並不過分，因爲他們夫妻倆只此一子。而宋孝宗作爲爺爺，非要在孫子的事情上做主，甚至還有改立非宋光宗親生的另一個孫子趙炌之意，不能不使兒子宋光宗和兒媳李皇后心生嫌隙。

從此，兒子宋光宗和兒媳李皇后就找出各種藉口，長期不去重華宮看望公公和婆婆了。要知道，宋朝以孝治天下。一舉一動爲天下法、萬世法的現任皇帝夫婦，居然連起碼的探視父母都不能做到，何以君臨天下、撫御萬邦？這可急壞了當時的大臣們。

在《歷代名臣奏議》卷十一、卷十二的「孝親」之中，收錄了自紹熙二年（西元一一九一年）以來，包括大名人陸游、朱熹、周必大、趙汝愚、黃裳（就是金庸先生說寫出了《九陰眞經》的那位武林高手）等人的奏疏數十篇，全部是勸宋光宗這位有權任性的「爺」，去看看自己的親爹的。

到了紹熙四年（西元一一九三年），余處恭調回京城，擔任「同知樞密院事」這樣的宰相之職時，面對的仍然是進一步惡化的政治局面：光宗以自己有病爲由，一概拒絕看爹，引發朝野騷動。不孝之名，震驚天下。宋孝宗不幸，垂暮之年逢此逆子，於紹熙五年六月初九日，在鬱悶中死去。親生父親去世，光宗再出驚人之舉：他居然拒絕出面主持父親的喪事，導致孝宗面臨無法發喪的被動局面。

皇家出現如此亂局，導致國家政局也因此陷入一片混亂局面：「中外訛言益甚，或言某將輒奔赴，或傳某軍私聚哭，大抵皆反矣。朝士潛遁者前後數人，私竊以家去者甚眾，近幸富民，競匿重器村舍中，都人朝夕不自聊。」朝野上下均已看出，孝宗死，光宗又無力領導國家，萬一有小人趁亂而起，至少臨安城馬上就是大亂之局。所以，大臣中有人逃跑，富戶也把金銀財寶運出城外，藏於郊區農村之中，以備兵亂逃難之需。

關鍵時刻，重臣們也意見不一。首相留正認爲「以上疾未克主喪，宜立皇太子監國，若喪盡未倦勤，當復辟」。他屬意嘉王趙擴，並且留有喪事辦完後宋光宗趙惇繼續執政的尾巴。可是嘉王趙擴的問題在於，一是他此時並非皇太子，二是他年齡較小，缺少政治經驗，在這種危疑時刻，只怕難以服眾。

此時的同知樞密院事余處恭，則另有定見。正是他，首先倡議並且一錘定音：「不有唐肅宗朝群臣發哀太極殿故事乎？今日之事，宜奏太皇太后，請代行祭奠之禮，以靖國人。」余處恭此議一出，馬上得到了自己的直接上級——知樞密院事趙汝愚的贊同。

余處恭這個倡議最大的價值在於，在這個舉國危疑的時刻，請出了當時南宋王朝的唯一一根「定海神針」——太皇太后吳氏，南宋第一位皇帝宋高宗趙構的皇后，中國史上唯一一位在位長達五十五年的皇后。

此時此刻，這位「超長待機王」皇后，以南宋第一位皇帝的皇后、宋孝宗養母的身分，出面主持他的葬禮，於情於禮，於國於家，都說得過去。何況，余處恭還提出了仿照唐肅宗朝群臣發哀太極殿故事，來處理宋光宗趙惇不願出面主持父親的喪事這個棘手問題。

所謂「唐肅宗朝群臣發哀太極殿故事」，是指唐玄宗李隆基於唐寶應元年（西元七六二年）四月五日駕崩，當時他的兒子唐肅宗李亨也病得起不了床，無法主持父親的喪事，於是用「上以寢疾，發哀於內殿，群臣發哀於太極殿」的辦法，來作爲變通。

同樣是因病不能主持親生父親的喪事，宋光宗與唐肅宗的區別在於：唐肅宗是真病得起不了床，他在父親去世十三天之後也去世了。宋光宗的病則在於精神疾病，而且還有清醒的時候；他之所以這麼幹，主要還是恨自己的父親不讓自己的兒子繼承皇位。

無論如何，余處恭的倡議，一舉解決了南宋王朝當時的一大難題。當然，他的這個倡議在具體執行上，稍稍變了個樣，變成了南宋史上著名的「紹熙內禪」。

「紹熙內禪」，實際上就是「紹熙廢立」。就是在余處恭和自己的直接上級知樞密院事趙汝愚的居中謀劃下，在當時一個小官「知閤門事」、後來一代權相韓侂胄的奔走聯絡下，在南宋「定海神針」太皇太后吳氏的主持下，宋光宗趙惇被廢，他的兒子嘉王趙擴直接繼位，是爲宋寧宗。

宋寧宗趙擴得以在父親還在世時就繼位，一個關鍵就是余處恭倡議請出了太皇太后吳氏，另一個關鍵就是韓侂胄以太皇太后吳氏親外甥的身分上下聯絡、內外奔走。所以，宋寧宗給了韓侂胄和余處恭二人豐厚的回報。韓侂胄由此成長爲「一人之下，萬人之上」的權相，而余處恭也「兼參知政事」，不久即遷「知樞密院事」、右丞相、左丞相。

余處恭在任宰相期間，雖然已開始逐步受到新近崛起權相韓侂胄的鉗制，但史稱他「唯以全護善類為急」。這其中，最大的一個「善類」，自然就是自己的好朋友楊萬里。

金陵城一別之後，楊萬里從「江東轉運副使、權總領淮西江東軍馬錢糧」一職上歸隱家鄉，一隱就是十五年。然而，在這十五年裡，楊萬里人在家鄉，所授官職倒是越來越多，爵位級別也越來越高，先是吉水縣開國子，後是吉水縣伯，最後竟然直接封侯了——廬陵郡侯，加食邑二百戶。

楊萬里能夠做到「人在家中坐，侯爵天上來」，可以說主要來自老朋友余處恭的眷顧。這一點，楊萬里心知肚明。嘉泰元年（西元一二〇一年），余處恭以小楊萬里八歲的年紀，先楊萬里五年而死，年僅六十七歲。

楊萬里聞此噩耗，既感其知遇，又痛其早逝，所以寫出來的輓詩，就一字一淚、哀婉動人：「天下非無士，胸中自有人。如何初拜相，首薦一遺民？恩我丘山小，懷公骨肉親。白頭哭知己，東望獨傷神。」

十月十五送寒衣

農曆十月十五日，是「下元節」，又稱「下元日」、「下元」。這是一個起源於道教的節日，盛行於宋朝，明清時依然流行，衰落於民國。

南宋吳自牧《夢粱錄》載：「十月十五日，水官解厄之日，宮觀士庶，設齋建醮，或解厄，或薦亡。」同時，在這一天，宋朝還有不得執行死刑和禁屠的規定。《宋史．方伎傳》載：「上言三元日，上元天官，中元地官，下元水官，各主錄人之善惡，皆不可以斷極刑事。」

道教以正月十五日爲上元節，紀念爲人間賜福的天官；以七月十五日爲中元節，紀念爲人間赦罪的地官；以十月十五日爲下元節，紀念爲人間解厄的水官。

下元節的第一項節日風俗，是祭祀祖先、祈福家人。

這個風俗，楊萬里在〈下元日詣會慶節所道場，呈余處恭尚書〉裡面寫得清楚，他一大早和余處恭一起趕到寺院，就是爲了「自拈沈水祈天壽」，以祭祀祖先，向祖先的靈魂致敬。其最終目的，就是祈求祖先的在天之靈庇佑後代家人。

同時，楊萬里在詩裡說「已被新寒欺病骨」，是因爲下元節之時，已屬初冬時節，天氣已經比較寒冷。在這樣的氣候特點下，有些地方在過下元節時，就有製作紙衣，然後在祭祀祖先時焚化的習俗，稱爲「送寒衣」。

下元節的第二項節日風俗，是點燈、賞燈。

據洪邁記載：「太平興國五年十月下元，京城始張燈，如上元之夕。」可見，當時的下元節和上元節一樣，也是張燈結綵的。另外，從楊萬里的詩來看，宋朝人在度過下元節時，似乎在節日當天都是很早就起床，前往附近的寺院，拜謁敬香的。

楊萬里過下元節，就起得早。他在這首〈下元日詣會慶節所道場，呈余處恭尚書〉詩裡寫道：「琳宮朝謁早追趨，漏盡銅壺殺點初。」還寫到自己是在月光之下前往寺院的，「半縷碧雲橫界月」。

無獨有偶，和楊萬里也是好友的陸游，過下元節也起得早，五更就起了床——〈下元日五更詣天慶觀寶林寺〉，楊萬里看到了月亮，陸游則看見了星星，「樓外曉星猶磊落」。

臘八　十二月初八

趙萬年〈臘八危家餉粥有感〉

襄陽城外漲胡塵，矢石叢中未死身。

不爲主人供粥餉，爭知臘八是今辰。

南宋開禧二年（西元一二〇六年）十二月初八日，臘八節。臨近春節的襄陽城，卻沒有「過了臘八就是年」的熱鬧節日氣氛。因爲此時此刻，襄陽正處於二十萬金軍的重重圍困和日夜攻打之中。

金軍是從這年十一月初，開始進圍襄陽的，到臘八節這天，已經一月有餘了。攻城以來，大戰、小戰不斷，水戰、陸戰頻仍，襄陽重鎭無時無刻不處於危險之中。

這首〈臘八危家餉粥有感〉，是時任「襄陽制置司幹辦官」的趙萬年，協助京西北路招撫使、知襄陽府趙淳，率領約萬餘守卒，在幾乎天天接戰、親冒矢石、苦守孤城、九死一生的戎馬倥傯之中寫就的。

襄陽城外漲胡塵，矢石叢中未死身：今天的襄陽城外，彌漫著攻城的胡人兵馬揚起的沙塵，戰況異常慘烈。我在如雨的矢石之中，拼死戰鬥，九死一生。

不為主人供粥餉，爭知臘八是今辰：如果不是有危姓人家饋贈臘八粥，我哪裡會記得今天還是臘八節啊。

征戰繁忙的趙萬年，忘記了臘八節。可是，襄陽圍城之中，仍然有人記得今天是臘八節。這位姓危的人家，在趙萬年戰鬥的間隙，給他送來了一碗臘八粥。估計，趙萬年在喝下這碗臘八粥時，身上的硝煙尚未散盡。可是，仗要打，節也要過。這樣的城市，堅定、從容；這樣的戰士，淡定、樂觀。

開禧二年（西元一二〇六年）的趙萬年，正值黃金年華的三十九歲。他生於乾道四年（西元一一六八年），名萬年，字方叔，福建霞浦人。他在年輕時，曾遠赴閩北，跟隨朱熹學習。慶元二年（西元一一九六年）二十九歲時，趙萬年以武舉入仕，累遷至「襄陽制置司幹辦官」。

趙萬年能以武舉入仕，說明其武藝過人、膽識過人。這次金軍大舉攻城，襄陽守軍僅萬餘人，趙萬年的同僚官員紛紛逃遁，只有他不但不走，反而盡職盡責地修造武器，堅壁清野，儲備糧食，還力勸剛剛由荊鄂都統制調任京西北路招撫使、知襄陽府的趙淳，死守襄陽。

趙萬年文武兼資，《全宋詩》收錄其詩十三首，《全宋文》亦收錄其文章。包括這首〈臘八危家餉粥有感〉在內，其在守城期間所寫的直抒胸臆的抗敵詩歌，後來結集為《裨幄集》。就在這次襄陽守城期間，他還撰下〈手板諭漢兒軍〉，分化、瓦解金軍中的漢人軍隊；寫下

〈勉諸司上幕協力與趙招撫守城〉，勉勵、鼓舞城中官員，協力守城，共克時艱。更爲重要的是，關於這次死守襄陽，趙萬年還留下了一部史料價值極高的《襄陽守城錄》。清朝史學大師章學誠撰著《湖北通志‧開禧守襄陽傳》時，即主要取材於趙萬年的這部《襄陽守城錄》。

根據這部《襄陽守城錄》，在這次死守襄陽的過程中，趙淳、趙萬年別說臘八節了，就是除夕、元日，都是在戰鬥中度過的。

臘八節這天的戰事，趙萬年是這樣記錄的：「八日，探得虜賊欲從江北渡過南岸，遂差裴顯部官兵駕船迎殺之。」

除夕的前一天夜裡，兩軍還在激烈交戰：「二十九日，夜遣廖彥忠、路世忠復將所部人出南門劫寨，殺傷甚多，一人就擒，防衆追逐，遂斫首級而還。奪到鞍馬弓槍刀甲及救回被擄老小六口。又遣排岸使臣張椿將十四人駕船往源漳灘，燒劫虜寨，奪到虜客船五隻。又往萬山燒寨，奪回被擄老小二十二口、衣甲等物。」

第二天是過年，也許兩軍都有默契吧，除夕無戰事；但到了元日，戰事又起：「三年正月一日，夜遣旅世雄、張椿將水手三十五人駕船往源漳灘，劫燒虜寨，奪渡船三隻。」

從上面趙萬年作爲當事人的第一手記錄可見，這年年終的幾個大節，趙淳、趙萬年二人及襄陽守城全體將士，都是在「矢石叢中未死身」之中度過的。但好在，他們這次死守襄陽，結果是好的，取得了巨大的成功。

從開禧二年（一二〇六年）十一月初到次年二月底，襄陽被圍九十餘日，以萬餘守卒，抵抗金人二十萬大軍，大戰二十多次，水陸攻城三十四次，最終城得以全、圍得以解，造就了一段南宋軍事史上的傳奇。

襄陽亡，則南宋亡

趙萬年在寫下〈臘八危家餉粥有感〉之時誓死守衛的襄陽，對於南宋王朝，有著滅國級的意義。換句話說：襄陽存，南宋存；襄陽亡，南宋亡。

眾所周知，南宋的北部國防線，沿著秦嶺、淮河一線展開。自西向東，並列著三大戰區——川陝戰區、荊襄戰區、江淮戰區。三大戰區，是一個攻防兼備、相互依存的整體，也是一個彼此呼應、互相支援的體系。

具體來講，三者的關係可以用南宋著名史家李燾在《六朝通鑑博議》中的話來概括：「吳為天下之首，蜀為天下之尾，而荊楚為天下之中，擊其首則尾至，擊其尾則首至，擊其中則首尾俱至。」

這段話中，李燾把江淮戰區簡稱爲「吳」，把川陝戰區簡稱爲「蜀」，把荊襄戰區簡稱爲「荊楚」。名雖稍異，但言簡意賅。

就實際戰例而言，荊襄戰區在三大戰區中，處於左右逢源的中樞地位。如敵攻擊江淮戰區，則荊襄戰區至少有三個救援方案，或取陳、蔡攻敵必救，或出蘄、黃撫敵之背，或直下東南救援臨安；如敵攻擊川陝戰區，則荊襄戰區可北出宛、洛，再趨商、虢，形成前後夾擊之勢；而如敵攻擊荊襄戰區，則江淮戰區、川陝戰區首尾俱至，可形成三面夾擊之勢。

襄陽，就是荊襄戰區最核心的軍事重鎮。自古以來，此地就是東西南北的交通要衝，「北通汝洛，西帶秦蜀，南遮湖廣，東瞰吳越」，進之可以圖西北，退之可以固東南。宋人徐夢莘在《三朝北盟會編》中如是認識襄陽：「惟襄陽西接蜀漢，南引江淮，可以號令四方」、「控制南北，以圖中原」、「襄陽上游，襟帶吳蜀，我若得之，進可以蹙敵，退可以保境」。

南宋與金國，此時此刻所爭的，就是天下。所以「以天下言之則重在襄陽」，得襄陽者得天下，失襄陽者失天下。

然而，偏安一隅的南宋，在建國之初，其國土範圍，卻並沒有包括襄陽這個軍事重鎮。當時的襄陽，落在了金國扶持的劉豫僞齊政權手中。

對於襄陽不在南宋手中這一巨大的國防缺陷，一代名將岳飛看得最清楚。他屢次上書朝廷，要求出兵收復襄漢六郡，作爲恢復中原的出發基地。而襄陽，正是在岳飛的手中收復的。這也是抗金一生的岳飛，留給南宋的最大一筆軍事財富。

紹興四年（西元一一三四年）四月，岳飛經鄂州北上，北伐襄陽。名將出手，自然是勢如破竹，所向披靡。一日取郢州，分兵略隨州，一戰克襄陽。不到一個月的時間，岳飛就活生生打出了一個荊襄戰區。

荊襄戰區的恢復，不僅完善了南宋的國防防禦體系，而且打通了由荊襄戰區北上迂迴敵人側背的通道。這對於當時呈膠著狀態的川陝戰區和江淮戰區，是一個重大利多。

宋高宗趙構不意一直只給自己帶來絕望的宋軍，在久敗之後居然還能有如此作爲，驚喜萬分地說：「朕素聞飛行軍極有紀律，未知能破敵如此。」讀史至此，實在是替趙構可惜，手中有如此戰神、如此利刃，卻不知善加利用，只知一味地猜忌、限制，活該他恢復不了北宋的疆域。

岳飛奪回襄陽以後，南宋從此加強了對襄陽的控制，「以襄陽府，隨、郢、唐、鄧州，信陽軍六郡為襄陽府路」，由岳飛兼領其地。紹興六年（西元一一三六年），宋高宗趙構更是命岳飛率軍移防，親自鎮守襄陽。

岳飛移鎮襄陽之後，一方面屯田以發展生產，一方面練兵以進窺中原。他把襄陽經營成了南宋抗擊金軍侵略的軍事重鎮，也變成了北伐進軍的出發基地。紹興十年（西元一一四〇年）岳飛那次氣勢如虹的北伐，就是以襄陽爲出發地的。

岳飛後來雖然含冤屈死，岳家軍也被肢解調離，但襄陽的重要軍事地位，無論是岳飛本人，還是後來鎮守襄陽的人，都是知道的。所以，自宋金「紹興和議」開始，襄陽就一直牢牢控制在南宋手中。

直到趙萬年寫下〈臘八危家餉粥有感〉的開禧二年（西元一二〇六年），襄陽才再一次陷入戰火之中。而這一次金軍大舉圍攻襄陽城，和趙淳、趙萬年的殊死力戰，其實還有一個巨大的背景。

前面提及川陝戰區、荊襄戰區、江淮戰區三大戰區的關係時，曾有「荊楚為天下之中……

擊其中則首尾俱至」的說法。也就是說，在襄陽遭到攻擊時，江淮戰區和川陝戰區的援軍，應該首尾俱至，會同襄陽守軍，對金軍形成三面夾擊。

理想很豐滿，現實卻很骨感。開禧二年的實際情況是，趙淳、趙萬年在襄陽甫一被圍時，即「募死士走間道、齎蠟彈，告急諸處乞救」，然而「凡三月，救兵竟無一至」。

此時此刻的江淮戰區、川陝戰區，之所以俱不救援襄陽，只是因為這兩個戰區已經被打殘了。而它們之所以被打殘，也是因為那個巨大的背景。

這個巨大的背景，就是南宋史上著名的「開禧北伐」。這是南宋權臣韓侂冑為求個人軍功，未經充分準備就倉促進行的一次北伐。

「開禧北伐」的第一階段，是宋軍在川陝戰區、荊襄戰區、江淮戰區的全面進攻。江淮戰區是主戰場，由京東招撫使郭倪攻宿州，建康府都統制李爽攻壽州；荊襄戰區方面，由江陵府副都統制皇甫斌攻唐州，江州都統制王大節攻蔡州；川陝戰區方面，由陝西河東招討使吳曦北出河池，窺視關隴，以牽制金兵東調江淮戰區。

然而，轉眼而來的就是全面潰敗。江淮戰區雖有名將畢再遇連戰連捷的曇花一現，卻已難以挽回潰敗大局；荊襄戰區則是一再潰敗，無一勝局；川陝戰區則更加離譜，吳曦早已同金人暗通款曲，準備投降當金國的「蜀王」了。

在這樣的情況下，「開禧北伐」開始轉入第二階段，金軍開始在三大戰區全面反攻。於是，趙淳、趙萬年防守的襄陽，重新陷入戰火之中，暴露在金軍反攻的刀鋒之下。所以，此時此刻的江淮戰區、川陝戰區，自顧尚且不暇，哪裡還有餘力救援襄陽？

關於這次「開禧北伐」，南宋人程珌在其《洺水集》中這樣總結：「百年養教之兵一日而潰，百年葺治之器一日而散，百年公私之蓋藏一日而空，百年中原之人心一日而失。」反而，只有趙淳、趙萬年苦苦守住的襄陽，成爲「開禧北伐」中的最後一絲亮色，成爲南宋國防體系中的最後一根救命稻草。

其實，就在趙萬年寫下〈臘八危家餉粥有感〉的這一年——開禧二年（西元一二〇六年），在距離襄陽幾千公里之外的斡難河畔，襄陽這座城池乃至南宋這個王朝的終結者，已經生成。吊詭的是，居然不是現在正和趙萬年拼死廝殺的金國人。他的名字，叫鐵木眞。就在這一年，他被擁立爲「成吉思汗」。

六十一年之後，南宋咸淳三年（西元一二六七年），成吉思汗的孫子忽必烈正式下令元軍攻打襄陽。這一次，防守襄陽的，不再是早已逝去的趙淳和趙萬年，也不是金庸先生虛構的郭靖、黃蓉夫妻倆，而是呂文德、呂文煥兄弟倆。

沒有了趙淳和趙萬年，襄陽再也沒有了勝利之神的眷顧；而沒有了郭靖和黃蓉，襄陽似乎連死守的底氣都沒有了。守將呂文德、呂文煥兄弟本爲奸相賈似道親信的出身，已經註定了襄陽此戰的結局。咸淳九年（西元一二七三年）二月，襄陽陷落。

失襄陽者失天下。南宋滅亡的大門，就此打開。襄陽陷落三年之後，南宋首都臨安失守；襄陽陷落六年之後，南宋王朝來到了崖山終點。

二趙時的襄陽存，於是南宋存；二呂時的襄陽亡，於是南宋亡。

古人的臘八眞熱鬧

十二月初八，是中國傳統節日之一——「臘八節」。按照農曆，每年十二月爲「臘月」。《禮記·月令》孔穎達疏「臘，獵也。謂獵取禽獸以祭先祖五祀也」。一般認爲，臘八節就是起源於古代臘月所舉行的祭祀儀式，《荊楚歲時記》云：「十二月八日為臘日……其日並以豚酒祭灶神。」此後，臘八節在一定程度上受到了佛教的影響，最終得以形成。

臘八節是一個非常重要的中國傳統節日，在我們的生活經驗中，是將其作爲春節即將到來的標識之一的。這是因爲，臘八節是進入臘月的第一個節日。這樣一個節日的到來，使得我們無論是在日常生活中還是在心理期待上，都已經開始爲春節做準備了。「小孩小孩你別饞，過了臘八就是年」、「喝了臘八粥，就把年來數」，都是在告訴我們，從臘八節開始，可以進入忙年、過年的狀態了。

縱向地回顧臘八節的歷史，臘八節孕育於先秦兩漢，形成於魏晉南北朝，持續發展於唐宋，繁榮興盛於明清，衰落於清末民國，直到今天仍然處於衰落狀態。當然，在趙萬年寫〈臘八危家餉粥有感〉的宋朝，臘八節還是一個上至皇帝大臣、下至平民百姓都非常重視的節日。

臘八節的節日風俗，第一項當然是喝臘八粥。

今天，臘八粥已成爲臘八節的主要標誌。事實上，臘八粥並不是從一開始就是臘八節的習俗。臘八粥的興起，比臘八節本身還要晚一些。

直到宋朝，臘八粥才成爲臘八節的習俗，其文字記錄也最早見於北宋時期。孟元老《東京夢華錄·十二月》：「初八日……諸大寺作浴佛會，並送七寶五味粥於門徒，謂之『臘八粥』。都人是日各家亦以果子雜料煮粥而食也。」周密的《武林舊事》也記載：「八日，則寺院及人家用胡桃、松子、乳蕈、柿、栗之類作粥，謂之『臘八粥』。」

從以上的記錄可知，由於深受佛教影響，最早的臘八粥應該是素粥。

臘八粥熬好之後，第一件事情，就是要用臘八粥祭祀祖先。

臘八節本就源於祭祀。在先秦時期，這樣的祭祀分爲兩種——蠟祭、臘祭。兩者的區別，隋朝的杜臺卿在《玉燭寶典》中分得清楚：「臘者祭先祖，蠟者報百神，同日異祭也。」也就是說，臘祭是祭祀祖先，祭品爲獵獲的野獸，祭祀場合在宗廟；蠟祭則是祭祀神靈，其祭品爲收穫的五穀，祭祀場合在郊外。

但自秦漢以來，蠟祭與臘祭已經逐步合二爲一，成爲同一個祭祀活動了。到了今天，我們老百姓過臘八節，如果非要講究一下儀式感，用臘八粥祭祀一下自己家的祖先，就可以了。

臘八粥還可以用來贈送親朋好友、鄰居鄉親。大詩人陸游晚年在家鄉山陰閒居時，就曾經在臘八節接受過鄉親們饋贈的臘八粥，寫有〈十二月八日步至西村〉：「今朝佛粥更相饋，更覺江村節物新。」

在祭祀祖先、饋贈親友之後，我們就可以全家人一起吃臘八粥、過臘八節了。

臘八節的節日風俗，第二項是互送臘藥。

《武林舊事》記載：到了臘八節這天，「醫家亦多合藥劑，侑以虎頭丹、八神、屠蘇，貯以絳囊，饋遺大家，謂之『臘藥』」。這是民間臘八節送臘藥。在宋朝，每到臘八節，皇帝還會頒賜百官臘藥：「臘日賜宰執、親王、三衙從官、內侍省官並外閫、前宰執等臘藥，系和劑局造進及御藥院特旨製造，銀合各一百兩以至五十兩、三十兩各有差。」這種臘藥，應該是一種預防時疫的中藥。

用今天的眼光來看，宋人還是頗具分享精神的：因為那時的臘八節，臘八粥要互相饋贈，臘藥也要互相饋贈。而這種分享，也是頗具智慧的。要知道，這種節日標誌物的互相饋贈，必然會帶來節日習俗的互相影響，帶來節日情緒的互相感染，帶來節日心理的互相暗示，從而最終彙聚成熱烈的臘八節節日氛圍。

除日　十二月三十

王安石〈除日〉

爆竹聲中一歲除，春風送暖入屠蘇。
千門萬戶曈曈日，總把新桃換舊符。

北宋熙寧四年（西元一〇七一年）的除日，時任「同中書門下平章事」的帝國首相王安石，是在都城東京（今河南開封）度過的。

除日是一年一度的大節，既是除舊迎新、年歲相繼的時候，也是總結去年、展望來年的時候。這一點，王安石雖然貴爲首相，也不能免俗。

在這個一年終於忙到了頭的時刻，他眼前是歡度佳節的熱鬧場景，腦中回想的卻是自熙寧元年（西元一〇六八年）以來變法面臨的種種艱難險阻。目睹此情此景，他不禁吟詩一首。

爆竹聲中一歲除：今天是除日，在陣陣轟鳴的爆竹聲中，舊的一年已經過去了。

這一句，王安石提到了「爆竹」。那麼，王安石那時候有像我們今天鞭炮一樣的「爆竹」嗎？有的。

「爆竹」一詞，最早見於范蠡《陶朱公書》中的「除夜燒盆爆竹」。但是，范蠡和西施大美女當時能夠聽到的「爆竹」聲，眞的指的是「竹節在燃燒時爆破，劈啪作響的竹子」。直到唐朝，「爆竹」還是火燒眞竹子所發出的聲音。

史界公認的是，唐朝的煉丹家們發明了火藥；但史界同時公認的是，唐朝的煉丹家只是把火藥作爲煉丹的副產品，甚至是容易引起火災的危險副產品，在自己的著作中不厭其煩地諄諄告誡人們「僅供我們這些專業人士煉丹使用，請勿模仿，否則後果自負」等，從而妨礙了這一重大發明的推廣和利用。

所以，唐人薛能〈除夜作〉中直接寫到了除夜劈啪作響的竹子「蘭荽殘此夜，竹爆和諸鄰」；所以，唐人來鵠在〈早春〉詩中，看到的是火燒眞竹子留下的灰，而不是用紙、竹節或其他包裹材料包住火藥，炸開之後在地上留下的碎屑，「新曆才將半紙開，小庭猶聚爆竿灰」。

到了宋朝，就有眞的「爆竹」了。宋人施宿在《會稽志》卷十三中記載說：「除夕爆竹相聞，亦或以硫磺作爆藥，聲尤震厲，謂之爆仗。」可見，宋朝的「爆竹」，已經開始在竹節中灌上「硫磺」了，這就已經無限接近於我們今天的鞭炮了。

王安石在這年除日佳節，聽到的就是眞「爆竹」的爆炸聲，跟我們今天一樣一樣的啊。

春風送暖入屠蘇：和煦的春風，把溫暖送進了老百姓的草庵之中。

王安石在這句裡提到的「春風」，是有其依據的。這一年的除日，正好又是立春節氣。這從王安石在這年除日同一天，所作的另一首詩的詩題〈次韻沖卿除日立春〉，就可以看出來。

關鍵在於，這句裡的「屠蘇」，是個什麼東西？

有人說是「屠蘇酒」，即一種用大黃、桔梗、蜀椒等藥材炮製的預防時疫的酒。這個「屠蘇酒」，正好是除日、正月飲用的時令酒，而且還是一種講究從一座之中最年少者開始喝的酒。

好吧，「屠蘇酒」出現在除日，屬於正常情況，絕無驚悚；可驚悚的是，除日時節的春風吹得再猛，是如何把溫暖「入」到你手中端著的「屠蘇酒」中的？你就說是怎「入」的？麻煩誰給「入」一個瞧瞧？這個說法，比較牽強。

第二種比較可靠的說法：「屠蘇」本義指平屋或草庵，引申義指書齋或居所。依據是，《通俗文》說「屋平曰屠蘇」，《廣雅》也說「屠蘇，庵也」。

而上面那個「屠蘇酒」的說法，也由第二種說法而來。大詩人杜甫，在〈槐葉冷淘〉的詩注中指出：「酒名屠蘇，昔人居屠蘇造酒，故名。」唐人韓鄂在《歲華紀麗》中寫道：「俗說屠蘇乃草庵之名。昔有人居草庵之中，每歲除夜遺閭里一藥貼，令囊浸井中，至元日取水，置於酒樽，闔家飲之，不病瘟疫。今人得其方而不知姓名，但曰屠蘇而已。」

這樣一來，春風要把溫暖吹進平屋、草庵、書齋、居所，不需要如何使勁就可以「入」了。這就不驚悚了，這就沒毛病了。

千門萬戶曈曈日：初升的太陽照耀著千家萬戶。

總把新桃換舊符：人們正在忙著把舊的桃符取下，換上新的桃符。

「桃符」，本義指桃人及神像，這裡指的是書寫在桃木板上的春聯。爲什麼要寫在桃木板而不是其他木板上呢？

桃木可以祛邪避鬼，是中國人自古以來的信仰。最早的記載，在《山海經》裡：「滄海之中，有度朔之山，上有大桃木，其屈蟠三千里，其枝間東北曰鬼門，萬鬼所出入也。上有二神人，一曰神荼，一曰鬱壘，主閱領萬鬼。惡害之鬼，執以葦索，而以食虎。於是黃帝乃作禮，以時驅之，立大桃人，門戶畫神荼鬱壘與虎，懸葦索以禦凶。」

從這個最早記載裡面可以知道，黃帝他老人家發明的驅鬼辦法，是削桃木爲人形，再在門戶之上畫上神荼、鬱壘和虎。這個辦法管用可能是管用，就是有點複雜。削桃人，本就是比較高難的手工活；畫神荼、鬱壘和虎，那還得會畫畫啊。呃，無論是手工活還是畫畫，兄弟我都不會，太費事了。

所以，從漢朝至魏晉南北朝以後，人們總算想出了省事點的辦法：削桃人不會？那直接削塊桃木板吧。畫畫不會？那直接在桃木上寫「神荼」、「鬱壘」、「虎」字吧。這，就叫「桃符」。

到了五代時期的後蜀，人們在「桃符」上已不再滿足於只寫幾個簡單的字，他們開始寫更多的字兒、更多的祈求吉祥的字兒。比如，後蜀末代皇帝孟昶，就提筆在「桃符」上寫下了史上第一副春聯——「新年納餘慶，嘉節號長春」。

能夠寫這麼多字兒的「桃符」，就比較大了。陳元靚在《歲時廣記》卷五中，記錄了王安石所在的北宋時期的「桃符」大小及製作方法：「桃符之制，以薄木板長二、三尺，大四、五寸，上畫神像狻猊、白澤之屬，下書左鬱壘、右神荼，或寫春詞，或書祝禱之語，歲旦則更之。」長兩至三尺、寬四至五寸的「桃符」，這麼大的位置，寫個春聯，足夠了。需要指出的是，在「桃符」上寫字，發展到今天，就是春聯；在「桃符」上畫像，發展到今天，就是門神、年畫。

寫到這裡，估計有人會指出，這首詩的詩題，是不是搞錯了？這首詩在網上一搜，是叫〈元日〉，不叫〈除日〉。王安石這首詩是在明天正月初一才寫的，不是在今天大年三十寫的。

然而，這首詩的題目眞的就是〈除日〉。我有證據，而且還有三、四條證據。

首先是該詩本身的證據。詩的首句「爆竹聲中一歲除」，本就有個「除」字，顯然此句是在說新年舊歲的交替時刻。只有寫在除日才是「一歲除」的交替時刻，寫在元日則已是新的一年，沒有了年歲交替的意義。

第二條證據，來自陝西人民出版社於一九八七年九月出版的、李德身著的《王安石詩文繫年》一書。這本書直接將該詩題目署爲〈除日〉，並將其繫於北宋熙寧四年（西元一〇七一年）。

還不信？那我放大招了啊。

向子諲，是北宋南宋交替之際的名臣，累官至戶部侍郎。向子諲在晚年退隱時，曾寫過一首〈浣溪沙〉：「爆竹聲中一歲除，東風送暖入屠蘇。曈曈曉色上林廬，老去怕看新曆日。退歸擬學舊桃符，青春不染白髭鬚。」並在詩前加了一個長長的注釋。正是這個注釋，爲我們提供了王安石〈除日〉詩題的最直接證據。如下：「荊公除日詩云：『爆竹聲中一歲除，東風送暖入屠蘇。千門萬戶曈曈日，爭插新桃換舊符。』東坡詩云：『老去怕看新曆日，退歸擬學舊桃符。』古今絕唱也。呂居仁詩有『畫角聲中一歲除，平明更飲屠蘇酒』之句，政用以為故事耳。薌林退居之十年，戲集兩公詩，輒以鄙意足成浣溪沙，因書以遺靈照。」

相信諸君已經注意到了，向子諲注釋的第一句就是「荊公除日詩云」，簡單直接地提供了詩題的證據。美中不足的是，他寫下的這四句詩，與我們現在看到的四句詩，文字上頗有出入。但仍然可以斷定，兩者是同一首詩。

這個向子諲，出生於王安石去世前一年的西元一〇八五年。也就是說，向子諲呱呱墜地時，王安石也還是個在喘氣的大活人。兩個人雖然互不相識，但仍然在同一個歷史時空裡，共存了近一年時間。

所以，向子諲的這個注釋，是一個最接近於王安石時空的宋朝人爲我們提供的一個最直接的證據，也是一個最可靠的證據。

還有一條來自南宋年間的證據。在南宋高宗紹興十七年（西元一一四七年）左右，著名文學家蒲積中編輯了一本收詩兩千七百四十九首的《古今歲時雜詠》。在這本後來成爲《全唐詩》、《全宋詩》編纂淵源之一的《古今歲時雜詠》中，蒲積中直接把王安石這首詩的題目署為〈除日〉。這又是一個距離王安石時空較近的人為我們提供的直接證據。

所以，從這首詩中，我們所看到的，確實是熙寧四年（西元一〇七一年）除日當天，北宋東京城中，那一派喜氣洋洋過大年的景象。

嗯，詩題是〈除日〉；嗯，詩人在歡度除日佳節。鑑定完畢。

可是，難道王安石在這首〈除日〉之中，所要表達的意思，所要傳遞的資訊，僅僅如此而已嗎？

王安石的「新」與「舊」

引起我注意的，是本詩的最後一句——「總把新桃換舊符」。特別是，這句中的「新」「舊」兩個字。

要知道，王安石這一生，都在「新」、「舊」這兩個字中糾結。

從熙寧元年（西元一〇六八年）四月被召到京師「奉詔越次入對」之時起，他開始提出「新」的政治主張，抨擊「舊」的政治主張；他推行「新」法，廢除「舊」法；他任用「新」人，罷斥「舊」人；他逐漸成為北宋政壇「新」黨的黨魁，而且把所有反對的人甚至好心建議的人列為「舊」黨。

四年來，他「總把新桃換舊符」：在變法上，他破舊立新、革新變舊、鑄新淘舊；在用人上，他喜新厭舊、得新忘舊、篤新怠舊。

到了熙寧四年（西元一〇七一年）的除日，到了一年一度除舊迎新的大節日，寫下這首〈除日〉詩的王安石，正處於自己一生中最爲春風得意的時刻。

還有比這更愜意的人生嗎？短短四年，在皇帝的支持下，自己就由「知江寧軍府事」，而「翰林學士」，而「參知政事」，而「同中書門下平章事」，一躍成爲位極人臣的帝國首相。同時，自己的「新」政治主張成爲朝廷的主流施政綱領，自己的「新」法一一頒佈實施，自己想用的「新」人布列要津、站滿朝堂，自己不想用的「舊」人一一罷斥、貶謫遠方。

總之，春風得意，順風順水。

在這樣的視野下，再來審視這首〈除日〉詩，另一層意思就完全出來了：

「春風」這麼美好的詞兒，肯定要象徵「新法」才好啊；同理，「曈曈日」這麼美好的詞兒，肯定要獻給年輕有爲的宋神宗才完美啊。然後，再把這首詩完整地翻譯一遍：

到了今年爆竹聲聲的除日，新法實施帶來的溫暖，已像春風一樣吹進了老百姓的草庵；在像初升太陽一樣的皇帝主持下，朝廷一直在推行新法、廢除舊法，任用新黨、貶謫舊黨。

這，才是閱讀王安石這首〈除日〉詩的正確視角。

《千家詩》也是這樣認爲的：「此詩自況其初拜相時，得君行政，除舊佈新，而始行己之政令也。」

在歷史上，王安石是赫赫有名的「唐宋八大家」之一。「唐宋八大家」這個慣用詞，容易給今天的我們一個錯覺，那就是：似乎他和另外那七大家，特別是宋朝那五大家，是一夥的。

其實，他們只是文學主張、文學成就是一夥的。如果說到政治主張，王安石只怕是「唐宋八大家」之中最爲孤立的那一個。與王安石並非同時的唐朝韓愈、柳宗元不說了，他倆當然無法關公戰秦瓊。史實是，在變法這個問題上，宋朝除王安石以外的五家，都跟王安石尿不到一個壺裡去。

蘇軾、蘇轍、曾鞏、歐陽修，都曾先後反對王安石的變法。蘇洵倒是沒有反對過變法，但那只是因爲他在變法之前就去世了。如果王安石變法時蘇洵還在世，就憑他那兩個乖兒子蘇軾、蘇轍都反對新法，並且因此而貶斥遠方，你說他本人反對還是不反對？

因此，在王安石的眼中，「唐宋八大家」中的蘇洵、蘇軾、蘇轍、曾鞏、歐陽修，都是「舊符」。

尤其是蘇軾、蘇轍兄弟，更是叫他惋惜。一開始，王安石本來還以爲這二位是可以挽救的同志，是把他們當作「新桃」看待的。

熙寧二年（西元一〇六九年）二月，王安石剛剛就任副宰相「參知政事」，在中央設置變法的指揮中心——「制置三司條例司」的時候，在新法頒佈、實施急需大量人才的時候，就以呂惠卿、蘇轍爲條例司檢詳文字，章惇爲三司條例官，以曾布簡正中書五房公事。

可見，變法伊始，作爲王安石的第一批「新桃」，蘇轍赫然在列。這批「新桃」之中雖然沒有蘇軾的名字，但任用其弟，顯然有引其兄爲同志之意。

結果，這兩兄弟辜負了王安石的期望，沒有經受住考驗，由「新桃」而腐敗變質，直接墮落成了「舊符」。

從熙寧二年五月起，隨著王安石的貢舉法、均輸法、青苗法等一系列新法的頒佈實施，蘇軾連續上奏〈議學校貢舉狀〉、〈上神宗皇帝書〉、〈再上皇帝書〉，旗幟鮮明地反對新法。

這樣的「舊符」，就必須換掉了，先從弟弟下手。熙寧二年八月，王安石把僅僅任職半年就漸有離心傾向的蘇轍，出爲河南府推官；然後，在寫下這首〈除日〉詩的八個月前，即熙寧四年四月，貶蘇軾爲杭州通判。

給臉不要臉，鮮美多汁、人見人愛的「新桃」你不當，偏要去當腐敗變質、臭氣熏天的「舊符」，活該。

作爲王安石的第一批「新桃」，曾布也赫然在列。曾布的哥哥，叫曾鞏。曾鞏與王安石既是同鄉，此前還是摯友，並且兩家還是姻親。

於是，等到王安石開始變法，曾鞏就直接尷尬了。反對吧，太熟了，不好意思下手；贊成吧，又大違自己的本心。左右爲難的「舊符」曾鞏，只好於熙寧二年變法開始後不久，自請外任，出任越州通判，從此開始了自己長達十二年、轉徙六州的外官生涯。

在王安石眼中，歐陽修是「唐宋八大家」之中最大的那個「舊符」。

因爲歐陽修之於王安石，不僅在年齡上是大他十五歲的老大哥，而且在政壇資歷上也是標標準準的老前輩。歐陽修是完全可以怒斥王安石「小孩子家家，瞎折騰個啥」的大咖級神人。

好在，這樣的神人早在熙寧元年就離開京師，出任知青州、京東東路安撫使去了。等到變法開始後，大咖級「舊符」雖然曾經上書反對過青苗法，但這對於正在變法興頭上的宋神宗和王安石來說，只是相當於蚊子哼哼罷了。

大咖級「舊符」歐陽修對王安石的最大威脅，出現在熙寧三年。這一年，「公初有太原之命，令赴闕朝見。中外之望，皆謂朝廷方虛相位以待公。公六上章，堅辭不拜，而請知蔡州，天下莫不歎公之高節」。

其實，不是歐陽修「高節」，而是歐陽修「高明」。他看透了朝廷新舊兩黨爭鬥的複雜情勢，看穿了與政見不合的皇帝和副宰相王安石共事的悲觀前景，這才拒絕了首相的任命。

這樣，最大的「舊符」不來，最大的「新桃」王安石才在這年十二月就任「同中書門下平章事」。

無論是歐陽修這樣的政壇前輩，還是曾鞏這樣的姻親摯友，還是蘇軾、蘇轍這樣的天下高才，只要反對新法，只要成爲「舊符」，王安石是一定要「總把新桃換舊符」的。

這樣大範圍地得罪人，當然是需要勇氣的，也當然是需要付出代價的。

所以，南宋以來，王安石在士大夫的主流話語體系裡，一直就是個亂臣賊子、奸詐小人。

宋朝大儒朱熹評價王安石：「惑亂神祖之聰明而變移其心術，使不能遂其大有為之志，而反為一世禍敗之原。」

宋人羅大經認爲，王安石是和秦檜一樣的大奸臣：「國家一統之業，其合而遂裂者，王安石之罪也。其裂而不復合者，秦檜之罪也。渡江以前，王安石之說浸漬士大夫之肺腸不可得而洗滌；渡江以後，秦檜之說淪浹士大夫之骨髓不可得而針砭。」

明朝文學家楊慎認爲，王安石是導致宋室南遷的罪魁禍首：「一言喪邦，安石之謂也。慎按安石之惡，流禍後世有如此。宋之南遷，安石為罪之魁。求之前古奸臣，未有其比。」

在明末清初大思想家王夫之那裡，王安石甚至比蔡京、賈似道更奸更惡：「或曰：『安石而為小人，何以處夫黷貨擅權導淫迷亂之蔡京、賈似道者？』夫京、似道能亂昏荒之主，而不能亂英察之君。使遇神宗，驅逐久矣。安石唯人如彼，而禍乃益烈。」

處在這樣的負面評價之下，神奇的是，王安石付出的代價卻並不太大，居然還成爲中國古代大改革家群體中下場最好的一個。

相比商鞅車裂而死、王莽國滅被殺和張居正死後抄家，王安石即使在改革全面倒退的情況下，也依然得以荊國公、司空、觀文殿大學士、集禧觀使這樣的榮銜，退居金陵，頤養天年。事後來看，王安石能夠有一個好的下場，除了北宋王朝一貫就有優待士大夫的祖宗家法以外，還與他的個人私德幾乎無懈可擊有關。

比如，在變法問題上，王安石一貫以「拗相公」著稱，一貫地固執己見，一貫地聽不進不同意見，而且逮著一個「舊符」就換掉一個。但他無論是「居廟堂之高」還是「處江湖之遠」，對於與自己政見不合的「舊符」的處理，都有著自己的底線和原則：不使政敵掌權即可，不使政敵成爲新法實施的障礙即可，而不以消滅政敵的生命爲目的。「總把新桃換舊符」，「換」掉即可，而不用「殺」掉。

典型的例子，就是在元豐二年（西元一〇七九年）蘇軾「烏臺詩案」中王安石的態度。此案中，面對因反對新法而可能招致殺身之禍的「舊符」蘇軾，當時已經退居金陵的王安石，完全可以不管這倒楣孩子的生死。

但已經在野的王安石，仍然堅持了自己的底線和原則。在朝野上下人人皆曰可殺的時候，他上書宋神宗：「安有聖世而殺才士者乎？」就此一錘定音，救了「舊符」蘇軾一條性命。

此時，王安石在江寧的退休生活是閒適而又清苦的：「平日乘一驢，從數僮游諸山寺。欲入城則乘小舫泛潮以行。蓋未嘗乘馬與肩輿也。所居之地，四無人家。其宅僅避風雨，又不設垣牆，望之若逆旅之舍。」直到元祐元年（西元一〇八六年）四月六日，他在病中默默地離去，享年六十六歲。

他去後，「蓋當時士大夫道金陵，未有不上荊公墳者。五十年前彼之士子，節序亦有往致奠者。時之風俗如此」。同為宋人的周煇，在他的筆記《清波雜誌》中，如是記錄。

大年三十的宋朝人都在幹嘛？

除日，又稱「除夕」、「除夜」、「歲暮」、「歲除」，號稱「百節之首」，是華人最為重要的一個節日。除日是年歲交替的時刻，既是舊年的最後一天，也是新年的前一天，所以兼具「除舊」與「迎新」的雙重意義。

今天，除日仍然是我們節日中的大日子，又叫「過年」。什麼叫「年」？「年」，《說文解字》說「穀熟也」，《穀梁傳》說「五穀皆熟為有年。五穀皆大熟為大有年」。

既然「五穀皆熟」，甚至「五穀皆大熟」，在農耕社會就是天大的喜事啊，而且冬天氣候這麼冷，也不可能從事啥生產活動，大家閒著也是閒著，乾脆自己找點樂子，過個節，好好慶祝一下？

事實上，早在西周初年，先民們就開始一年一度的慶豐收活動了。也是從那時起，「年」字就開始頻繁使用了，《爾雅》說：「夏曰歲，商曰祀，周曰年。」但西周的「年」，還指的是穀物生長的週期，按照春種、夏長、秋收、冬藏的規律，穀物一年一熟，年節也就一年一次。

顯而易見，先民們一年一度，在冬季農耕活動暫告結束之時，在穀物豐收之後，用新米做飯、釀酒，來祭祀神靈、祖先，再舉行一些約定俗成的慶祝儀式，以祈求來年再獲豐收的活動，已是今天春節的雛形。

到了漢朝，司馬遷等人創設「太初曆」，確定正月爲歲首，十二月爲歲末，將年終歲首確定於立春前後的農閒時節，便於人們舉行各種慶賀活動，因而年節的日期也得以固定。從此，一年一度的春節基本定型。

所以，除日、春節，作爲節日，萌芽於先秦，定型於漢朝，是中華文明數千年積累而來的傳統，是中華民族祖先傳承下來的文化。換句話說，我們過的不是年，我們過的是傳統，過的是文化。

到了王安石所在的宋朝，除日、春節的活動，承漢唐餘緒，就過得非常有傳統，過得非常有文化。

在〈除日〉詩裡，王安石已經寫到了北宋過年的節日風俗，一是「爆竹」，二是「桃符」。其實，除了這兩項以外，還有很多節俗活動，比如今天已經消失了的「驅儺」。

「驅儺」怎麼玩？北宋孟元老《東京夢華錄》卷十有記錄：「至除日，禁中呈大儺儀，並用皇城親事官、諸班直戴假面，繡畫色衣，執金槍龍旗。教坊使孟景初身品魁偉，貫全副金鍍銅甲，裝將軍。用鎮殿將軍二人，亦介胄裝門神。教坊南河炭醜惡魁肥，裝判官，又裝鍾馗、小妹、土地、灶神之類，共千餘人，自禁中『驅祟』，出南薰門外轉龍灣，謂之『埋祟』而罷。」

「驅儺」最初的目的，是驅鬼逐疫；發展到後來，已演變成為一項群眾性的娛樂活動，主要就是大夥兒在一起，圖個熱鬧，圖一樂。

至於回到家裡的過年節慶活動，宋人吳自牧在《夢粱錄·除夜》中說：「士庶家不以大小，家俱灑掃門閭，去塵穢，淨庭戶，換門神，掛鍾馗，釘桃符，貼春牌，祭祀祖宗。遇夜則備迎神香花供物，以祈新歲之安。」

接下來，就是一家人圍坐家中，吃吃吃，喝喝喝，玩玩玩，守歲了。還是《東京夢華錄》的記錄：「是夜禁中爆竹山呼，聲聞於外。士庶之家，圍爐團坐，達旦不寐，謂之『守歲』。」

吃吃吃，守歲吃什麼？王安石會說，吃「宵夜果兒」啊。

《西湖老人繁勝錄》載：「守歲飲酒，須要宵夜果兒，每用頭合底板，簇諸般彩果、鬥葉、頭子、萁豆市食之類。」

《夢粱錄．除夜》也載：「十二月盡，俗云『月窮歲盡之日』，謂之『除夜』……進呈精巧宵夜果子合，合內簇諸般細果、時果、蜜煎、糖煎及市食，如十般糖、澄沙團、韻果、蜜姜豉、皂兒糕、蜜酥、小蚫螺酥、市糕、五色萁豆、炒槌栗、銀杏等品，及排小巧玩具頭兒、牌兒、貼兒。」

《武林舊事》同樣記載：「後苑修內司各進宵夜果兒，以大合簇飣凡百餘種，如蜜煎珍果，下至花餳、萁豆，以至玉杯寶器、珠翠花朵、犀象博戲之具，銷金鬥葉、諸色戲弄之物，無不備具，皆極小巧。」

從上述記載分析，「宵夜果兒」是由上百種乾果、水果、糖果、點心組成的豪華版零食大雜燴。遙想王安石老爺子當年，面對「宵夜果兒」，想吃鹹的就吃鹹的，想吃甜的就吃甜的，還可以一個吃掉、一個扔掉，多麼有錢任性。

喝喝喝，守歲喝什麼？王安石當然會說，喝「屠蘇酒」啊。

玩玩玩，守歲玩什麼？就是上面記錄中的「玉杯寶器、珠翠花朵、犀象博戲之具，銷金鬥葉、諸色戲弄之物」，「排小巧玩具頭兒、牌兒、貼兒」，大約就相當於我們今天的撲克和麻將。冬夜守歲，又沒有電視可看，再不打個牌，玩起來、鬧起來，可如何個過法？

大人們吃吃吃、喝喝喝，對於宋朝的小朋友們而言，則主要就是玩玩玩了，「小兒女終夕博戲不寐，謂之『守歲』」。可愛的千年前的小像伙們，到了除日，終於可以名正言順地玩個通宵了。

直到今年的除日，寫下這篇文字的我，仍然可以想像：北宋開封城中「小兒女」們在「終夕博戲不寐」時，那一張張小臉兒上，次第綻放的燦爛笑容。說到底，北宋王安石們的變法圖強，如今我們的一年辛苦，不就是爲了小朋友們臉上的燦爛笑容嗎？

國家圖書館出版品預行編目資料

藏在節日裡的詩詞／章雪峰著 . -- 初版 . -- 臺中市
：好讀, 2019.12　面；　公分 . --（經典智慧 ; 69）

ISBN 978-986-178-506-6（平裝）

831　　108019176

好讀出版

經典智慧 69

藏在節日裡的詩詞

填寫線上讀者回函
獲得更多好讀資訊

作　　者／章雪峰
總 編 輯／鄧茵茵
文字編輯／莊銘桓
行銷企劃／劉恩綺
發 行 所／好讀出版有限公司
臺中市 407 西屯區工業 30 路 1 號
臺中市 407 西屯區大有街 13 號（編輯部）
TEL：04-23157795 FAX：04-23144188　　http：//howdo.morningstar.com.tw
（如對本書編輯或內容有意見，請來電或上網告訴我們）
法律顧問 陳思成律師

總經銷／知己圖書股份有限公司
106 臺北市大安區辛亥路一段 30 號 9 樓
TEL：02-23672044　23672047 FAX：02-23635741
407 臺中市西屯區工業 30 路 1 號 1 樓
TEL：04-23595819 FAX：04-23595493
E-mail：service@morningstar.com.tw
網路書店 http：//www.morningstar.com.tw
讀者專線：04-23595819 # 230
郵政劃撥：15060393（知己圖書股份有限公司）
印刷／上好印刷股份有限公司

初版／西元 2019 年 12 月 1 日
定價：320 元

原著作名：《藏在節日裡的古詩詞》
作者：章雪峰
原出版方：意林集團

Published by How-Do Publishing Co., Ltd.
2019 Printed in Taiwan

ISBN 978-986-178-506-6